Best Time

白 马 时 光

MOCKINGBIRD

知更鸟女孩
2
沉默之歌

〔美〕查克·温迪格 著 朱禛子 译

百花洲文艺出版社

图书在版编目（CIP）数据

知更鸟女孩.2,沉默之歌/（美）查克·温迪格著；朱禛子译.—南昌：百花洲文艺出版社，2016.10（2019.8重印）
ISBN 978-7-5500-1957-7

Ⅰ.①知… Ⅱ.①查…②朱… Ⅲ.①长篇小说-美国-现代 Ⅳ.①I712.45

中国版本图书馆CIP数据核字（2016）第246082号

江西省版权局著作权合同登记号：14-2016-0314
Mockingbird by Chuck Wendig
Copyright © 2012 by Chuck Wendig.
Published by agreement with Donald Maass Literary Agency through The Grayhawk Agency.
Simplified Chinese edition copyright © 2016 by Beijing White Horse Time Culture Development Co., Ltd.
All rights reserved.

出 版 者	百花洲文艺出版社
社　　址	江西省南昌市红谷滩世贸路898号博能中心Ⅰ期A座20楼　　邮编：330038
电　　话	0791-86895108（发行热线）0791-86894790（编辑热线）
网　　址	http://www.bhzwy.com
E-mail	bhzwy0791@163.com

书　　名	知更鸟女孩2：沉默之歌
作　　者	〔美〕查克·温迪格
译　　者	朱禛子
出 品 人	李国靖
特约监制	何亚娟　王　瑜
责任编辑	杨　旭
特约策划	高　蕙
特约编辑	王　婷　王　瑜
封面设计	小　贾
封面绘图	so.pinenut
版权支持	高　蕙
经　　销	全国新华书店
印　　刷	河北鹏润印刷有限公司
开　　本	880mm×1230mm　1/32
印　　张	11.25
字　　数	220千字
版　　次	2016年11月第1版
印　　次	2019年8月第8次印刷
书　　号	ISBN 978-7-5500-1957-7
定　　价	36.00元

赣版权登字：05-2016-331
版权所有，侵权必究
图书若有印装错误可向承印厂调换

第一部分
禁笼中的少女

她只是一只鸟困于镀金笼之中，
一道美丽的风景印入眼瞳。
你或许只见到她的无忧与笑容，
然而并非如此，尽管她看上去那么无忧无虑。
想到她被浪费掉的生命，这是一件多么悲伤的事情。
因为青春不与年岁相配；
她的美貌却被一个老翁的黄金收买，
她是一只鸟，囚禁在镀金笼。

——《镀金笼中鸟》

亚瑟·J.兰姆，哈利·范·蒂尔泽

1　船　底

哔。

防晒霜。

哔。

山核桃饼干。

哔。

卫生棉棒、沙滩浴巾、明信片,以及,一罐莫名其妙的绿豆。

米莉安用戴着黑色手套的那只手拿起每件物品。然后把它们一个接一个地刷过扫描仪。有时她会低头,凝视着一闪一闪的红色激光。她本不应该那样做。但也无妨,这可以视作她崭新生活的一个小小的叛逆表现。或许,她认为,这红宝石颜色的激光束会带走她思想中使她成为现在这样一个自己的那一部分。使她变成脑袋被骡子踢了的智障,处于忘却烦恼的幸福之中,压制对抗着她那有机玻璃外壳的墙壁。

"小姐?"

有人打断了她莫名其妙的思绪,将她拖回了现实中的收银台。

"上帝啊，怎么了？"她问道。

"你到底扫不扫那个东西？"

米莉安低下头，发现自己还握着那罐绿豆——德尔蒙牌。她无所事事地思量着要不要去猛击站在那边身穿夏威夷风沙滩穆穆袍的女人，磨损破旧的芙蓉花图案已遮挡不住她胸前沾着泥点的一半鲜红一半嫩白的肌肤。这两部分的分界线是一条可怕的、晒成褐色的线，仿佛卢比孔河一样。

取而代之的是，米莉安带着夸张的甜美笑容拿起罐头扫过扫描仪。哔。

"你的手怎么了？"那个女人问道。听起来很关切的样子。

米莉安晃了晃一根手指——如同一只跳跃的尺蠖在舞蹈。黑色皮手套发出吱嘎的尖锐声。

"这个吗？我必须戴着它们。你知道在餐馆工作的女人需要戴发网吧？她们是为了公共健康安全。如果我要在这儿工作，我必须得戴着这双手套。这是规章制度。我最不想做的事情就是引起肝炎的暴发，对吧？我得了喉癌 A，B，C 和那个非常糟糕的 X。"

接着，为了获取她的好感，米莉安抬起一只手做出准备击掌的动作。而那个女人却没有把握住这个击掌的机会。

相反，她脸上的血色退去，她那被晒红的皮肤转瞬变得苍白。

米莉安疑惑，如果她吐露了事实会发生什么样的事情：哦，这没什么大不了的，当我与人肢体接触的时候，一部小小的通灵电影就会在我脑海上映，我目睹着他们死亡的时间，以及方式。所以我一直戴着这双手套，这样我就不用看到那些让人发疯的东西了。

其实背后更深层次的真相是：我戴着它们是因为路易斯让我戴着。

不是因为那双手套可以提供一个完美的保护，使她远离那些令她恐惧的通灵幻象。其实，除了路易斯，没人会触碰到她的任何部位。不过，她仍旧戴着手套武装着自己。哪怕在炎炎高温之时。

在那个女人身后是一条七八个人的队列。他们都听到了米莉安的话语。她不是一个安静的人。队列中的两个顾客——一位身穿鹦鹉图案衬衫的像面团一样大腹便便的男士,以及一个胸前奇异地耸立着一对垒球大小假胸的年轻女孩——不耐烦地摇晃着肩走出队列,把他们的商品放在两排之后的一个空收银台那儿。

那个女人仍然保持着强硬的样子,拉着一张苦瓜脸,她不知从哪里掏出一张信用卡来——米莉安想象她是从积垢着沙尘的下水道里掏出来的——然后像对待一个烫手山芋般迅速地把它扔到了柜台上。

米莉安正准备拿起这张信用卡来扫描,却被一只突然放在她肩上的手打断了。

她很清楚这是谁的手。

她转向她,佩吉,新泽西长滩岛船底杂物公司的经理。佩吉,她的鼻子一定拥有着强大的引力,以至于她脸的其余部分都被拖向她的鼻尖。佩吉,她那巨大的墨镜让人想起螳螂的眼睛。佩吉,染成橙色的花白头发,呈现出一个卷曲、笨拙的弧度。

该死的佩吉。

"你介意告诉我,你在做什么吗?"这似乎是佩吉开始每段对话的惯例。全部都夹杂着她那新泽西口音。"你介意告诉我你在做什么吗?"她分不清平翘舌,发不出后鼻音。把"水"说成"髓","咖啡"说成"咖灰"。

"用我们的精良设备帮助这位好公民结账。"米莉安心里这样念叨,却没有说出口。船底杂物公司,你在这儿可以买到一包热狗,一包大众品牌的卫生棉棒,或者是一把蠕动的寄居蟹,可以拿去送给您那尖叫成一团糟的、该死的鸟孩子们。

"听起来你像在给她制造麻烦。"

米莉安挤出一个牵强附会的笑容,"我有吗?那不是我的意图。"

完全是她的意图。

"你知道吗?我当初聘用你完全是帮你的忙。"

"我当然知道。因为您经常提醒我。"

"好吧,的确如此。"

"是的,我们刚刚达成了这样一个共识。"

佩吉布满皱纹的眼睛紧绷成一条肉缝,"你倒是有一张能说会道的嘴哈。"

"倒是有些人说我的嘴其实挺笨的。"

到目前为止,队列越来越长。那个身穿夏威夷风花朵穆穆袍的女人把她的绿豆置于胸前,仿佛这可以保护她远离这一天已经遭受的类似的尴尬。其他的顾客都睁大了眼睛看看,脸都拉得长长的。

"你自以为很有趣?"佩吉说道。

米莉安毫不犹豫地脱口而出,"对呀,我就是这么觉得。"

"可我不这么认为。"

"那咱们求同存异吧?"

佩吉的脸扭曲得如同一块块被拧干的抹布。过了好一会儿,米莉安才意识到这是佩吉愉快时候的表情。

"你被解雇了。"佩吉说道。她的嘴角僵硬地扭曲着,呈现出某种模仿人类笑容般的拙劣模样。

"噢,去你大爷的。"米莉安嚷嚷,"你不能解雇我。"等她意识到用"去你大爷的"这样的字眼不是保住工作最好方式的时候,为时已晚。坦率地说,这如同脱缰之马一般,已无可挽回了。

"你骂我?"佩吉怒问,"去你大爷的。你除了给我带来悲痛还带来了什么?你来到这里,日复一日地闷闷不乐,就像有人在你的惠帝斯麦片里面尿尿了一样……"

"现在还有人吃惠帝斯麦片吗？我说真的。"

"我也不需要一个像你一样脾气暴躁的小贱人在我的店里撒泼。这个周末过了，这个季度就结束了，你也就结束了。没用了。收拾你的包袱滚蛋吧。我会给你寄去你最后一笔工资的。"

这次来真的了，米莉安心想。

她刚刚解脱。

解雇通知书。

她应该开心才对。

她的心情本应犹如笼中鸽见到鸟笼打开的那一瞬间一样，自由的鸟展翅高飞，远远逃离，遥不可及。此刻应犹如真实版的"听到音乐之声，山丘复苏，生机勃勃"，青春的裙摆旋转起舞，微风拂过发丝飞扬。然而她却感到犹如电池酸液灼伤般的愤怒与怀疑，在她喉咙后部交融。这种消极的情绪一直在不停增长，犹如蛇毒发作一般。

路易斯总告诉她要振作起来。然而，她却厌倦了鼓舞振作。

米莉安从胸前猛扯下她的名牌，这个名牌上印着"玛丽亚安"，因为他们印错了，而又不愿费事去重印一个。她把名牌狠狠扔到了身后。那个身穿穆穆袍的女人赶紧躲闪开来。

伴随着她的是一个待命已久的举动——她冲着佩吉那张犹如新鲜柠檬一样，皮肤凹凸不平，坑坑洼洼的脸竖起了中指——外面狂风暴雨即将来临。

她停下来。站在停车场里。双手不寒而栗。

一阵微微海风拂面而来。随之而来的是空气中海水的咸涩、鱼类的海腥，以及那盈盈余绕的椰油味道。嗞嗞声不绝于耳的毒蛇遍布停车场。

十几只海鸥为了面包碎屑你争我抢。闪避躲逃，深潜入海。咕哝抱怨，哭哭啼啼。沉浸于面包的碎屑与胜利的喜悦之中。

炎热难耐，微风也无济于事。

人山人海。人字凉拖的踢踏声，别人家小孩可怜的呜咽声，度假者们感受到这个季节即将结束而发出的没完没了、喋喋不休的叹息与抱怨声。一辆在长堤大道的慢行交通道上缓缓下滑的汽车发出了类似于低音线"砰"一声断裂的声音，充斥在她的耳畔。她不禁想到为什么这些声音听起来会与"咚哧——咚哧——咚哧——咚哧"这样的节奏音相对应，以及它是如何呼应她胸骨内侧犹如捶拳般迟缓的心跳。沃尔特，那个"购物车男孩"，向她挥挥手，她也向他挥了挥手，心想：他是这儿唯一一个一直对我这么友善的人。并且，也许也是唯一一个我会友善相待的人。其实他并非一个小男孩，实际上，他是一个生理发育有缺陷的五十岁的老人。

她心想，操蛋的世界。

她摘下一只手套，然后再摘下另外一只。

米莉安将双手都置于肩上——她的双手惊人的苍白，比她身体其他部位的肌肤更加苍白，指尖肌肤呈现出褶皱的状态，仿佛她一直在泡澡一样。

如果路易斯想要她振作起来，他会出现在这儿的。然而他却没有。

米莉安走回店里，把手指关节捏得咯咯作响。

2 米莉安·布莱克之解放

佩吉从最后面走进来，接管了米莉安所在的第二个收银台。米莉安大步朝她走去，拍了拍她的肩，伸出一只手——啊，假装握手，这是一个让人们去触碰她的老把戏。一旦触碰，这个微小的肌肤与肌肤相触的时刻就可以让那通灵的死亡画面在她脑海放映。她迫切期望看到这个女人是怎样上钩的。盼望若渴，如吸毒成瘾般极度渴望。

米莉安希望佩吉患了某种愚蠢的癌症。

"我只是想对你说声谢谢。"米莉安咬紧牙关撒了个谎。谢谢你患了那愚蠢的癌症，"想要以这种体面的方式，来握个手。"

然而，佩吉没有吃这一套。她低头望向米莉安的手，仿佛这不是一只手，而是一只令人厌恶的狼蛛。

握住我的手吧，女士。

我需要这个，我想要看看。

等了很久很久。她的双手着实地感到阵阵刺痛。她曾经憎恨过这个对于她的诅咒。她仍然痛恨这个诅咒，但那改变不了想用这双手去窥探佩吉死亡画面的渴望。

快他妈地握住我的手。

"滚开。"佩吉说道,甩开了她的手。

嗡嗡声,瞬间消逝。

佩吉背对着她,继续为人们结账。哔,哔,哔。

"拜托。"米莉安说。现在情况紧急,她不自主地在颤抖抽搐,"来吧,让我们专业一点。"

佩吉无视她的存在。顾客们纷纷凝视着她。

哔,哔,哔。

"嘿!嗨!我在跟你说话呢。让我们完成这次该死的握手啊。"

佩吉甚至都没有转过身来,"我说,滚开。"

米莉安的双手隐隐作痛。她感觉自己如同一条可怜巴巴地望着主人吃牛排的狗一样——欲望、饥饿,在她的下颌蓄势待发,仿佛垂涎欲滴前的神经紧张。她只是想弹出这个软木塞,"好吧,你这个让人难以忍受的娘们儿,我这是逼不得已才选择用这种冷酷无情的方式来解决的。"

双脚坚定不移地站立着,米莉安抓住佩吉,把她转过来,掴了她一巴掌——

佩吉尖叫起来。她奔跑着却被一具正面朝下的尸体绊倒,这具尸体趴在船底杂货铺那铺满沙子的瓷砖上。那是沃尔特的尸体,那个推购物车的男孩。佩吉发现自己压着一摊血泊,但那不是佩吉自己的血。突然,她喉咙里爆发出一声哭号,那声音犹如被刀拉锯着脖颈的动物痛彻心扉的惨叫。然而佩吉的哭声并不孤单。整个杂货铺里人们的哭声此起彼伏,有的人躲到过道里,有的人夺门而出。接着,一个消瘦的男人从人群中开辟出一条道路——他并不是人群中的一员,他戴着墨镜,身穿黑色V领T恤,卡其色的裤子上沾着不知是食物还是机油还是谁知道是什么的鬼东西。他举起手枪,一个四四方方的格洛克手枪,接着"啪"的一声,子弹从佩吉的头颅上削掉了一块橙色的头皮,紧接着是另外一颗子弹如火车般疾速驶过她的肺部,她哽咽下最后一声隐隐约约的喘息。

——她手的力度逐渐缓和下来,佩吉的脑袋迅速回到原来的方向,但是此刻感觉到头晕目眩的那个人不是她。米莉安听到了血液冲过双耳的声音,这让她昏乱茫然。整个世界都陷入一片混沌,她不相信这一切是真实的,她不相信这一切是她亲眼看见的。

佩吉的生命只剩下三分钟了。

三分钟。

这里,此刻,今日。

噢,上帝啊。

门开了,沃尔特吃力地推进来一批摇摇晃晃的购物车,但是他仍然欢快地吹着平日里他常吹的口哨曲调。

佩吉开口说:"我要报警了。"

米莉安听到了她说话,然而这些话语犹如一个漫长的回音,仿佛从水下传来一般。而她的眼神在一个男人刚刚步入队列中的时候,就飘散到了队伍的末尾。那个戴着深色雷朋墨镜的男人。那个身穿V领T恤,以及肮脏的卡其色裤子的男人。

那个持枪歹徒。

两分半钟。

这个时候米莉安看到了之前她看到的那些场景。一只乌鸦站在橡沿上,拖着脚一步一步地挪动。这是一只独眼乌鸦。它的另一只眼已遭损毁,露出秃秃的褶皱。

鸟喙发出噼啪之声,米莉安在她的脑海中听见它说:欢迎回来,布莱克小姐。

她眨了眨眼，鸟就消失了。

佩吉试图控制住她，试图去抓住她的手腕，但是米莉安没有时间。"叮"的一声，她以迅雷不及掩耳之势把那个女人塞到了收银柜里。

米莉安不知道自己在做什么。她感到茫然无措，与世脱离。然而不知何故，这种荒蛮游离的不确定感却让她感觉到了归家的温暖。

她绕到队伍的末尾，如同一架自动驾驶仪。用安全带将自己锁入了一段她无法操控的旅程之中。佩吉朝她咆哮。她却几乎听不见任何字眼。

队列中的人们纷纷注视着她。每当她靠近一点，人们就远离她一点。他们不想放弃自己在队伍中的位置，但是也不愿意离她那么近。

只剩两分钟了，也许更少。

她悄悄地贴近杀手的身后。杀手没有移动。没有眨眼。没有察觉。

佩吉站在一旁，吓得目瞪口呆。打电话让别人去报警。同时也喃喃说着关于自己所受到的攻击。她向顾客寻求帮助，帮助她制止米莉安，却无人出手相助。他们只是想买了自己那堆破东西然后全身而退。

有些人放下他们的东西然后选择了逃离。我实在受不了这些，他们也许是这样想的。米莉安心里所想的只关于这个杀手、枪，以及死亡。

"你有一把枪。"米莉安对她前面的这个男人说道。她说话的时候声音沙哑，舌头非常干燥，都贴到口腔上颚了。

他转过来一半身体，昂起脑袋如同一只迷茫的狗，仿佛他不相信自己刚刚听到的话语。

在杂货铺前面，沃尔特再次看到了她。并朝她挥了挥手。

她也向他回了礼。

这个男人突然反应了过来之前她说的话。

"他们让我杀了这里的每一个人。"

"他们是谁？"

"那些声音。"

"你不能杀这儿的任何人。"米莉安说道,一个空洞的恳求。只剩下一分半钟了。她知道这也无济于事。她说什么都于事无补。这个诅咒不会因为她的一句话而消失作用。自从一年多以前,她在老巴尼灯塔将一枚子弹射入一个大毒枭身体内的那一刻,规则就已然形成了。

命运想要,必会得到。

除非,除非。

除非她付出代价。血的代价。以眼还眼,以牙还牙,以命偿命。只有那样一个如此之大的行为才能影响命运。若要改变一条波涛汹涌的河流流向,你需要一场天崩地裂的摇晃。

"你也听到那些声音了?"他问道。

"没有。"米莉安摇了摇头。她不知道他在说什么,但她可以读出他嘴唇形状所描述的单词,尽管他没有发出声音,但可以看到他手指在空中的姿势犹如一只仰面朝天的甲壳虫的腿,可以闻到这个男人身上的汗臭以及机油味。所有的一切都了然于目:他是一个狂热的、真正的、给力的激进分子。

然而他是一个在执行可怕任务的激进分子。

在她意识到发生了什么之前,他已掏出了枪。那支格洛克枪。

他的手迅速移动,卡住她的头部。她跌跌撞撞地被迫向后移动,然后跌到了她的尾椎骨,她看到她眼珠后部直冒出亮白色的金星。

时不再来的机遇已然溜走,就在她昏天暗地地跌坐在地上的那一刹那间。

所有的一切看似变得非常缓慢。她犹如一只飞来飞去的蚊子,骤然被困于一滴树液之中。

一行血从她鼻子一侧迅速流下。

她几乎无力去找寻双脚所在的位置,去把它们安置于身下。

男人笔直地将枪举入空中,然后开了枪。

尖叫，躁动，骚乱。

他用枪瞄准目标，又一枪。前门被炸得粉碎。

米莉安站在那儿，感觉到阵阵头痛，各种彩色光影片段在她视野里翩翩起舞。她在他的身后，她的目光飘落到这个男人的手臂上，枪的瞄准器像一个定位机器一样追踪到位于一排购物车之后的沃尔特身上。

机不可失，时不再来。

命运能得到它所想要的吗？

她对这个杂货铺很熟悉。在海滩季开始之前，她就开始在这里工作了。谁没有玩过环顾自己的工作环境来寻找"周围的什么可以作为武器"的游戏呢？也许她是孤独的。也许这只是她自己的游戏。米莉安·布莱克不属于大多数人。不再属于了。

她回过头来，抓住了一个东西的后盖。

一个长长的、不锈钢的、大双叉。

用于烧烤的。

开枪的那一刹那，她将叉子插进了男人的脖颈。

沃尔特尖叫着倒下。一辆购物车渐行渐远。

血液从叉子周围汩汩涌出，如同一个潺潺流水的喷泉。血开始浸湿持枪歹徒的脖子以及 T 恤领口。

杀手转向米莉安。一个笨拙的回旋，叉子从他脖子的一侧伸出来，看起来如同一个杠杆，你可以拉住它，使他毫无反抗之力。

她发现自己一直向下盯着格洛克的枪管。

"你总是把事情弄得乱七八糟。"他说，嘴唇被浸得通红。他的语气中并没有生气之意。也许是忧思的、悲恸的。绝对是悲恸的。

子弹从枪口一闪而出，转瞬即逝。她甚至都没有听到。

但她感到一阵天旋地转——这是一种强烈的灼伤感，深深刺痛到她的头颅，如同撒旦那灼热的目光。

这个男人瘫倒在一排全是贝壳饰品，盗版混杂的小物件，以及填满了旋转飞扬的沙子而非雪花片的海滩雪球的货架上。它们掉落到地上的那一刹那，都摔得粉碎。

米莉安试图说点什么，却发现她的嘴不再受大脑控制。

对于世界来说，这可能是某种怜悯。然而对她来说，这绝对是一种恐惧。

深邃而卑鄙的黑暗触及她，并牢牢地抓住了她。

插　曲

入侵者

　　米莉安坐在海滩上，她的屁股栽坐在一个廉价的白色塑料露台椅上，她的双手轻轻地搭在相同质地的露台桌上，她的脚趾像一排鸵鸟脑袋一样埋藏在冷沙之中。

　　坐在她对面的是她的初恋男友，本·霍奇斯。他的后脑勺由于很久以前吞了一颗子弹而突出来一部分。时光回溯到他们俩都还是愚蠢饥渴的高中青少年时代。他们发生了关系。她怀孕了，他自杀了。然后她的妈妈用一把被鲜血染红的雪铲带她走出了孤单妈妈的怨念。

　　那一天。那一天才是米莉安真正的生日。一个全新的米莉安。带着这个诅咒，这个天赋的米莉安，拥有这个能力的米莉安。

　　本清了清嗓子。

　　一对深色羽翼的鸟——乌鸫，它们每只翅膀上都带有硬币大小的红色部分，仿佛是被泼上去的一样——正啄着他露出来的脑子，仿佛在找寻虫子。

　　看着那海浪，潮起又潮落。潮水不可避免地发出哗哗的声音。

"我就知道你不可能离开这么长时间。"本说道。

其实米莉安知道这并不是本。曾经，她会说这是她自己臆想出来的本，一个来自她自己心灵深处，不断变幻莫测折磨着她的梦魇，但是这些臆想出的产物也有可能是真实存在的。但现在的米莉安已经无法分辨它们究竟真实与否了，或许并不是现在的她不能分辨，而是米莉安从来都不能确定这些臆想的真假。

"我就是我。"

"这就是我们所指望的。"

她收起了双手，身体前倾，"我们，这不是你第一次说这个词。"

"我们是一个整体。存在于你脑海中的恶魔。"

"所以，这一切只是一场幻觉？你仅仅是我所编造出来的浑蛋，哈？"

本什么也没有说。他的眼神里闪烁着一丝"顽皮"。

就在这时，一只乌鸦抬起了头，它的嘴里叼着黏稠的、肌腱一样的东西。本的左胳膊在空中抽搐。鸟丢下肌腱一样的东西，那只胳膊"砰"一声摆回到他身体的一侧。

这些鸟把它当作一个木偶一样摆弄。

漂亮。

接着，一个影子掠过米莉安。她抬起头，看到一个塑料气球飘浮在空中，在一个冒充太阳的褪色的圆盘前面缓缓移动，然后，当她回头望向本的时候，他不再是本了。取而代之的是那个持枪歹徒。那个杂货铺的男人。满眼都是他的血盆大口以及从他脖子里伸出来的烧烤叉。

"所以，这到底是什么感觉？"

"什么什么感觉？"她问道。其实她明白他在问什么。

"不要忸怩。这是你第二次杀人了。"再一次，恶作剧般的眼神闪现，"或者是第三次。如果你想要算上你那死去的孩子。"

这句话就像是一个拳头一般击中了她的要害。她尽全力不去表现出来，然而她还是向后靠在了她的椅背上，看着远方，发呆般凝视的眼神透过了灰色的海洋，以及那泡沫皑皑的巨浪。

持枪歹徒耸了耸肩，"那我们就不算那个孩子吧。"

"你需要一个名字，"她换了一个话题，"你也许可以没有一张脸，但是我希望你有一个名字。"

"那我叫本？路易斯？妈咪？"

"我又不会叫你妈咪。你个头脑有问题的人。"

"顺便问一下，你最后一次见她是什么时候？"

她什么也不想说。他——或她，或它——已经对答案了然于胸了。

"我应该叫你入侵者，"她最后说道，"因为你就是这样做的。你强行闯入这里。现在，在我死之前，我应该会在黑暗之中漂流，穿越过所有的安宁，所有好的以及不好的东西，然后就是你，擅自闯入我的精神领地。其实，我喜欢这样。入侵者。我们开始吧。"

"别装得像你没想邀请我似的。"

"我可没有邀请你。"

持枪歹徒露出微笑。一只乌鸫栖落在插在他脖子上的烧烤叉上。

"另外。"入侵者继续说道，只是现在不是那个持枪歹徒在说话，而是那只停留在叉子把手上的乌鸫。不过声音仍然是本的声音，"你没有死。你只是受惊了。"

"我没有死？"

"还没呢。也许很快了吧。小可怜，你要先完成一些事情，我们才不会让你那么容易解脱呢。这次会面只是我们欢迎你回来的一个小小见面礼。"

"你应该带蛋糕来的。"她说道。

"也许下次吧。"

3 只是皮肉之伤

三个不同的警察对她做了笔录,并且每一个警察都催促她赶紧上那辆该死的救护车。

她坐在路边,像一个"老烟枪"一样吸烟,那些警察告诉她说她有可能罹患脑震荡。那枚子弹沿着轨迹侵蚀掉她的大脑——这就是事实,头上的肉和秃发的分界线清晰可见,子弹在她的头皮上挖出一条灼伤的沟壑——有可能引发感染。

米莉安告诉他们,她不会上救护车的。

她不会去医院的。

她很好。

她没有医疗保险,她也没有钱去补办医疗保险。上一次在医院的时候,她因为一份尾数有太多零的账单而遭受痛打,那种轮番轰炸的感觉让她以为自己身处珍珠港战场(那个账单以及其他附属账单立马被她丢弃在垃圾堆里)。

她的陈述并非都是谎言。事实上,她吐露了所有事情——甚至连她掌掴佩吉的部分都坦白了，除了关于通灵幻象的那堆破事。这并非说明米莉安不愿意与人分享。过去她试图分享，然后大都被警察以不太关心"我可以看到通灵幻象"这个理由回绝。

没必要去给自己添麻烦。

相反，她告诉他们，她看见鼓起来的手枪，以及看到那个男人把枪拔了出来。这并没有与事实相违背。

佩吉一点也不想起诉。佩吉甚至都不想看到她或是和她说话。这对于米莉安来说也是求之不得的。

她试图找寻更多的关于持枪歹徒的消息，却无人知晓。或者他们并没有去谈论。总之，这是一座冷漠之城，米莉安觉得好像自己是这里唯一的活人。

所以几小时之后，米莉安获得了自由，他们用老话警告她："暂时不要离开这里，可能我们还需要找你进行一次谈话。"

她听到了，但是她没有听进去。

她还需要抽一根烟。

要是她知道那到底意味着什么就好了。

4　回家了，回家了，终于他妈的到家了

长滩岛的大堤是一个梦魇，因为它是一场挥之不去的噩梦。这个岛上的度假者们络绎不绝。在夏天，这个大堤——屹立在灰白泡沫之上的一座白色拱桥——马纳霍金湾桥上，如同被病症堵塞的动脉血管。

这是上岛下岛的唯一的路。

但是米莉安没有开车。这意味着她可以无拘无束地自由穿行。这辆"施文 10-speed"型号的自行车，它的车架凹陷下去的地方粘着梅毒般的海锈，载着她经过来来往往的车辆——浮光掠影，宛如收音机电台以及对话声的多普勒效应一般。

车轮发出飞翼般的嗡嗡声。

她头上暴露在海风中的伤口隐隐作痛。

她一边骑车一边抽烟，吐出的有害烟气如羽翼般在她身后消失渐远。

一年前，她初次来到这个大堤，她在岛上救了路易斯一命，其实，这并不是命运的安排，是她有意为之，她改变了路易斯的命运。他被绑在灯塔顶端的椅子上，一只怪物正折磨着他。

她在他失去第二只眼睛之前拯救了他——以及他的所有脑功能——然后又得知了自己的一项特殊技能。

转移死亡的唯一途径是让死神带走另一条生命。

就像她今天对那个枪手所做的一样。给他来么一下，那个该死的浑蛋。她这样想。这个笑话在她头颅内像弹珠一般来回弹跳，却并没有因为每一个回音而变得更加有趣。相反，却让她更觉恶心、陌生，以及摇摆不定。

你有工作要做。

她甚至在酷热中瑟瑟发抖。

最终，抵达了大堤的尽头。从海湾大道驶入了巴尼加特公路。松树从沙土堆中破土而出，高耸入苍穹。她从没想过松树是属于这片海滩的，但事实上它们就矗立在这儿。当然，她亦从未想过医疗垃圾也属于这片海滩，但这却正是新泽西带给诸位的。

她穿过绿街，经过一家小小的冲浪商店，接着途经微型鱼饵店，一切都是为了避开交通转盘。另一个新泽西的标志物：交通转盘。这不仅仅是一个普通的十字路口。噢，不是。一圈又一圈。这个地狱般的"路口旋转木马"恐怕连但丁坐上来都会晕倒在自己的一堆呕吐物里。

你可能会永远被困于其中的一个交通转盘之中。她这样想道。

就像在下水道中的旋涡一样。

这就是她在每次回家途中的真切感受。这次也一样，她整个人好像在挣扎着踩水花、游着狗刨式，等着被不远处的鲨鱼吞掉，或是伸展着双臂任由自己沉入海底，又或是在等着一艘大船过来把她卷入螺旋桨。

家，家，啊呸。

家，现在就是一辆停靠在塔克顿外的湾景房车宿地那儿的 1967 年"气流信风"房车[①]。停车场的名字是有点词不达意，但她最终发现这并

---

① "气流信风"房车（Airstream Trade Wind Trailer），一种形如一整条吐司的经典款式的房车。

非一个彻头彻尾的谎言——如果你爬到房车顶端,然后跑到最近的电线杆上,你一定可以看到来自那阴暗海湾的潮湿淋病般的浪潮。

这个房车宿地是歹徒和恶棍的标志性聚集地。放眼望去,有一对上了年纪、和蔼可亲的夫妇,他们穿着在他们看来依然时尚的复古夏威夷衬衫,以及勾起她一些不好回忆的卡西牌鞋子。在他们旁边,有两个大学辍学生正在向别的大学辍学生兜售劣质大麻。在公园的另一头是一群更加衣衫褴褛的人:一个制作冰毒或者炸弹的家伙(也可能二者兼有);一个除了杰克罗素犬之外什么都没有的囤积者(犬吠个不停);还有一个哪怕在炎热酷暑时也经常身穿法兰绒衬衣的中年离异男子,米莉安十分确定他是一个严重的恋童癖。

这真是一个友好的群体。

一个让她有归属感的群体。她谙知这一事实。虽然她不喜欢这里,但这里就是她的家。

米莉安朝那对和蔼的老夫妇挥了挥手——像登月的宇航员一般缓慢——但她确定自己不应该停下,以免她发现自己被困于由于有趣对话而产生的重力井之中,这些看似平常的交谈可能让她无法自拔,毫不夸张地说,唯一能让她结束这些对话的方法就是用在她附近的园林铲卸下自己的一只胳膊。

她在两个毒贩(斯卡得和尼尔斯)面前叉着腰,前者就像是一个身材颀长、没有教养与文化般的伊卡伯德·克莱恩[①];后者是两个有着时髦的络腮胡子,以及戴着黑框眼镜、大腹便便的老男孩。他们面带憨态可掬的笑容向她挥了挥手。这是这儿的传统。

接下来:回家。

"家。"

[①] 《断头谷》的故事主人公伊卡伯德·克莱恩,一个小学教师。他贪婪、迷信、自负、懦弱而又愚蠢;只有受过良好教育的他才相信鬼怪巫术还有无头骑士的传说。

管他呢。

枯萎的金盏花从扭曲破碎的砖头花盆里伸了出来。紧邻着它的是一个陶瓷质地的花园地精模型,它的前额上有一个裂开的口子,她在那里放了一个在"气流"房车后面发现的生锈的迷你高尔夫球杆。这个高尔夫球杆对她来说有着多种用途:把鹅卵石从"气流"的屋顶上敲打下来,挠后背的痒痒,用来恐吓毒虫和像蟑螂一样的社会毒瘤们。

那个球杆躺在不远处,在高高的杂草中央。

每一次穿过拖车的门槛,她的胃都会骤然抽搐,就像被打了一个紧紧的结一样。

"锁上门。"她自言自语。

然后走进了"银鲸"①的肚子里。

金属墙壁。海岸上的装饰都是这样的:粉刷的木质镶板,以及20世纪80年代的室内设施。她一样也没有碰过。她来这里做过的唯一一件布置房子的事情就是将一个鸟骨架挂在了厨房水槽上面。她猜测这是一只乌鸦。她大约在三个月回来之后发现它已经死去,大部分的肉已被蚂蚁吞噬,剩下一些羽毛仍然沾在骨头之上。

只有坚持这样一件事才让她感觉自己是这个地方的主人。仿佛她真的住在这里一样。

当然她确实住在这里。然而,看清现实从来都不是她的强项。

"喂,小鸟。"她用她学得最像史纳菲先生②的腔调说道。她缓慢旋转着那个乌鸦骨架——她把这具骨架用鱼线以及扎丝固定在冰棒棍上,任由这只死去的鸟在午后的阳光下慵懒地旋转着。

路易斯不止一次地对她说,这个鸟骨架非常恶心,并且它不属于这

---

① 米莉安的房车就像一条银色的鲸鱼。

② 史纳菲先生是美国著名儿童电视教育节目《芝麻街》的主角之一。害羞的史纳菲是像河马一样的厚皮动物,4岁的他总是不想讲话,面对困难第一个反应就是放弃,但一点点激励就能解决问题。

辆房车,根本没必要挂在他们平时洗碗的厨房水槽上方。

她告诉他,这是她在这个地方唯一想要的东西,这也是她在这个地方唯一拥有的东西。如果他总是试图移除它,她会在他睡着时,坐在他的胸口,用一个圆头手锤①敲碎压扁他的睾丸。米莉安还向他义正词严地声明,这就是圆头手锤赢得这个"美誉"的原因,因为它是用来砸碎睾丸和阴茎的,所以他最好小心一点。

不用说,他们从未和睦相处过。

他们曾做过一段时间的恋人。他曾风度翩翩,柔情蜜意。他说服她留在新泽西。他用他积攒的一些财产买下一块地,他们可以生活在那儿,生活将会很美好,因为他不是一直待在那儿,他需要去进行长途运输什么的,会去东海岸沿线,噢,对了,她也能得到一份工作,并开始安顿下来,以及这个那个等等一些常见的哄女人开心的说辞——

米莉安不愿意去想起它。

她的头部伤口跳痛着。她用手指触摸了一下,黏稠的粉红色,而不是大红色的液体,弄湿了她的指尖。

米莉安不受控制地去戳自己的伤口。

曾经,希望之花盛开,她与路易斯真的为了这个想法去付出过实际行动,为了实现这个梦想。然而希望之花转瞬变成怨恨之蒂,不久"气流"对于他们来说就不再是一个安逸舒适的定居之处,反而更像是一个锡罐状的坟墓。

现在,他们是室友、朋友,以及敌人。但每过一段时间,她仍然会产生强烈的欲望,爬到他的身上,如同一个骑在一匹大马上的小女孩一样,然后他们共享一次性爱。或许他们并不想发生关系,但这更多的是缘于相互的怜悯,还有谁都不愿意伤害对方的心理在作祟罢了。

谁懂得?谁又在乎呢?

---

① 圆头手锤就是两个头,一头是球,一头是圆柱的那种常见手锤。

路易斯每在家待一周就会有两周的时间在外面。

这周是他的"消失"周之一,但它即将结束。他随时都会回家。她闻了闻空气,不是古风①香味——旧的古风,不是新的古风,这气味对她来说就如同乌克兰澡堂的一块小便池除臭剂。

他不在家的时间越长,空气中萦绕的这个味道就会越淡。

当这个味道都消失了,她就知道是他要回来了。

她出去抽根烟。

屋内不许抽烟。他告诫她。

这算不上是一间屋子。她反驳道。

但这是家。他这样回应。

她用手指伸入喉咙深处所发出的呕吐声音作为回答。

---

① 古风(Old Spice),男士个人护理品牌,历史上与年长的绅士联系在一起,也被译为"老辣椒""老香料"。

5 吸 毒

米莉安坐在枯萎的金盏花旁边，一根接一根地抽着香烟，总是以为只要再抽一根就可以治愈她胸腔内的压抑感，将帮助她呼吸得稍微轻松一些。她将烟灰轻轻掸到"小地精"[①]破损的脑袋上。

几个小时过去了。

夜幕降临。但天空还没有完全被黑暗吞没，还有些许的光亮。蟋蟀的叫声取代了蝉鸣，微风拭干了她的汗水。

不久，第一位拾荒者出现了——一个丑陋的长相酷似野狗，肮脏不堪的"人狼"。他四处"嗅探"，这是她的一个邻居，一个她从未见过的邻居。

他身形消瘦，四肢修长，踩着滑稽的"舞步"，像是在享受除了他自己没有其他人可以听到的音乐一般。长长的棕色头发紧紧提拉在两侧，用一根橡皮筋绑在头顶。

她看到他一直在抠他手臂上的血痂。注意到他的牙齿全都还在，但

---
① 地精，何首乌的别称。——编者注

是，通过它们的颜色和稳定性来看，距离它们像冰柱掉落一样被折断的时刻也不会太久了。

猫尿的气味直冲鼻腔，让人躲闪不及。

他是吸毒者之一。她没有认出他来，不过这是正常的。因为有一大堆像他那样转来转去、游手好闲的人在那儿进进出出。

"嗨，你好。"他说着，并向她走来。

他可能认为自己会把一些住在拖车停车场的婊子弄到手。要么他从别人那儿听到了一些关于她的消息，认为自己可以征服她这匹野马，抑或他们纯粹在逗他，扯淡说她很容易上钩之类的。他们这会儿很有可能正在树的缝隙中偷窥呢。那群小丑。

"嗨。"她说。

"你看起来真漂亮。"这已经是一个相当甜蜜的说辞了。但随后她注意到了他那色眯眯的眼神，像是要用眼神把她看光。

"你看起来就像一堆疮痂拼成的人一样。"

"这不是一个非常漂亮的说法。"

"又是这个词。漂亮，你根本不了解我。"

他又向她靠近了一点。手指搓揉在了一起，显得有些紧张又有些兴奋，说道："但是我渴望了解你。"

"老兄。这对我来说并不是一个美好的夜晚。"她说道，"我不知道你的那些瘾君子哥们儿对你说了什么，但是这个女孩的腿是不会对你这样的人分开了。"

"去你的，婊子。"他的眼睛闪烁着愤怒。

现在，他开始走向她，他的手紧紧地攥成了拳头，因为内心的愤怒与激动，双手还有些颤抖。

看起来我们要去解决这件事情，她心想。

他一个箭步冲到了她的面前。

他用他那细长的手指抓住了她的手腕——

针管穿进了那个看似老男人胳膊的东西里，死亡在蛛网图案的文身中央蔓延开来，这些文身上其实已经布满了一大堆因注射毒品而产生的坑坑洼洼的针孔印，皮肤就像月球表面的陨石坑一般。他任由针管悬挂在他卷起的，橙色火焰般的连体囚服的袖子上。他的脑袋懒散地往后靠着，花白的头发披在肩上，他没有牙齿的下巴"吱呀"一声缓缓地打开了，缓慢而愉悦的嘶嘶声从他喉咙根部释放出来。海洛因通过他的动脉蜂拥而至，飞驰般地进入了他的心脏，然后是他的大脑，疯狂的海洛因野兽在踏平他的大脑灰质。随之而来的是一阵惊厥，他嘴里吐出了一口令人作呕的白沫，最后头沉沉地垂下，他坐着死在了那儿。

——但是，对于她来说，将他拼命握紧和在空中挥舞的手扭到一边并非难事。

他又一次去扑打她，但她采取了躲避与迂回的战术。

"事实是：你将死在监狱里。"她气喘吁吁地说道，该死的，她身体已然虚弱，"在你往手臂注射一些甜蜜的墨西哥棕①的时候死去。"

他向她踢过去，但那一点也不像是一个功夫动作。反而更像是一个胖孩子试图踢球的举动。"他妈的那是什么？我不要——"他嘟哝着，"注射那玩意儿。"

"现在不要。但在将来，你会想要。"

他笨拙地打出一拳，她抓住了它，扭转，然后把他手臂折成小小的一团反扣到他的背上。这个吸毒者号啕大哭。感觉羞辱远远大于痛苦。

"有趣的是，你死的时候，你看起来就像，多大呢——六十，六十五岁。但这种情况会发生在十五年内，我的兄弟。冰毒不是牛奶，哥们儿。

---

① 墨西哥棕（Mexican Brown），墨西哥产的棕色海洛因。

它不会对身体有任何好处。"

坦率地说,她低估了他,她只顾沉醉在她自己光彩熠熠的娱乐之中。它给了这个瘾君子一个可乘之机,而他把握住了此次机会。这个蠢货像条蛇一样扭来扭去——一条注射了大剂量冰毒的蛇——他抡回来一个胳膊肘,恰好击中她头部一侧的被子弹灼烧出的伤口。

新鲜的血液飞快地流入她的眼睛。

吸毒者突然用力猛地推她,把她击倒在地。

她的肘部沾满了沙子。地上的杂草恼人地挠着她的脖子,血渗入她的眼睛。瘾君子在放声大笑。他试图向她吐口水,但大部分只是流过了他自己的下巴然后挂在那儿。他踢起满地尘埃。

那个脏兮兮的家伙抓住她的脚踝。她一直想要踢开他。片刻之间她对自己说,可能就是这样了,这可能是我在这里的最后一天。归根结底,这和她想的不一样。她可以得知别人如何死亡,但关于她自己的厄运始终是一个谜。一个在啃噬她指尖的谜。

今天早些的时候,她认为枪手会带走她的生命。现在却觉得是一些冰毒瘾君子。

唯一的问题:她不想就这样死去。

"今天我杀了一个人。"她咬牙切齿地发出嘶嘶声。

听到这话,吸毒者停顿了一下。她的手偷偷地向着草丛中的某个东西伸去,那个在枯萎金盏花的不远处,靠近带孔地精的东西。

"你不可能是杀手。"他笑嘻嘻地说道。

她急速挥动高尔夫推杆。这个武器折断了他的小臂——他发出惨绝人寰的哀号声,他放开了她,但她并未停止。她跳了起来,摇晃高尔夫推杆,再一次给了他的小臂重重一击。他甚至已经无法呐喊咆哮了。现在,只能发出呜咽,如同一个被一群被激怒的黄蜂围追攻击地哭哭啼啼的孩子。吸毒者的脚踝勾到了崎岖地面上的土墩——这儿,沙土遍野,树根蔓延，满眼尽是凹凸崎岖之地。

轮到他回击了。他却倒下了。

"你他妈的离我远点。"他依然傻笑着。

"你不可能是杀手。"她嘲笑地重复他的话，"谁知道我是什么？你肯定不知道。"

她把推杆举过头顶。米莉安那双命运之手。她曾看到过他的死亡：吸食海洛因过量。但是，她手中有权去改变这种状况。一杆推向他的屁股，将他推出尘世，这个世界上就又少了一个作奸犯科的浑蛋。她乐于去帮所有人除掉他。

他大声哭号，吹出一个大大的鼻涕泡泡。

推杆从她的手中掉落在地。

"滚出去。"她咕哝着，用她的脚趾轻轻推动他。

这就像他看到了死缓，却不愿意接受一样。她把沙子踢到他耳边。"我让你滚出这里！"

吸毒者嗷嗷大叫，像螃蟹般横着走开，直到他能够挣扎着站起来，才从两辆加宽房车之间急冲出去。

米莉安走了进去，又点燃一根烟。听到她脑海中路易斯的声音，严厉斥责她不要在这里抽烟，然而现在，她已不在乎了。无论她曾经如何努力，现在她都不会去在意了。

她发现自己身处浴室，或者是一个所谓的像浴室的空间里。它如此拥挤，几乎不能转身。这门甚至不是一扇门，只是一扇可以拉起来的折叠屏风。在她脚下，有一块颜色像腹泻物般的地毯。的确，如果要在卫生间铺地毯，至少铺上屎黄色的一块，因为这样会有点实用价值。

血沾在她的眉毛上。她像一只伸出爪子到处扒挠的猫一样，手搭在卷筒卫生纸上不停抽动，直到她拿到了地上堆积起来的一束纸巾。撕开。她将纸巾轻轻沾在额头上，看着她的头发间那些黑色和红色的交错。

她的头发曾经一天一个颜色。蓝色、紫色、金色、绿色等，还有乌鸦黑、吸血鬼红。

现在只是栗色，她原本的颜色。

因为那条子弹纹而修剪了头发。

她感觉墙之间的空间很紧凑，比平时更加狭小。她几乎无法呼吸，在水槽里掐灭了香烟。

"妈的。"她对着那只死鸟骂了一句。她的声音瑟瑟发抖，雨滴落在锡板上。棕榈光亮平滑。胃痛得厉害，"我受够了。"

她拿起包，离开了。

6 超凡解脱之路

绵延冗长的新泽西州高速公路——巴尼加特72号高速公路——热蒸汽舔舐着灰色碎石路面，在它们之间逐渐熔化的黄色虚线如同一个又一个的黄油块。

狭窄的双车道上，汽车往返于海岸之间。一大家子人蜗居在小小的货车里。兄弟会成员在敞篷吉普车外大声叫嚣，强有力的乐动发出刺耳的轰鸣。有一个骑着自行车的人穿着紧身的莱卡衣，上面印有无数个企业标志，仿佛他就是被赞助的骑单车的人，而非一个患有妄想症的蠢蛋。

她看到第一辆自行车后心想，嗯，对。自行车。我也应该骑我的自行车。但随即她便否定了她刚刚的想法，不，这不是我的计划。计划是这样的，回到老样子。以正常的方式。米莉安·布莱克的方式。

她所需要的只是她用于请求搭便车的手势以及供她逃走的手段。

是时候说再见了。为了摆脱路易斯与现实生活这两个羁绊，为了再一次成为彻底不受约束徜徉在美利坚合众国的干道辅路和循环公路上，就像一颗"毒瘤"。

只是，出于某种原因，她没有伸出她的拇指。

她只是步行着。

"我会在前面一点搭一辆顺风车。"她独自对着那黑色土耳其秃鹰说道。它们在从路面上升起的热空气的气流轨道中翱翔盘旋。看着她，它们可能觉得她随时可能会死在这儿。她倒在地面的那一刹那，它们便会去叼啄她的骨头。

她可不会让它们得逞。这些丑鸟。因为秃头，它们可以毫无阻碍地将自己干瘪的匕首般的脑袋扎进逐渐腐烂的动物的黏稠躯干之中。你曾是一只秃鹰，她心想。你还会再变成秃鹰的。

汗水黏腻地沾在她的眉毛上，滴落进她的眼睛，让她感觉到一阵刺痛。

环顾四周，都是树木。大多数是松树，纤细脆弱的松针从沙土里探出来，有时在风中窃窃私语。头顶的电线架如同黑色甘草串。有时会出现一所房子——这儿的一座迷你豪宅，那儿的一处老鼠洞。然后米莉安的目光回到松树以及它们的斜影斑驳里。

暮光开始渗出夜晚的血液。太阳落下，月亮升起。一会儿，她看到北美脂松，一种生长在这干涸的沙质土壤中发育不良而且扭曲的树木。这种由于偶然的森林火灾彻底燃烧后茁壮成长的树木，会扼杀矮树丛，从而使它们自己继续存活，并且彻底战胜了它们那些矮小低微的竞争对手。

北美脂松的出现意味着她位于松林荒原。蔓延冗长，没有尽头。松树之家居住着这片人迹罕至、荒芜之地里不可思议并与世隔绝的居民。这也是神秘新泽西魔鬼的故乡，有着一个驴首，还有带有蝙蝠翅膀的卓柏卡布拉①一样的吸血怪和一位女巫妇人，当然，如果你相信这些故事。

夜幕正式降临驻足，汽车行驶在这条满是枯萎树叶，毫无生机的路

---

① 卓柏卡布拉（chupacabra），想象中的动物，传说有着巨大的红眼和惊人的弹跳力，以喝山羊血为生。

上。米莉安甚至想放弃沿着公路步行的想法，走进那片诡异树丛，那儿的松树林或魔鬼可能会把她抓走。

然而，她一直沿着公路走了下去。一年前，她正在这片贫瘠之地的小屋里饱受折磨。

她的腿剧烈疼痛，口干舌燥，双脚底部灼热燃烧，旧的老茧同时也折磨着她。

她拿起一瓶水，抿了一口，然后再一口。然后瓶子就见底了。

她究竟抿了多少口？

该死的。

她想，终于是时候了。是该搭乘便车了，是该给旧生活一个交代了，是该给以前那个缺乏责任心的自己一个交代了。尽管，她知道，这些车中的大多数只能带她回到岛上。讽刺的是，她是如此地想拼尽全力把自己从流沙之中拉扯出来，到头来却是竹篮打水一场空，反而越陷越深。

尽管如此，黑暗的道路被从她身后传来的车前灯之光照射得流光溢彩。她伸出了她的拇指，无论来者是谁，都没有关系。命运将会发挥自己的作用，她会是一位慈祥的奶奶，一个酩酊大醉的联谊会女孩，还是《闪灵》里的杰克·托伦斯？

命运有其他的安排，如侏儒松树般扭曲。

发动机的隆隆声演奏出了太过熟悉的和弦。她回头看过去——车前灯又大又亮，如同两轮灼热的太阳快速逼近，烧尽黑夜。

伴随着一阵液压刹车系统产生的刺耳刹车声，车停住了。

她的内心有一个声音在说，不，不，不，不。

但每两个否定之间都有一个肯定。

"米莉安？"路易斯的声音透过卡车引擎的声音传来。她像纸巾般被撕碎崩溃：她的躯干想立即逃走，但在她骨子里，在她内心深处，她却是回到他的身边。当她刚坐下的那一刻，内心的拔河之争结束了，如同一个断线的木偶般跌落，滚进高速公路旁的杂草丛中。

终于，她听到车门被打开，又关上，然后她曾心爱的路易斯来到她的身后，巨大的身躯——让人既欣慰又提心吊胆，像熊一般温暖、柔软，但是她知道，他也可以将她的脑袋扭断成绽放的金光菊。

"走吧。"他说道。然后他敦促她快点上卡车。

这令她自己都感到惊讶，她居然跟着一起去了。

7　咖啡与香烟

"我是不会回到那个该死的房车上的。"米莉安坐到副驾驶座上说道。卡车一路上隆隆轰鸣。

只有在这辆麦克卡车的驾驶室里面,而不是他们共同居住的房车里面,每一样东西看起来才是崭新的。这都归功于路易斯对它的悉心照料。这里面充斥着令人厌恶的"牛魔王"牌清洁剂的味道和松香味,是的,还有那挥之不去的古风香味。

"好吧。"他回答道。在这一个词里,那软糯细腻的南方口音——轻柔微妙,不像班卓琴的强硬拨弄。让人感觉舒适,就像躺在一个自己用了很久的老枕头上一样习惯、自然与舒适。

他用一只眼睛仔细看着她,另外一边则是一块隐藏在黑色眼罩后、没有眼珠的伤疤褶皱。我的错,米莉安心想。

"我也不想回到那个该死的岛上。"

"好吧。"

"坦白说,如果我们的行车路线有稍微一丝的偏向回新泽西海岸的方向,我都会把你另一只完好无损的眼睛也抠下来。用我的拇指。"她用手拂过自己的头发,发出一声低沉的动物般地吼叫。

仅仅是在他驾车的那一小段时间里,他注视她的时间与看路的时间就已经一样多。这感觉太熟悉了。他是一个谨慎的守护者,而她是一个疲惫的疯子。

"你被射伤了。"他终于开了口。

"什么?噢。"她意识到他指的是她的头。那子弹轨迹形成的沟壑已经结痂了,一片结痂的疤痕就在她摸索的地方,"对。是的。等等。谁告诉你的?你究竟是怎么找到我的?"

其实在他回答之前,答案就已浮现在她心头。果然,他回答:"佩吉打电话给我了。"

对。佩吉,她祸害般地存在于整个夏天。她不完全算是路易斯的朋友,只能算点头之交。他也曾经在某段路上载过她,好吧,谁知道呢?卫生棉条和寄居蟹,她想道。佩吉说,她有一个职位空缺,问他是否可以介绍人来。路易斯告诉佩吉说他恰好知道一个女孩。然后,悲惨的经历随之而来。

"你被射伤了。"他又说了一遍,"你没事吧?"

"还好。"

他深吸了一口气。"你被射伤了。被一颗子弹射伤了。"

"是啊,这就是'射伤'的定义啊。这不算什么。去年,我的乳头被刺伤。当时的那种感觉就像自行车车胎被放了气一样。这个……真的不算什么。只是皮肉之伤。对了,你是怎么找到我的?"

"接到电话,又回到了家——"

"房车。"

"——然后你走了。所以,其实是你的包。"

"我本来可以去任何地方。北到纽约,南到大西洋城。"

"这些方向不会让你穿越松林泥炭地。"他小心翼翼地注视着她,"我向那个烂人开了一枪,他得到报应了。我想我知道你现在好多了。"

这些话激怒了她。

"你他妈的根本不知道。"她啐了他一口,那些字眼犹如从倾倒的水桶中泼出来的电池酸液,"你真的以为你懂我吗?真好笑。想知道笑点在哪儿吗?"她并没有笑,"如果你真的了解我,你就不会觉得让我蜗居在拖车里一年之久是个超级棒的点子了。你就不会认为我的理想工作是扫描明信片、沙桶,还有与那些该死的、肥胖的、椰子味的游客喜欢吃的伍兹饼干为伍了。"

路易斯叹了口气,"人们通常就是这样的,米莉安。都要安顿下来,找到工作。"

她像要射门的足球运动员一样把一只脚向后扬起,然后狠狠地踢到他的仪表盘上。虽然这不足以使它凹陷或是破裂,却足以让这个声音响彻卡车驾驶室。

"我和他们不一样!"

"米莉安——"

"靠边停车。"

"什么?不,等等,有件事情我要告诉你——"

"我说了,你他妈的快给我停车,你这个狗娘养的独眼龙。"路易斯咬了咬牙,猛地踩了刹车。卡车嘎嘎地沉重地驶到路边。

"好了吧。我停下了。"

"我要出去。"

"又来。你又想逃,再来一次。"

"又一次,是啊,又他妈的一次。"

"你不想听听我有什么可说的吗?"

"我不想。"

039

"好吧，那么，出去吧。"

"我马上就走。"

"你看起来不像要走的样子。"

她抓住自己的胯部，"这个样子呢？"

米莉安猛地打开驾驶室车门。迎面而来的是被风吹起的沙砾。

门，砰地关上。卡车随着这阵力摇晃了一下。

路易斯没有磨蹭。轮胎在松动的石头上咆哮前进，麦克卡车飞驰而去，留下一地尘土飞扬。油腻、薄纱一般的尾灯光弥漫消散在紧贴夜晚时分地面之上的雾霾之中。雾霾闻起来就像那种冒着长长浓烟的森林大火的气息。

不错，他生气了。他应该生气。路易斯很少生气。他是一个处事圆滑的人，一个和事佬。做一个喷泉，而非下水道，他曾经这样说过。她当时回了他一句，我喜欢在喷泉小便。所以你是一个真正的下水道。

那些尾灯闪烁，淡出，消失。

米莉安继续朝前走。

现在，她的心真的开始狂躁起来。她非常想脱下她那该死的靴子，赤脚走路，但这是新泽西州。谁知道她会踩到什么？或者踩进哪里？想想都不寒而栗。

几个小时后，她看到前方有一个瓦瓦加油站和一个集市——在松林地的黑暗之中散发着黄色和红色的光。她的肚子咕咕叫了起来。她的牙齿和舌头开始发痒，急需一根香烟。她带着一些现金，但并不多，或许还不够。

她经过抽油泵，看到他的卡车停在旁边，车已熄火，驾驶室也是黑压压的一片。

然后，他来了，向她走来。

路易斯手中握着最大号的瓦瓦家咖啡杯——一个64盎司的"口渴中止器"和"睡眠驱逐舰"。他的另一只手臂下面夹着一条香烟。

他递出那条香烟。

"给我的?"她说。米莉安佯装镇静,但这样做就已经耗尽了她的精力。虽然并没能表现出足够的真诚,不过她平时本来就这样。

"给你的。"

"也许你有那么一点懂我。"

"也许只是一点点。"

"谢谢。"

"我们可以回到卡车上吗?我有点事情想要告诉你。"

她的雷达发出信号——不是那种酥痒,而是令人痛苦的痒。像一个无害的痣突然演变成了癌细胞。同样,她点点头,拿走她的礼物。他们回到卡车上,这样她就可以听到路易斯告诉她些什么了。

8 第三步：利益

米莉安等着那把消防斧头掉下来。她总是等着那把消防斧头的掉落。路易斯和她一起坐在卡车里，卡车仍然停在瓦瓦停车场。

他看起来犹豫不决。

她知道接下来将会发生什么。理性地说，她觉得这是可以接受的。他并不想和她在一起。为什么会这样？感情上……嗯。在感情上，她简直是个装满疯猫的车库。

接着，他递给她一本书。很薄，封面光鲜亮丽，人脑袋大小，仿佛一枚信封。它的背面甚至有写地址的地方。

她打开了它。"这是……考尔德科特学校。"她迅速翻阅它。

润泽光亮的照片，言辞得当的文笔。

你希望助女儿发掘她的学习潜力吗？

女孩身穿灰色制服，水手裙、长筒袜，来自不同种族的青少年们融洽地在一起认真学习，享用午餐，渴望着汲取更多知识，笑脸洋溢着幸福，还有求知若渴的微笑。这些都是理所当然的。哪有孩子是目瞪口呆像青眼僵尸那样去学习的。

米莉安透过书的边缘窥望。

"你是……想送我回学校吗？"她发出那种病态的令人讨厌的笑声，"我的青春期可能是太长了点。"

"什么？哦，不。这是一份工作。"

米莉安迅速卷起邮件，猛地拍打了一下他的膝盖，"关于给我找工作的事情，我是怎么跟你说的？你就像对待醋和小苏打、钠和水一样把我随意扔到一个朝九晚五的地方，就像让眼镜蛇和猫鼬共同居住在一个小型公寓里，给它们录像，然后放到MTV上面一样。"

"这不是那种工作。"

她用手做出一个色情的动作。然后，鼓着腮帮子模拟表演口交，"难道……是这样的工作？"她淫荡地舔着那看不见的阴茎。

"我不是在帮你拉皮条。这是一个……"他似乎无法找到合适的字眼来描述，"有关心灵的工作。"为了试图澄清，他轻轻拍了拍自己的头。

"有关心灵的工作。"

"是啊。是的。"

"我甚至不知道这意味着什么。我可以在家办公？"

路易斯过了一会儿进行了解释说明。他不时地做慈善工作，为需要的人送货。在这种情况下，他给一些位于东北地区的学校捐赠了许多学习用品。比如寄宿制学校，特许学校，私立院校，小学院。也包括这一个学校，考尔德科特学校，一个女子学校。

"我认识那儿的一个老师。"他说道，"凯瑟琳·凯蒂，她是一个友善的女人，教英语。她没有任何家人，一个也没有了。茕茕孑立，形影相吊。她十分确信她即将死去。"

就在此时。死亡的恶臭朝米莉安的鼻子席卷而来。乌鸦的翅膀窸窣作响，秃鹫在把头埋进伤口之前发出哗哗的声音。

"我们都会死去。"米莉安说道。

"这是多么绝望的事情。"

"生物学上来说这是很正常的,老兄。我们的生命到最后总有消失殆尽的一天。那首诗怎么说来着?什么什么,中心不在?"

他面无表情地盯着她。他不是一个诗歌爱好者。

"她觉得她即将死去,她认为自己生病了。而且她全家人都死于某种疾病,大多数都是癌症。一个侄女死于脑膜炎,一个哥哥死于DVT。"

"DVD?一定是一部低劣的电影。"

"D-V-T。深静脉血栓。"

"哦,哦。这听起来像一个很厉害的乐队名字。"

他的鼻孔微张。用他那宽大的手指摆弄着自己的眼罩。每当他被她的废话弄得无语时,他都会不由自主地做这个动作。

"重点在于,她说她想咨询一个通灵人士。她问我有没有遇到过这样的人。"

"所以你把我的事情告诉她了。"

"是的。"

"你有没有想过,也许我想要保密?"

"你搞得人尽皆知。"

"没有人尽皆知。"

"你告诉了那个邮递员。"

这是真的。她告诉了那个邮递员,他说他的皮肤有点问题,她告诉他应该去检查。他脖子上有一块形似得克萨斯州的黑斑。当然,他不会接受检查。但是有些时候,她会从对着潮汐的大声发泄之中找寻快感。

她把考尔德利特的书扔在了仪表盘上,从杯托里取出她的咖啡。掌心洋溢着温暖的触感,安逸舒适,"我以为你不想让我做这件……事了。"

"我从未那样说过。"

"你给我买了手套,还非要让我戴上。"

他再一次摆弄眼罩,"我只是觉得在你做那份工作的时候,这会给你带来麻烦。"

"至少在床上时你可以让我脱掉手套。"

他脸颊泛红。经过了这么长时间的相处,他现在依旧会脸红。

她决定像一只长耳大野兔一样快速蹦蹦跳跳前进,让这些废话快进。"所以,这个老师是一个彻头彻尾的忧郁症患者。她觉得自己快死了。你向她提到我,告诉她我那恼人的天赋。这是什么时候的事情?"

"三个月前。大约是那个时候。"

"你觉得她现在还有兴趣吗?"

他点点头,"我已经给她打过电话了。"

"你这只狡猾的狐狸。"

"所以,你怎么想?"

她的双手感到一阵刺痛。她感觉她的指尖如同大黄蜂的翅膀对着玻璃窗不停拍打一样。她不明白为什么自己全身上下都想要这样做——就像她有这种渴望一样,这种渴望深深地缠绕在她所有的身体部位,从她的牙齿和舌头一路下滑至她双腿之间的青翠山谷。她可以听到她脑海中那湿润腐臭的空谷传来一阵歌声:海妖又一次歌唱着死亡与那遥远的高速公路,鸟在黑暗之处振翼跳跃,金币充斥着油腻的血液。身体想要,心灵追寻。

她已面露饥饿之色。她的面色如同天线般发出渴望的信号,她自己已处于失去耐心的边缘。路易斯揣摩着她的心思。

"我想你的回答是肯定的,对吧?"他说。

"我可什么都没说。"

"和我想的一样。"他的声音是悲伤的,她不知道为什么,但她内心中的答案是她要去。

9 没时间恋爱

那天晚上,他们挤在一家汽车旅馆睡觉。就是那个顺着瓦瓦路一直走下来的叫"砂糖"的汽车旅馆。帮他们登记的家伙看起来像一个真正骨子里坏透了的浑蛋,但其实他连猪狗都不如。眼睛太大,脸太小,指甲很脆弱,如同一个个破碎的贝壳。

房间也没什么可说的。它仍旧是沙滩主题——木板墙上挂着船长的轮胎,卫生间镶筑着梦幻粉与海沫绿,两张互相偎着靠在一起的单人床上方悬挂着一幅劣等的亚克力画[①],画的主体是一座灯塔。

房间里散发出一股霉菌和咸水恶臭味。

没关系。米莉安是清醒的、活着的、生龙活虎的。这不只是咖啡因的缘故,也不是尼古丁的作用。她的手像握着除草器一样瑟瑟发抖。

她生病了。她知道这是病了的样子。那个遥远徘徊的死亡承诺让她感觉自己比过去的一年更有活力。

---

① 亚克力画(acrylic painting),以合成的丙烯酸树脂作为介质的绘画,在我国台湾地区和东南亚地区被称作亚克力画,它也叫作丙烯画。

她只能接受这样的事实，无能为力，只能顺其自然。

路易斯坐在一张床上，去摸索用来操作脆弱松木质梳妆台上的那个四四方方小电视的遥控器。但她并没有给他找到它的机会。

她蹿到他的背部，咬他的耳朵，发出猴子般的叫声。让她的手在他的胸口慢慢往下移，她希望找到的是乳头，而不是一个按钮，然后扭了它一下。

"我想要抚摸你的每一寸肌肤。"她轻声私语。然后她开始爱抚他的身体。他们如同着火了一般。不过这也有令人沮丧之处：她再也不能知道路易斯如何死去了。她曾经知道——他会在巴尼加特灯塔之上被刺伤双眼，然后死去。但后来她过去改变了命运的进程，因此现在他的死亡仍然是一个饶有兴味的奥秘，就如同她自己的命运一样。

她的另一只手移到他的臀部，然后开始缓缓向他的膝盖移去。他呼吸沉重。

但随即他吞了一口气，用他的双手将她牢牢抓住。不管不顾地将她扯了起来——他至少比她重120磅。他将她扔到床上。弹簧床像骡子般嘶叫。

"不。"他说。仿佛在呵斥一个孩子放下手中的饼干。

她的手再次伸向了他，这一次将一根手指绕在他皮带的一个环上。他抽出她的手，把它放在了她自己的膝盖上。

"我们不要这样。"他说。

"你是认真的吗？"

"是的，非常认真。"

"但是，我们平时就是这样做的呀。"她说，"也许我们不会有情感共鸣，我们不会这么动情地去亲吻，或者搂搂抱抱。但是，我们仍然可以做啊。我们之间有某种引力啊。老兄，这就像两颗行星碰撞在一起。宇宙天体间的相互碰撞。关键词：碰撞。就像，你知道的。性交。或者，也许关键词是拳头？我不知道。我想说的是，我感觉很好。这感觉很好。与你一起置身于回去的道路之上。这就是我们所做的，你和我。"

"不会再这样了。"就是这样。船舶撞击了冰山，沉入海底。

"你生气了。"她说。

"我没有。"

"那么就是失望了，像一个家长一样。"

他什么也没说，坐下来。找到了位于两个歪床之间桌子上的遥控器，在一个闪烁着时间的收音机旁边。

她明白了。她这样对他说："你要我成为一个不像我的人。你要我做出一个不同的选择，回到那里。我想说，不，你知道吗？我不干这个了。我不想知道人们是怎么死的。正常的人不会做这种倒霉的烂事。不是吗？这就是为什么你不在三个月之前告诉我这件事。即使你知道我回到岛上会深陷痛楚之中，就像一只被困在捕鼠器中的老鼠。因为你知道，即使这样，你给我选择，我也会每次都去选择那条错误的道路，一条你无法忍受的道路，一条会时刻提醒你我不是一个正常人的道路。和你的妻子截然相反。"

路易斯的妻子，已经过世了。在米莉安遇见他之前就已溺水身亡。

提起他的妻子路易斯如触电了一般。她知道这是他的要害，这不是她第一次利用这一点。这是对他最直接有效的方式，如同用肋骨撑开器撬开他的胸膛，让一条响尾蛇啃噬他的心脏。

有时，这会让他疯狂。但这一次，他只是沉默。

他把遥控器扔进了桌子抽屉里，紧靠着它的是一本基甸《圣经》[①]。然后，他进入浴室，关上门——没有砰地关上，而是轻轻扣上。

[①] 在世界各地的旅馆及汽车旅馆都有基甸《圣经》，是基督教的《圣经》版本之一。

插　曲

梦

她对着浴室的门跳着俄罗斯踢踏舞。水突然从下面渗出——令人恶心的、阴郁的，就像从沼泽怪物的子宫里流出的恶露。她裸露的脚趾感到刺骨的寒冷，同样，它们也散发着异味。污浊的、恶臭的，携带着真菌的异味。

啊，是的，这个，一个梦想，一个幻想，一个什么东西。

门开了，一个女人走了出来。凌乱的头发遮住了紫色瘀青的脸颊，还有杂草混杂在光亮顺滑的发间。她一开口，一口泥水径直飞溅到她那没有血色的裸露胸部。

"你。"米莉安说道。

蛆虫围绕在这个像丧尸一样的女子那受伤的灰色乳头周围，一圈圈地蠕动着。

"我？"她打了一声嗝，更多的泥水从她腐烂的嘴唇飞溅而出。

米莉安把手指捏得噼啪响，"是啊。你。你应该是路易斯的亡妻。我明白了。等等，我现在有什么头绪可以证明你就是他的亡妻呢……我需要先弄清楚太多事了。但是我根本不知道她长什么样啊,所以到目前为止,只有你脸部的这些特征让我联想到是她。"

作为回应,那张脸发生了变化。骨骼和肌肤化作液体然后再回复成新的骨骼和肌肤。从一个死去的白人女人变成一个死去的……拉丁女人?她脸上的肤色变得更暗淡,更加深刻的青筋犹如交织于肌肤之下的毒藤。

然后她再一次转变。变成一个有着深色眼圈的黑人妇女。又变成一个金色小鬈发上沾着海藻的白人妇女。她们全部都是溺水身亡的样子。

后来还有一次变化。

那张脸变成了米莉安自己的样子。

头发被河水染了颜色,黄色眼睛里的毛细血管爆裂绽开。

"可爱。"她说。但很显然它并不可爱,她的心脏与胃之间的空间散发出酸味,变成一个被腐蚀物凝结住的容器。

她的尸体本身看起来很老。皱纹源于水,如同手指在浴缸泡太久之后的样子。同样,那些古老的折痕对于缓解烂在她肠子里的心结毫无作用。

"你在正确的道路上。""米莉安的尸体"轻声说道,"去往河边的道路。"

"我可以说,"她告诉那死去的自己,"如果要用一种方式让人感到安心,那就是变成溺水身亡的女人尸体出现在他们的梦中。"

"这是一次警告。"

"一次警告。好吧,警告我吧。"

"你不是一个人。"

"还有别人吗?究竟是什么意思?这就是你的警告?"

"米莉安的尸体"露出微笑。烂泥从她的牙齿之间滑落而出。她将嘴张得很大,更大,最大——下颌开裂然后"啪"一声突然折断,然后她的嘴就变成了一条号叫的隧道。米莉安在这条隧道里看到了波涛汹涌的洪流，似河潮般的毒药。一股胃酸般浓烈的酸水猛地冲进她的胸腔，涌入她的嘴里，她感觉到呕吐物、血液、泥浆，随即而来的是像被倒入热咖啡中的糖一般的溶解的梦象。

一阵耳语，然后，梦象分崩离析，"河水正在涨潮，米莉安。"

第二部分
学校里的破碎人偶

"一年前你先给我的是风信子；
他们叫我做风信子的女郎"，
——可是当我们从风信子花园走回，天晚了，
你的臂膊抱满，你的头发湿漉，我说不出话，眼睛看不见，我既不是活的，也未曾死，我什么都不知道，望着光亮的中心看时，是一片寂静。

——《荒原》 T.S.艾略特

10 紊乱

"所以,这不仅仅是一个女子学校。"米莉安说道,一条腿在卡车窗口晃来晃去,脚趾不断反复调整副驾驶那一侧的后视镜,"但是学校里面的女孩都是坏女孩。"

路易斯发出低沉的咕哝声。他们窝在砂糖汽车旅馆过去的那些天里,他的反应一直都是这样。他们守候在那里,等着凯蒂回他的电话。凯蒂并没有让他们失望,学校一开学,她就回到了考尔德科特,并且万分渴望见到米莉安。

除了发出那冷漠穴居人的声音,路易斯没有多说什么。

米莉安填补了沉默。

"听着。"她说道,信封摊开放在膝盖上。她念道:"有些女孩受益于一个新的开始。新的开始,那就是资本,顺便说一句,当没必要的资本介入时,你知道什么是重要的吗?一个远离家人和朋友的新的开始。

"你怎么知道一个女孩会从考尔德科特学校的新的开始中受益?好,问卷调查时间。请问您的女儿:是否有蔑视社会规范的行为举止?

是否觉得那些社会规范并不适用于她？是否会在没有警告的情况下变得愤怒并且做出反抗？是否会肆意乱交？肆意乱交，这真是一个伟大的词。如果它真的如此糟糕，他们不应该让这听起来如此有趣。这听起来像一个开胃菜。"馄饨杂烩"①，听起来像是这个老兄在和他的汤性交，仅仅需要去城镇就可以享有'她'。当然，他烫伤了他的性腺，但这是青涩禁果的代价。我说得对不对？"

路易斯凝视着前方的道路，就像一个冷面的独眼巨人。

她这段时间故意挑拨得太厉害了。路易斯的妻子是一个压迫点，而她不仅仅是点到即止，还是用一个大锤去猛击了一下。

"不管了。无论如何，"她继续阅读那封邮件，"他们列举了一些障碍，他们试图帮助'遏制'——另一个伟大的词，'遏制'。一个杂种狗的尾巴。呵呵。总之，他们列举了，让我们来看看，抑郁，躁狂抑郁症，两极型异常，注意力缺陷多动障碍，焦虑，对立性反抗疾患——管他妈是什么，边缘型人格失常——"

"对立性反抗疾患。"这险些吓到了她，这是这么久以来路易斯第一次对她说话超过三个字，"就是一个人无法与权威和谐相处的表现。不愿被告知该怎么做。愤怒、愤恨、好辩，通常处于某种麻烦之中。经常做与命令相违背的事情，只是因为这是他们的本性。"

"唉。"米莉安皱了皱她的鼻子，"我觉得那些孩子在身边肯定很有趣，像和一只猫出去玩耍一样。"

这时她发现路易斯看着她。那唯一的眼睛汇聚出一缕强烈集中的激光束审视着她，将她四分五裂，然后检查残骸。

"怎么了？"她问道。

"没什么。"他继续扭回去开车。

"你刚刚想说什么？"

---

① 原文中"wanton"（肆意的、荒唐的）一词与"wonton"（馄饨）一词发音相近。

"我没有。"

"我知道你想说什么。"她现在知道了。

"是吗?"

"我没有对立性反抗疾患。"低沉的咕哝声。

"我没有。这真是一次疯狂的对话。我曾经是一个好女孩,而且我有一半的时间被白痴和疯子包围也不是我的错。我只是按照我自己的方式处事。这就是一个独立的女人应该做的。对不对?"她面露不悦之色,"只要保持你那一只眼睛看着路。"

然后,为了惹怒他,她摇下车窗,突然拿出一个无滤嘴香烟含在嘴里,并给烟点了火。噗,噗,噗。她将一股致癌分子吹出窗外。

她从她舌尖取出一点烟丝,弹出窗外,就像他们经过了一个高速公路标志一样。

锡林斯格罗夫,5 英里

森伯里,7 英里

她的喉咙仿佛被一块硬结堵住了,这个硬结就像是一撮钙化了的头发,"我们到了宾夕法尼亚。"

"我们穿过费城的时候你睡着了。"

萨斯奎汉纳河流域。三个县。围河而建。

河水正在涨潮,米莉安。

但并不是这样,或者说不只是这样。

如果他们是在锡林斯格罗夫附近,那么就意味着现在,在这个非常时刻,他们距离她生长的地方只有三十分钟的车程了。在那里,她高中的男友用一把猎枪掀掉了自己的天灵盖;在那里,她男友的妈妈用一把雪铲将她打得半死,她的孩子死于腹中;在那里,她自己的妈还活在那里。

自从米莉安逃跑的那天开始,她就没有见过这个女人了。迄今为止,将近十年了。

也许她已经死了，米莉安心想。自从她发现她有能力看到人们如何死去之后，她就再也没有触碰过她的母亲。因为到了第二天早上，她就已经狂奔着离家出走了。

鬼魂，不安和难过，让她的内心五味杂陈。

用尽全力以及强硬的心理指引，才能压抑住她内心的那些躁动。

她清了清嗓子，"凯蒂小姐拿到我的附文清单了吗？"

路易斯嘟哝着，一个非常肯定的声音。米莉安已经知道了问题的答案。他们曾在金考公司①将米莉安手写的摇滚明星式的要求清单发传真给了学校里的那个老师。

"好吧。"她说，"好，太好了。那我们去学校吧。"

她将没有抽完的烟头弹出窗外，只是因为它的味道没有那么好了。

---

① 金考公司（Kinkos），世界上最大的快印连锁企业。

插　曲

那通电话

雨滴垂落在电话亭上。

米莉安，正值十六岁的少女，把电话听筒贴在耳边。她的下巴瑟瑟发抖。

等待音响个不停。她不希望任何人接电话。快转到留言机，她心想。仿佛在做祷告，念咒一般。快转到留言机，快转到留言机，快转到留言机。这些话音在她头顶上空的空间回荡，它开始听起来有些荒谬了。

咔嗒。

"米莉安？"她妈妈的声音，微小且胆怯。她从不胆怯的，这就像她有什么被人偷走了一般。也许真的如此。

"孩子死了，妈妈。"

"我知道，我知道。"她当然知道，她当时也在医院，"上帝会好好照顾他的。"

"妈妈——"

"你在哪儿？"

"上帝不可能真实存在的。"米莉安说，喉咙生涩，眼睛浮肿。她身体的每一个部分都感觉如同一颗破裂成一半的牙齿，神经末梢暴露在外。

"你不许那样说。快回家来，回到妈妈身边。"

"我不可以。现在出了一些问题。"有些事情她不明白。宝宝在她肚子里死了，但有些东西仍然存在。一些小幽灵，一些小恶魔，脆弱得像一只幼鸟的骨架。它改变了她。把她变成了一块多愁善感的海绵，一块吸收毒药的海绵，一块如纱布吸取血液那样汲取死亡的海绵。

她不明白——每次有人触碰她，护士、医生、医院外的保安，她都会看到最可怕的事情，他们死去的通灵场景，以及时间。这不可能是真的。

然而感觉却如此逼真。

还有更多证据证明她失去了理智。这就像飞蛾——触摸飞蛾，粉末从它的翅膀脱落，一旦粉末脱落，飞蛾便再也不能展翅飞翔。

粉末，她想着，从她的翅膀脱落了。

"只要告诉我，你在哪里。我就来帮你。"

"我要走了。"

"拜托，米莉安。上帝会保护我们。他会帮助我们渡过这个难关的。"

"这个，这个？这一切证明他只是一个……一个睡前故事，妈妈。为了让你感觉好一点……"她想告诉妈妈，她是多么地害怕，她只是一片苦涩的药，一只卑鄙的小啮齿动物，但她无法组织语言。她想咆哮、抱怨妈妈从没好好对待过她，所以她才那么不小心怀了孕。但这意味着，现在宝宝死去了，生活将重新回到过去，遭到摒弃、蒙受羞辱，以及让她如同置身于太过刺眼的聚光灯之下的上帝之爱。现在，米莉安再次恸哭。她不敢相信，她还有更多的眼泪、唾液和鼻涕，但现在都如洪水猛至，如同不可阻挡的悲伤之痛再次像一个大锤一般锤击她的胸腔。她痛得直不起腰。"我不会,我不回去了,我不会再回去了。"

"米莉安,我会做得更好。"

然后她说了最后一句话:"没有。你不会的,因为我不会给你机会。"她猛地将电话挂掉。她倚在电话亭内的墙上,慢慢滑落到橡胶垫上,抱着双臂蹲成一团,旁边是烟头,糖果包装纸,还有死去的飞蛾。

她在那儿一直待到凌晨。

11　夏天的尾巴

那些门——铁门,顶端的每个尖刺上都装饰着鸢尾花——在米莉安看来如同牙齿一般。一只饥饿的黑犬张嘴露出金属犬齿。也许这正是地狱之门的模样,魔鬼的胃——你们这些放荡的婊子,你们都是罪人,你们都是肮脏的坏女孩。

路易斯停下卡车。门口站着一名警卫——一个年老的黑人家伙,眼睛紧紧收缩在如同蠕动的鼻涕虫一般的皮肤之后,脸颊上伸出苍白的、钢丝刷一般的络腮胡。他伸出手掌示意停车——"只要我还活着,能够呼吸,那么一旦我发现你不是正儿八经的卡车司机先生,就给我离开这条路,滚回去睡觉。"

"这个时候没有长途。"路易斯把头伸出窗外说道,"你最近怎样,荷马?"

保安员给出了一个不屑一顾的眼神,不屑地挥了下手说:"我可以抱怨,但没人会想听。你车里是谁?迟到的录取生?"

米莉安挤开路易斯,把头伸出窗外,"你看我像个学生吗?"

"你自己说吧,我不知道。"

路易斯用他的一只熊掌将米莉安推回到自己的座位,"这是米莉安·布莱克。她应该在你的清单上。她是来这里看望凯瑟琳·维兹纽斯基。"

荷马俯瞰写字夹板,眼睛眯得更厉害了。眯得如此费劲,感觉眼缝儿都要消失了。米莉安不确定他究竟能否看清东西。

"嗯,嗯。是这样的。布莱克小姐探望维兹小姐。你要到周围逛逛吗,路易斯?差不多到午餐时间了。"

路易斯摇摇头,"只是把她送过来。"

"等等,什么?"米莉安惊问道。她才听说这个。

他转过身,"我有工作。"

"是啊。不就是到这里来,与我一起。"

"真正的工作。"他澄清道,这句话带着讥讽,带着刺,带着针,"你会没事的。你见了凯蒂之后出来回到野餐桌这儿来。一切都会准备齐全的。"

"然后呢?我在树林里睡觉?你觉得总共要花多长时间?我不是一个待收割的玉米。我触碰她,我看到一片通灵幻象。我告诉她这件事。三十秒,游戏结束。我在抽烟上花的时间比这多得多了去了。"

"你不想让我在那儿。"

"不是。"她说,"是你自己不想在那儿。"

"我得走了。她给你的报酬应该足够你用了,但是以防万一——"他从钱夹里抽出三张二十美元,"给,打一辆出租车,去找一间汽车旅馆的房间过夜。我要去伊利有点急事,我明天就会回来。"

"你真的要离开我。拜托拜托。留下来吧。"

"去吧,没关系的。"

"好吧。"她说,"我不——你知道吗?我不需要你。这是我最擅长的事情。走路、漫步、孤独。会好起来的。"

"会好起来的。"

"会的,完全会的。以后会的,路易斯。"

"米莉安,对不起——"

她不想听,她很生气。

米莉安已经跳下了车,他的声音被关门声掩盖了。

卡车发出轰隆声,掉头,然后消失了。

地狱之门一直开着。只为了她。

"你要进去还是什么?"荷马问道。

她差点没有进去。她甚至还没有进入大门的时候,就感觉到这里的一些东西让她不太舒适。她还没有看到学校——这是一条弯弯曲曲的道路,它在拐角处延伸至一片树林之中。现在她面前是一排铁门,门卫的站哨岗,与那苍白的砖墙上的黄铜牌匾,牌匾上面用令人眼花缭乱的圈圈绕绕的书法写着考尔德科特学校。

回到学校总是让米莉安不由自主地抽搐。尽管已经到了夏末,考尔德科特学校开学很早,感觉却还是一样的:白天越来越短,早晨越来越暗,夜晚如同一个潜行者一般总是悄无声息地就来到了你的窗外。随着夏季的结束,学校开始了新的学期,学校对于米莉安来说从来就不是一段值得怀念的时光。课堂,当然。考试、论文、讲座,这些都还好。但是其他的孩子,卑鄙低劣的小浑球,小学——从低年级到高年级——就像是被丢弃在一个充满了饥肠辘辘的食人鱼的打靶落水机①上一样。

他们从未得到满足。

她满心想要离开。尽管她是一个成年人,她完全已经没有必要再这样做了。

---

① 打靶落水机(dunk tank),是外国很流行的一种娱乐设备,就是一个大水桶,上面有一块给人坐的板,旁边有一靶子。人坐在上面,其他人隔着距离打靶,打中了人就会掉在那桶水里。

然而，荷马把手指按在了她的双肩上，"走吧，现在，别占着茅坑不拉屎。"

米莉安小跑着穿过大门。门在她身后被关闭，带着那机械的哀鸣。

该死的，该死的，该死的，该死的，该死的。

"铿锵"一声。通道被关闭了。

她的手指仍然麻木刺痛。然而她的其他部位——扭曲作响的骨骼——想要拴在那片树林里。她的手知道它们要她去向何方。它们想要饱餐一顿。它们想品尝死亡的味道。

五个手指吸血鬼，这就是它们。

"我……步行？"她问荷马。

他从哨岗里伸出脑袋，抬头、低头，看了看那条车道，然后板着脸看着她，"你他妈的还打算去哪儿？这儿只有一条路。它只能抵达一个地方。难不成你还想要一张地图和一个悬挂式滑翔机吗？"

"我只是想知道你有没有一辆高尔夫球车或者一些其他类似的东西。"

"哦，我屁股里面有一个，但我的医生说我应该坚持让它继续在那儿，以免它扯出来什么不好的东西。"

"你真有意思。你，真的，好有趣。你错过了你的电话，荷马。你应该去当喜剧演员。"

"你知道为什么这些鸡要过马路吗？"

她知道她不应该烦恼这些事情，但还是问道："为什么？"

"为了啄你的屁眼让你快他妈离开我的岗哨。就像我跟卡车司机'先生'说的一样，现在是午餐时间，我他妈要饿死了。"

"好的。再见，荷马。"

"等你出来时再见，布莱克小姐。"

"学校有多远？"

"要多远有多远。"他大笑。

浑蛋。

这人很讨她喜欢。

然后,现在是时候,要回到学校了。

这条路整齐平铺,没有坑坑洼洼,光滑平坦一如甲壳虫的背壳。路两侧都有高树耸立,这些树不像新泽西某个地方的短叶松,这些高大的遗留橡树被阴暗潮湿的树皮所包裹,每一棵都如同一位静默严肃的哨兵,或一个审判尖兵。

不久,她听到了河水的潺潺之声。

这条河在不久之后就出现在米莉安眼前。五分钟后,参天树木消失不见,取而代之的是一条绿草丛生、崎岖不平的河岸。在它之上的萨斯奎汉纳河①时而翻滚,时而平息。阿华田水域汩汩潺潺,向前涌进。

这条车道再次拐弯,在那里,她看到了考尔德科特学校。

啊,维多利亚时代的放纵任性。学校的中心是一座看起来悠久古老的庄园,三层楼高,严峻肃穆的哥特式窗户蹩脚地搭配着华而不实的裁边。每个屋顶都是红色,如同一个孩子的四轮小车。与房屋的红色相比起来,这个墙壁有点灰灰绿绿,黏土遍及,斑点累累,平淡无奇。

房子的左边和右边是学校的其余部分。而这里的绝大部分,真的都是在原来房子建后不久加上去的。两边的侧翼建筑因为他们财政紧缩而建造得像监狱一般,窗户上只安装着铸铁栏杆。

考尔德科特的顶饰——鹰、书籍、骑士的头盔与其他华而不实的东西——在旗帜上迎风飘扬。旗杆从一个大众甲壳虫轿车大小的,被放在那个环形车道之中的无烟煤堆中高耸而出。

从这儿看,学校看起来沉默寂静、了无生机,没有动静,没有学生,没有老师,甚至连一对儿难看的鸽子,她也没有发现。

---

① 萨斯奎汉纳河(Susquehanna),美国东海岸的一条主要河流。

那个感觉再次出现：她的肚子一阵抽搐，一阵刺痛。

如同在任何时刻都可能有一只大触手会从前门迸发而出，环住她，将她拖入深渊。经过那些嘲笑她的外貌、她的走路方式、她的咀嚼习惯，或只是爱嘲笑她的孩子。

傻逼学校。

让我们结束这些吧，她心想。是时候去找"维兹小姐"了。

12 信任坍塌

米莉安走在学校后面的绿茵草坪上,经过了一个美术班,孩子们围绕着稀疏的月光坐成半圈,一位纤细温柔、月光般妩媚的老师身穿蜡染连衣裙,所有的人都正在尝试着去勾勒一片落叶。

离河边越来越近,尽管米莉安第一眼就发现了她的目标——但定睛一看发现不是,不是她,那个不对。不是她的目标,不是受害者,是她的客户。

今时不同往日。

那个女人坐在一棵红枫树底下的公园长椅上,她头顶上空的树叶瑟瑟颤抖,飒飒凋零,松鼠在树枝之间上蹿下跳。

学校的松鼠永远那么无所畏惧。

女人穿着过时,单调老土,不符合米莉安的预期。粉红色上衣,灰色休闲裤,体形如同已经发福的橄榄球中后卫球员。她有一张甜美的脸,一张摇篮曲一般的脸。假如你每天晚上睡觉之前看到那张脸,一定会感到安全、舒适,顿生困意。

当她看到米莉安逐渐走近,她站了起来,伸出一只手。

"维兹小姐。"米莉安说。她不知道如何开始这次对话,所以她扣起她的手指,双手做手枪姿势对准这个女人,"啪,啪。"

那个女人似乎大吃一惊。

米莉安澄清说:"我们或许不应该握手。因为那个事情。你知道的。那个事情。也就是我在这里的原因。"

"对,对。就是你,啊,不出我所料。"

"你也是。"米莉安回答道。

这个女人笑逐颜开,"这里的人总是告诉我,我看起来像一个老师。"

"并非那样。只是……你知道的,凯蒂。"

"凯蒂?"老师迷惑不解。

"对。凯蒂是——是这样,我对名字有一个特殊的习惯,有些名字与本人不匹配,而你的名字——好吧,你就属于这种情况。凯蒂?完全是一个小仙女的名字。凯蒂应该是一个娇小可人、只喝伏特加保持身材的交际花。凯蒂每年万圣节都会打扮成一个放荡的女巫。凯蒂留着波波头,穿零号牛仔裤,嫁给了曾经是一个四分卫的银行家。而你看起来像一个……"她又仔仔细细地打量了这个女人,"凯蒂。就这样吧。你瞧,这多么容易呀!"

"嗯。我叫凯蒂。"女人哈哈笑着,但这个笑容却是小心翼翼、紧张不安的。有那么一会儿,她们之间唯一的声音是她们背后的流水潺潺之声。那强颜欢笑如同热锅上的菠菜叶般迅速枯萎,收缩,"也许这是一个坏主意。"

"什么?"米莉安问道,"没有。不!不。这没关系的,一切都很好。坐。"

她们坐下。欲言又止。米莉安敲击着她的手指。在她的手下面,桌子上刻着女孩的名字:贝基、维基、罗达、比、乔治亚、托尼、塔维纳、朱莉娅等。没有亵渎之言，只是名字。

"哦，在这里。"凯蒂终于说道，掏出一个塑料杰西潘尼①的包。她把包迅速递给米莉安。

"这是我的东西吗？"她问道。

"这是你列的清单上所有的东西。"

"一个附加条件。"米莉安说，"这就是所谓的附加条件。就像一个乐队可能会提出的要求，一只盛满蓝色 M&M 巧克力豆的碗，或者一只装满了海洛因和清洁针具的隆加伯格篮子，又或是一个被莎伦保鲜膜所包裹着的娇小性感的性奴。"

"是的，好吧。"又一次接近破表的尴尬。这一次被紧皱的眉头打断，一颗愠怒之沙已经长成一粒憎恶珠，"一切都在那里。"

米莉安把包包倒过来。

琳琅满目的东西翻滚而出：一袋伍兹椒盐脆饼。一条"美国精神"牌的卷烟尼②。一罐塔拉里科的特大号三明治辣酱。两小瓶酒（一瓶格兰花格威士忌，另一瓶为墨西哥培恩银龙舌兰酒）。一瓶旅行装的漂白剂。最后，一盒染发膏，紫红色火烈鸟。这种核粉红色你可能会在一朵蘑菇云的中心看得到，在你的双眼被炸成花色肉冻之前。

漂亮，一个绝佳的选择。

米莉安这样说道。她拿起了那盒染发膏。眨了眨眼。

然后，她摆开架势。打开那个特大号三明治酱，把椒盐脆饼袋子撕开，打开苏格兰威士忌的瓶盖。

将椒盐脆饼放入三明治酱里，然后送入口中。嘎吱嘎吱嘎吱。满口威士忌。每一样东西吃起来都是咸、辣、甜（加热过的顺滑的焦糖）混

---

① 杰西潘尼（J.C.Penney），由詹姆斯·潘尼（James Penney）于1902年创立于美国怀俄明州的矿区小镇，目前总部位于美国盐湖城。在开店之初，詹姆斯·潘尼（James Penney）根据小镇的情况、居民的爱好及需求，选购优质的商品并将价格标在每件商品上，价格对各阶层人士均相同，这在当时是不常见的。

② 雷诺美国旗下的"美国精神"（Native Spirit）品牌，被公司十分精明地做了原料保留，保持了其绝无添加成分的特质。它最近的混合烟被称为"美国本土种植"，由漂亮的深蓝色烟袋或烟罐来包装。

合的味道。

当她做这些的时候,凯蒂将一沓钱迅速放在桌上。本来打算把钱递给米莉安,却转念拉回来置于胸口。

"'肿'么了?"米莉安疑惑地问道,舔了舔她牙齿上沾着的被酒浸泡过的椒盐脆饼。

"这一切……非常奇怪。你很奇怪,你是一个很奇怪的女孩。我真的可以相信你吗?你可以告诉我……"

米莉安把食物咽了下去,"是的,是的。你如何吸烟,如何喂虫子,如何发现自己搭乘了'死亡特快'的情况我都可以一一告诉你。"

眨眼。眨眼,"我怎么知道你说的是真相呢?"

"我想,你应该不知道。路易斯知道。他可以为我担保。所以,如果你信任他,那么你就知道我是诚实坦然的。如果你不信任他,那么我想我们不必多谈。"

凯蒂递过去那些钱,"五百,你说的。"

"是的。"米莉安一拿到钱,凯蒂迅速收回了自己的手。

"不数数吗?"

"我相信你。另外,如果数了之后发现错了,我会施魔法给你带去厄运。一场灾祸。你家庭和学校的灾祸厄运。"她拿出另一块椒盐脆饼放入那罐辣椒酱中,"我只是胡说八道而已。我不能诅咒任何人。我才是被诅咒的那个人。"嘎吱嘎吱嘎吱。

"你从小就是这样吗?"凯蒂问道。

"这样?什么样?一个疯狂的小婊子?还是通灵的小婊子?"

她被一个年轻女孩的大喊大叫所打断。她转过身,看见美术班中的一个女孩——一个小小的,满脸雀斑的红发女孩,看起来十二三岁的样子。

米莉安站起来,看见女孩握着素描本的方式如同一个所向披靡的维京海盗握着自己的武器。

这个女孩用这个素描本猛烈地扇了另一个女孩一个耳光。另外一个女孩——一个金发碧眼的小东西，可能名叫凯蒂——惊声尖叫着摇摇晃晃地倒下去。

然后，只剩下一堆疯狂挥舞着四肢与凌乱纠缠的头发，一个大大的棕色鞋子旋转着飞入空中。

"孩子，她把另一个女孩好好修理了一顿。啪。正对着她的脸。

"这在考尔德科特学校是一个必经阶段。她们是好女孩……大部分是这样。但其中不少是问题女孩，或者只是被抛弃的女孩。这留下了……好吧，这留下了阴影。给她们的内心，有时候也会给她们的外在带来影响。"

"我听见了。"

"我的休息时间快结束了。"凯蒂说。突然，她的眼睛眯成一条细缝。"你知道吗，我不想再这样做了。"她起身，"你可以留着那些东西，但我想把钱收回来。"

"哇，哇，什么？不，见鬼去吧，我们正在这样做。路易斯说，你是得了某种极其痛苦的忧郁症，所以我才千里迢迢来到这里，我们他妈的正在很快乐友好地进行这个活动。把你那该死的手递给我。"

凯蒂的脸消沉下垂。她的眼睛流露出悲伤之色，"那是他说的吗？忧郁症？人们是这么看我的吗？我想我早该知道。"

"不，这不是他说的，这是我说的。现在闭嘴，别碍事。"

那个女人前进一步，把钱抓了回去。她的手一不小心打翻了苏格兰威士忌酒瓶。

威士忌倾洒在桌面的木板之间。她的手指触碰到那一沓现金。

米莉安抓住她的手臂，迅速拉起她的袖子，露出了皮肤。

手指环绕着手臂，肌肤与肌肤相触碰——

凯蒂·维兹纽斯基与她现在看起来无异，宽阔的肩膀与那慈母般的月亮脸，然而她身穿一件蓝色树莓浴袍，毛茸茸的，犹如她刚刚杀死了一个臆想的猛兽，现在正穿着它的皮毛取暖。她坐在一个双人沙发的边缘，癌症的病灶贯穿她的全身。犹如一棵树之根深入黑暗的大地之中，这些树根吸收、汲取、畅饮，它们来自紧紧依偎在她胰腺上的一个多节肿瘤。她手中握着一只细细长长的装着冰茶的玻璃杯，一片歪的柠檬完好地镶嵌在玻璃杯的边缘，她面带微笑地将这个杯子递给一个身材魁梧、下颌宽大的男人，她对他说："这个不够甜，史蒂夫。再也没有什么够甜了。请拿——"但随之而来的是电流席卷过她的身体，让她不停抖动，一切结束了——滋滋、断电、插头拔出，黑暗中等待——玻璃杯摔落，在咖啡桌上粉身碎骨——

维兹小姐迅速推了她一下，米莉安往后退了一个趔趄，她的脑袋钝钝地"砰"的一声撞到了地面上。

绿草绊住了绝大多数二十美元面额的钞票。有些钱币乘着轻快的微风翻滚奔向河流的方向。然后，它们消失了。

伴随着一声叹息，米莉安坐了起来，开始拾起那些钱。

凯蒂只是站在那里。双手相互揉捏，眼眶湿润了。

"我……对不起。"那个老师说道。

米莉安没有站起来，她趴在草上匍匐着伸手越过那个女人，当她抓到那瓶倒下的苏格兰威士忌时，她发出了一声咕哝。"酗酒"，她若有所思，然后把酒瓶倒过来，让最后几滴酒扑通地滴落到她的舌头上。

"你看到了什么？"女人问。

"你真的想知道吗？"

"是的。我想知道，我需要知道。"

然后米莉安告诉了她，但她撒了谎。她没有告诉凯蒂她患有胰腺癌。

她没有说她现在就罹患了癌症，就是此时此刻，还有她仅剩下九个月的生命。这是真相。

相反，她说："你死于二十年后的心脏病发作。你正在你的早餐桌边吃一个蛋白煎蛋卷，你的心脏猛然抽搐，就是这样。"她预先提供了一个细节，"你的一杯冰茶掉落在地。上面镶有柠檬。玻璃杯摔碎了。"

凯蒂的脸垮了下来。双肩下垂，她呼出一口很长的气，失望如枷锁一般让她僵在那里。

"嗯。谢谢你。"她的声音安静，带着鼻音，字词声简短，仿佛被一把剃刀削去了尾音，"我……对不起，我推了你。这不像我。一点也不像我。"

然后那个老师走了，向学校走去，垂头丧气。

13 谎言,该死的谎言,与癌症诊断

那个谎言。它在那里等待。如同一把剑高悬于她的头顶;如同朗姆潘趣酒里的一根阴毛;如同一个谜、一个尖锐的问号;如同一把准备割开她的咽喉的镰刀。

她不明白。这是没有意义的。为什么要撒谎呢?

她站在那里,视线飘到河流的另一边。将椒盐脆饼投掷到泥泞的、如牛奶般黏稠的水域。反省那个谎言,梳理其背后的动机。

她心中的一个声音告诉她这是在帮这个女人的忙。凯蒂只剩下不到一年的时间了。胰腺癌——米莉安,这只站在死神肩膀上的乌鸦,之前在她的通灵画面中看见过。就像火上浇油,一旦开始,就不会熄灭,而且会肆意蔓延。告诉女人她的诊断结果,这是——什么?只是一系列削弱她精神力量的治疗方法,会一次比一次更糟糕。一切都是徒劳的。绝望之门大敞于世,等待着她的只有虚幻与无边的黑暗。

然而,也许,这是惩罚。也许她早就想惩罚这个女人。还说你他妈的不想要我的帮助?你弄洒了我的苏格兰威士忌,让河水白白吞噬了我一百美元?就像一个消极好斗的孩子从窗台上推倒一盆植物,仅仅是为了让妈咪发飙:她撒了谎。一个缘于微小的、秘密的报复心理的谎言。

一个瞬间产生的报复行为。

尽管她的想法（对为什么要撒谎所给出的理由）不合情理。而且这也不是她所有想法的全貌。也许，这仅仅是这个谜团的一部分，它的边缘，边缘，被消极空间所着色的页边空白——但这的确不是她所有的想法。

她做了她目前能做的所有事情。她开始抽烟。

怎么办，怎么办？

她有满满一口袋的钱。她可以想做什么就做什么，打一辆出租车，找一个小饭馆吃饭。去脱衣舞俱乐部来一场艳遇。扔掉她的手机，换个一次性的。乘一辆公交车去一个她从来没有去过的地方，漫无目的地兜风。去缅因、加利福尼亚、新奥尔良、蒙特利尔、蒂华纳，吃龙虾、鳄梨、法式甜甜圈，看色情表演。

没有一个听起来吸引人。她惊讶于自己的这个想法。这些东西都应该是相当赞的。然而再次逃跑这个想法并没有让她欢呼雀跃，就像一杯漏了气的苏打水，气泡全部消失殆尽。

米莉安拿起龙舌兰酒，打破瓶盖。

一饮而尽。

爽滑酣畅，酒味微酸，一倾入腹。酒"逗留"在她的胃里，犹如一只健身袜浸泡于苹果醋和蝎毒之中。

她打了一个嗝。不远处，受到惊吓的鸟扑棱着翅，乘风飞去。

此时此刻，她的心情如同指尖的肉刺。她想挑出它们，尽管这意味着要去拉扯它们，直到它将她的手臂拉开变成两堆血肉模糊的东西。

有一个简单的可以抚慰心灵的解决方案——染发剂。可以让不愉快的念头抛之脑后的染发香膏。

再见了，丑陋的栗色拖把头，再见了，腐臭的旧头发，再见了，乖乖女。

你好，炫毙了的紫红色、火烈鸟色。

14 坏女孩俱乐部

好吧。那并没有起作用。

米莉安坐在校长办公室外,薄薄的褐色纸巾被揉成一团堆在她的衣领旁边。所有这些都浸透了。在她的口袋里,躺着一个尚未开封的粉色染发剂。

她的头皮灼痛,尤其是那条子弹沟壑。

她心想,他妈的,我可以在女厕所里染发。谁管我,对吧?她走了进去,转悠了一会儿,发现了一间浴室。开始用漂色剂洗掉旧的栗色,她在那里的时候,她与几个走进厕所的年龄大一点的女孩分享了几根烟。其中有一个不错的黑人女孩叫莎莱斯,还有她那笨拙的白人朋友贝拉。

她们一起抽烟。谈论那见鬼的高中生活。多么美好的时光。

但是过了一会儿——陆续来了好几个警察。五个,噢。一定是有人看见她在大厅徘徊游荡,然后给前台打了电话。在她知道发生了什么事之前,她就由一对警卫护送着离开了这儿。其中一个看起来像因服用了类固醇类药品而高度亢奋的"战争机器",他理了发,肌肉被他的警卫制服紧紧地包裹住了。另一个看起来像那个电脑游戏里的意大利水管工①,但比电脑里那个矮一些,也胖一点。

米莉安来到了校长办公室的外面。对着一面有木质护墙板的墙、黄铜烛台,米莉安感到十分单调乏味,千分厌倦无趣,万分哈欠连天。

她旁边的是一个鼻梁上布满雀斑的红头发小娘们,她自鸣得意地把胳膊抱在那穿着束身式海军外套的胸前。女孩身上的烟味依稀可闻,与米莉安所抽的烟的品牌不同。

等等。

米莉安又看了她一眼。

"你就是那个女孩。"

女孩板着脸,冷笑,眉毛挑起。"什么?"

"那个女孩,拿着素描本那个,还有那个——"米莉安模仿巴掌打下来的动作,"啪。"

"噢,是啊。她说我画的叶子看起来像狗的屁股。"

"是吗?"

"大概是这样说的。但是,这不是我粗鲁的原因。世上有很多东西都看起来像狗的屁股。这并不意味着你应该去到处宣扬。"

米莉安耸耸肩,"我不知道。这就是我对待生活的方式。"

"你嘴巴的味道真恶心。"

"这也明显就是你对待生活的方式。是的,我知道我有口气。我刚喝了龙舌兰酒。"

"在那个简易厕所的外面?"

"真逗。那样你就会闻到漂白剂的味道了。"

"这不是一个美发沙龙,你知道吧。"

---

① 此处作者应该是特指超级马里奥。——编者注

"我的上帝，"米莉安说道，"你这个'See-You-Next-Tuesday'①的小家伙。"

"我不明白。"

"拼出来。"

这个女孩照做了。"哦。我懂了。淫妇②。"女孩翻了个白眼，"管他呢。"

"不要对我翻白眼，小姑娘。并且你不应该说出那个词。"

"遵命，妈妈。"

"我不是你的妈妈。"

"我知道。我不是一个白痴。你有没有觉得，有那么一个时刻，我真的相信你是我妈妈？"她把她的舌头抵住一边脸颊，形成一个隆起，上下打量着米莉安，"其实你的年纪足够当我妈妈了。"

"我没有，你个小浑蛋杂种。我才二十多岁。"

她耸耸肩，"我妈妈也是。"

"你多大？十三？"

"十二。"她看到米莉安望着她，"是啊，我妈妈在十五岁的时候就生了我。并且我不是一个彻头彻尾的傻子，我会数数，这意味着她现在二十七岁。是吧？二十多岁。"

"二十岁末期，"米莉安纠正道，"尽管如此，这也不是说她就是一个人老珠黄的家庭主妇。尊重你的长辈。或者别的什么。"

"我会的，但她走了。"

"走了。像，噗，蒸发消失了？还是像死了那种走了？哪种？"

"一年前把我独自一人扔到她的一间公寓里，然后走了。也许去看这个世界了，或者注射海洛因。因为她真的很喜欢海洛因。"

---

① "下周二见"的原文是"See-You-Next-Tuesday"。

② "淫妇"的原文是"cunt"，也就是"下周二见"的英文原文"See-You-Next-Tuesday"的首字母连在一起拼成的一个单词。这是在体面场合隐晦的说脏话的一种表达方式。

"所以,她有点差劲。"

"有点。"

"我的母亲截然相反。"米莉安说。她试图在脑海中勾勒她妈妈的脸。却发现太难了。那张脸在特征的云海中飘浮游荡——各种鼻子、各种眼睛、各种脸部轮廓和各种皮肤调色板。有些部位在再次飘走之前漂移入位,结果遭到拒绝,"循规蹈矩。把我'保护'得挺好的。那个女人也许本可以用一点海洛因,放松一下自己。"

"我妈妈本可以用更多的循规蹈矩来管教我。"

"我们可以交换妈妈。"

"成交。"

女孩伸出一只手。

米莉安凝视着这只手,仿佛这只手被许多小蜘蛛般的斑点覆盖。

办公室的大门打开了——米莉安注意到那儿写着"校领导",不是"校长"[①]。一个小男人梳着黑色大背头,有一双樱桃核般的深色眼睛,和一个好像刚冲出海军外套领子的脑袋。

"劳伦·马丁小姐。"校长说,他的声音拖得很长,像一扇摇摇欲坠的古旧老门一般咯吱作响,"很高兴再次见到你。我们等会儿就接待您。首先,我必须见一下这位……小姐。"

他看着米莉安,一脸期冀。

"布莱克。"她说。她想过要说谎,但管他呢,没什么大不了的。

"好。布莱克小姐,如果你愿意'照顾'……"他往门后面退了几步。

那个女孩——劳伦——抬头看着她,手还伸在外面。

"我们要做交易吗?"她问米莉安,"换妈妈?"

米莉安知道她不应该去触碰那只手。这到底是为了什么呢?当她开

[①] 原文是 Miriam notes that it says Headmaster, not Principal。"Headmaster"和"Principal"均为"校长"之意,而前者内含"head"一词,突出了"头",因为后文突出描写这个个头矮小的男人梳着大背头,形成了鲜明对比。在此暗含讽刺之意。

始喜欢这个女孩的时候,她却快要进到女孩生命的终结片段。无论事态如何发展,是在十八岁那年酒后驾车还是在八十一岁时在沐浴时头部开裂而滑倒?

但她竟然有这样一种欲望,那么熟悉的欲望,她指尖的麻木刺痛,她的手汗印记,她把手递过去,却又如同飞机降落抵达停机坪之前在跑道上空盘旋般犹豫了,然后——

她握住了女孩的手,去看这个女孩将如何死去。

15 知更鸟之歌

清晨,光线透过破碎的窗户照进一片灰色,捕捉到光束下的尘埃旋涡与腐朽的琐屑,这束光终结于劳伦·马丁的脸上,十八岁,她被捆绑在一个老医生的桌上。她身下的皮革垫已破损,咬住了她赤裸的背部、大腿以及臀部。气味混杂在一起:汗味、尿味、铁锈味,所有这些气味交织成一种刺鼻难闻的化学恶臭。

劳伦被带刺的金属线塞住嘴,伤口一直延伸到她的头上,从前到后——生锈的倒钩戳进女孩的嘴角。

金属丝把她的头钉在桌上。

她的舌头和嘴唇干燥枯裂。她已经在这里待了一段时间。

她周围的墙壁已被熏黑、烧焦。壁纸像久泡于水的皮肤般起了泡。天花板到处都被拉了下来。旋钮和配线管摇摆垂悬,被下垂的已损毁的绝缘束托起,看似仿佛灰色乌云被暴雨拖扯下垂。

飞蛾翩翩起舞,蟋蟀吱喳而鸣。

一个男人从阴影处走了出来。他唱着歌儿。

"年轻的人儿,请倾听我讲述可怜的老波利的命运故事,她是一位淑女,年轻貌美,窈窕动人,却在绝望中呻吟,在呻吟中死亡。"

这首歌具有民间风味,古老的、缓慢而有节奏的。他的声音粗重而沙哑,在它背后,声音颤抖而摇曳,从低音到高音,如同叉子的尖齿穿过一块石板一般愉快悦耳。有时是男声,有时是女声。

她会去嬉戏,舞蹈和玩耍,
尽管她所有的朋友都会说,
"当我老去,我会求助于上帝,
我敢肯定他会带走我的灵魂。"

被堵住嘴的劳伦呜咽抽泣。开裂的嘴角结了痂,新鲜的血液流出来,变干。她的两个手掌都被刻上了"X"的记号。浅浅的伤口,但是两个一模一样。她的脚上也有两个相同的标记。

"一个星期五的早晨,波利生了病,她顽强的心脏开始出现故障,她哭着说'哦,不,我的日子已耗尽,而现在忏悔已太迟'。"

一种新的气味,有刺激性的气味,在空气中渗透、弥漫。强劲的干花、葬花、玫瑰、薰衣草和康乃馨的味道,以及油状的苦橙酊。

她呼唤妈妈来到她床前,
她的眼珠在头上滚动旋转,
模样阴森,她早已猜到,
然后她哭了,"这就是我的厄运"。

男人的脸是一只鸟的脸,一只无羽毛的野兽,皮革铸成它的血肉,喙如同一个孩子的胳膊那么长。油腻潮湿的缕缕黑烟从喙孔中升起。拴在肉之上的薄膜护目镜后的人眼透过镜片熠熠闪烁。这不是他的头,而是一个兜帽,兜帽覆盖住他的肩膀,一直到那裸露、灰黄的胸部。一个文身穿过他的胸部,如静脉般澈蓝,如瘀青般阴暗——一只家燕的回旋镖翼,双尾锋利似一把烧烤叉。

他进入房间的暗黑角落,经过一个烧焦了的床垫。从阴影中,他拿来一把消防斧。

  她呼唤父亲来到床边,
  她的眼珠在头上滚动旋转,
  噢,教父,永别了吧,
  你的邪恶的女儿在地狱里尖叫。

劳伦看到斧头之后拼死挣扎。她来回蹭她的脑袋,试图逃跑,试图释放自己的部分身体——当铁丝网锯到她的脸颊时,她的尖叫空谷绝响,撕心裂肺。

血液翻滚在她的喉咙,几乎令她窒息。

鸟嘴状兜帽的男子斜靠过来,爱抚女孩的脸。他的手指回到带着红色的湿润状态。他退后,斧头贴着文身的墨印。

  "我忽略了你所有的劝告,我的肉体欲望将会减弱,
  当我死后,记好你的邪恶波利在地狱咆哮。"

那个男人闭上眼睛。兴高采烈、欣喜若狂。斧头高高举入天空。一对昆虫突然转向,在刀片附近绕行:在轨道上的飞蛾如同小小卫星。

那个男人唱歌的时候,女孩扭动挣扎,嘶声尖叫,绝望呐喊。

她扭着双手，呻吟着，哭泣着，在死去之前咬住了舌头。
　　她的指甲变成了黑色，她的声音也随之消散，
　　她离开人世，离开了这个低谷。

　　斧头刃重重地落在桌上。它砍进一个凹槽里，这个凹槽不是刚刚形成的。劳伦的脑袋，静静地翻滚到桌子后面。那个男人将它踢进一个破烂的衬着黑色塑料垃圾袋的柳条筐内。
　　凶手"当啷"一声把斧子丢弃在地上。
　　他拿起那个人头，高高举起，仍在歌唱。血噼噼啪啪地滴落到受损的地板上。现在，他的声音发生了变化：坚韧不拔、轰隆咆哮、低沉沙哑。这是他自己的声音吗？现在不能在歌唱。这些字眼甚至不能算作是他说出来的，顶多算是随着他的咳嗽声从他的喉咙里咳出来的，并被吐在了地上。一次非常粗鲁的吐痰。

　　希望这个警告，
　　带给那些喜欢波利选择方式的人，
　　脱离你们的罪恶，免除你们的绝望，
　　恶魔会带你们离开，义无反顾。

　　那个男人从他那衣衫褴褛的牛仔裤口袋里抽出一对钢丝钳，然后切断了劳伦的舌头。他应该学会依照窍门来办事，钢丝钳夹断了舌头也花了一定的时间。
　　她的双眼依然睁着，如一池春水，波澜不惊。杀手放声大笑，低沉嘶哑，欣喜若狂的颤颤之音。

16 救 赎

她身体的每一个部位都受到一个强有力的突触冲击，米莉安被摇晃着清醒过来，如闪电风暴般压抑着她身上每一处神经末梢。她的四肢铺展开来。她的手指收紧，向内卷曲。她的一个指甲断裂在木地板上。噼啪。一张脸，现在模糊不清，但迅速聚焦，飘浮在她之上。

妈妈？

一位老妇人，她那银色的头发在背后束成一条长辫子，拿着一个亮着的小手电在米莉安的瞳孔里熠熠闪烁。

"她醒来了。"老妇人说道，接着她的脸开始分解变幻，变成一张彻底陌生的脸，"那个奇怪的女人醒来了。"

她朝米莉安伸出一只手。

不会又要来一次通灵之旅吧。

米莉安此时此刻不知所措。又一次触碰。又一次通灵幻象。遇到更多的死亡：头颅、骨头与饥饿的鸟在无休止地游行。然而，她坐了起来，迅速后靠，抵在樱桃木的办公桌上气喘吁吁。嘴里充斥着呕吐物的酸涩。

那个女人——六十多岁，白色衬衫外面披着一件柔软舒适的蓝色披肩，再次来到米莉安面前，"牵住我的手。我来扶你起来。"

"你敢碰我的话我就咬掉你的手。"米莉安咬牙切齿，以确保她的言语能够精确地表现出强烈的震慑力。

"我不是你的敌人。"那个女人说道。她的声音清脆利落，一本正经。"你可以叫我考尔德科特小姐。我是这个学校的护士。"

米莉安再次露出了她的牙齿。"等等。考尔德科特。"米莉安乜斜着眼睛看着她，"和这所学校的名字一样。"

另一个身影从她身后出现。那个校长。他的手一半插在他的夹克口袋里，精致高雅，如同一枚借书证巧妙精细地别在一本书的后面。

"是的。"他说，"埃莉诺·考尔德科特。我是埃德温·考尔德科特，这个学校的校长。这个女人就是我的妈妈。而且，不凑巧的是，她也是这所学校的创始人。"

"太好了，不错，很好。管他呢。发生了什么事？"米莉安问道。但在一切都旋转演变进入视野之前，她并不需要他们的回答。漂白的头发、年轻的女孩、握手、陈旧过时的医生桌子、鸟面具、消防斧、死亡之歌咏，"噢。"

她挥舞着的双臂抓住了附近的一个金属垃圾桶，她猛然吐了进去。热潮的椒盐脆饼、辣椒、龙舌兰酒。

"好极了。"校长说道。带着沉重的鼻音。仿佛他厌烦了这些进程。他通过他的两个门牙的缝隙吸了一口气。

米莉安把头倚靠在桌子的一边。擦拭着嘴唇上下滴的呕吐污秽物。"那个女孩，劳伦。我需要和她谈谈。"

"我们把她送走了。"那个护士说道。嘴巴抿成一条严肃庄重的横线。

"你是谁？"那个校长问道，"其中一个女孩的亲戚？姐妹？妈妈？

你在嗑药吗?"

"我需要跟那个女孩谈谈。"

"我们不容许这样,布莱克小姐。如果你继续提出这样奇怪的要求,我将被迫向警察求助。从你撕毁我们的一盏壁灯,迷迷糊糊走进我的办公室,并在这儿的地板上癫痫发作的那一刻起,我就已经开始后悔我之前没有这样做了。"

"我会离开的。"米莉安说,"对不起。我会……离开的。"

"好。我带了一些朋友过来,以免这种情况的发生。"他从他的口袋里抽出一只手,招呼了一个人进来。那个护士如一只猫在猛扑一只老鼠之前盯着它那般地盯着米莉安。

之前的两个警卫——罗伊德海德与马里奥,也进来了,并过来扶她起来。她用那个垃圾箱挡开了他们两个。令人作呕的水汽从垃圾桶内升起,她如一只被逼急了的美洲狮厉声嘶吼,"滚开。我要过去。你敢放一只手在我身上,我就会拼尽全力去起诉你,你就会天天遭受法律文件轰炸,直到星星熄灭的那天。"

笨手笨脚地、东倒西歪地,米莉安通过抓住校长办公桌的边缘设法站了起来。现在,她才得以仔细地观察了一下这个房间,这几乎是一个滑稽可笑的典范:褪色陈旧的地球仪,塞满了书的深色书架,所有都是木质的,都是浸满油渍的,都是布满尘埃的。没有电脑,还有一些貌似学术的东西:埃及手工艺品、诗歌册子,陈列着一些旧的金色装饰手抄本的玻璃柜。

考尔德科特护士伸手去抓米莉安,但她闪开了。

"布莱克小姐,你应该去看看医生。"

米莉安什么也没说,只是推推搡搡地走了出去,两侧跟着两名警卫。

她蜿蜒地穿过学校,以及所有的维多利亚时代的装饰:花朵图案的地毯、茶几与那双人座的课桌。四处飘散着尘埃与书籍的气味,以及那若隐若现的草莓唇彩香。

她经过一间接着一间的教室，放眼望去尽是女孩。有一些天真烂漫的女孩准备逃离她们那满是泥渍的过往，其他的女孩怒目而视，仿佛在说，这里对我没什么帮助。

在他们走路的过程中，罗伊德海德从她身后冒出来，撞了她，然后哈哈大笑。装作是一个意外，但事实并非如此。他在戏弄她。

她唯一能做的就是指着他，对他展示出一个严厉的斥责"小心我把你的蛋蛋塞进你的屁股"的表情。现在任何一件事情都需要透支她所剩无几的能量。那个通灵幻象不仅仅让她的航帆被夺走了海风，它更是把她的航帆撕成褴褛的布条，让海风呼啸着穿过破烂的漏洞。

他并不在乎。另一边，酷似超级马里奥的警员看着他们，小心谨慎地缄默不语。仿佛她是一条会咬人的毒蛇。好孩子。

接着，就像这样，她出去了。这一天光明灿烂。午时的太阳在图腾柱的毛尖顶上普照着大地。这一天温暖舒适。不过，这并不重要。她依然感觉寒风侵肌。一股寒气，深入她的骨髓。

面具、歌声、斧头。

他们把她塞进了保安车——一辆年代很老、糟糕的四门福特轿车，被漆得看起来如同一辆警察车。在路上，尽管天气闷热，她发现了早秋的些许特征：某处，有人在焚烧树叶。

玫瑰、康乃馨、橙油。

化学恶臭、小便、恐惧。

警卫们把她丢在大门口。荷马还在那儿，他尝试了一些更加幽默诙谐的戏谑段子，却都没有奏效。

她甚至听不进去这些。

门开了。她抓住了她的机会，逃离了这个鬼地方。

17 萍果蜂餐厅 [1]

"托德。"米莉安边说边嗒嗒地敲击着玻璃杯的边缘,"你会需要把另一杯长岛冰茶放入这杯该死的酒里面,并且这次,你要把这杯酒调到上个档次再来给我喝。不要在这方面'吉卜'[2]我。你知道'吉卜'是一个种族主义用语吗?这完全就是一个种族主义的术语。是'吉卜赛'的缩写,因为很明显吉卜赛人总是把人忽悠得团团转。盗窃婴儿和乱七八糟的其他东西。无所谓。我到底在说些什么?长岛、冰茶,在我的杯子里。拜托拜托,托德。"

托德是这个餐厅里的酒保。他身穿一件黑色马球衫,就像一捆干树枝的组合一样。他可能有二十一岁,但看上去只有十八岁。他脸上的青春痘呈现出的粗犷地势惊得米莉安弄掉了她的马苏里拉奶酪棒。

"没问题。"他说,他的声音是那种粗糙青涩的青春期的嘶哑声音。他准备为她调制一杯新的饮料。

这里一片死寂。如果在每个摊位和桌子上都设立墓碑,让蜘蛛网和

---

[1] 萍果蜂餐厅(Crapplebee'S),是山寨版"苹果蜂"餐厅(Applebee'S),在美国郊区几乎每个小镇上都有它的分店,成了广大青少年出行聚餐的场所。以其仿制的炸鸡最为出名。

[2] 此处"吉卜"为原文"gyp"的音译,是"欺骗"之意。

墓地青苔覆盖整片地方应该会更应景。

她不确定这儿是否是镇上唯一的酒吧。但它是她从那个天杀的女子学校逃离出来之后发现的第一间酒吧。在那个时候，她想明白了酒就是酒，油腻食物就是油腻食物，一切本该如此。

自那时起，她更新了观念。所有墙上钉着的那些狗屎般的告示开始接近她。矫揉造作的废话、路牌、人造复古风、一支该死的船桨。一支船桨，一支船桨能和什么有关呢，她不知道。也许是用来恫吓那些令人讨厌的顾客吧？

她想知道还要多久托德才会去恫吓她。

他这样做貌似会很开心，或者很愚蠢。

也许他会拿一把斧头砍下你的头，邪恶的波利。

不，不！她没打算这么想的。这不是她来到这里的原因。她不是来这儿炖菜的。她是来这里喝酒的，还有吃饭，以及遗忘。

然后聊聊她的新朋友，比萨脸托德。

"让我问你件事。"她说道，含糊了一点。含混不清地说话让她感觉如此之好。她有——五？——五杯长岛冰茶。它们单独每一个势力微弱，但它们汇聚在她的肚子里共同形成了一大锅的酒泡，"托德，托德，让我问你件事。"

他把她的下一杯酒放在她的面前，"啊？"

"你有没有想过，是这样，我的生命意味着某一件事，它很糟糕，并且你恨它，还有……他妈的。对吧？但后来你发现你的生活全部都围绕着这件与其他事情完全不一样的事，并且在很多方面，这件事都比你所认为的那些不得不做的事情更糟糕，你听懂我的意思了吗，性感的托德？"

"也许吧，我不知道。"他看着她的样子如同她有两个鼻子，嘴巴的位置却是一个阴道。他这个德行已经持续一晚上了。不过没关系。托德是一个完美的共鸣板，还有，她那被酒浸泡的大脑告诉她，还是一个很好很好的朋友。

她重重地砸回了"冰茶"。里面仍然没有足够的酒。话又说回来，也可能这是一个用来盛装外用酒精的高大磨砂玻璃杯，因此它没那么容易被装满。

她听到从她右边传来的声音：吧台上手指咔嗒咔嗒的敲击声。

在酒吧的尽头，没有人坐在那儿，一只大腹便便的乌鸦站在那里，在从一个小酒杯的底部喝那最后几滴酒。它的喙在玻璃瓶底部发出叮叮当当的碰撞声。

烟雾从它的喙孔缓缓升起。

她眨了眨眼，乌鸦就消失了。

"我也不知道。"她声音轻微。一股热酸如火箭飙升般从胃反流到她的喉咙。这是一个冷酷的提醒：红发草莓雀斑女孩即将死亡。

可怜的小劳伦·马丁。

不是现在，她脑海中的声音说道。

但是死法相同。另一个声音说道。

去他妈的，又不是你的问题。

那么是谁的问题？

别人的问题，别人的问题。谁在意呢？谁任命你为命运之镇的女王呢？

她是一个可怜的小女孩，她不仅仅会死，而且她将要悲惨地死在某个戴着诡谲鸟面具，并且有抽葬花烟瘾、神经错乱的畜生手中……什么？我们就这样放任自流？

谁是我们？我们只是一个人。此外，你拯救不了任何人。而且这并非即将发生在明天的事情。这可能发生在接下来六年里的任意一个时间段里。

在她弄清楚这个问题之前，酒已经喝完了，她的手机也响了。

是路易斯的来电。

该死的。

"不好意思,托德,我必须接这个电话。"

其实现在托德并没有站在那里。她接听了电话。

"嘿。"她说,试图表现得若无其事。

"米莉安。"他说,"听着——"

"不,你给我听着。"

"等等。我可以说话吗?"

"可以。当然,随便你。"

"我只想说,我很抱歉。关于之前,表现得那么惹人厌。只是因为……那阵子很痛苦。我知道你不想和我在一起,当然有时我们很合拍,而其他时候我们就像水火一般不相容……你的生活节奏比我快太多,米莉安。我只是一只寂寞孤独的老牛蛙,而你却像,你就像一只在芦苇丛中飞来飞去的蜻蜓,并且——"

她打断了他,"你是不是喝酒了?"

"就喝了一点。今天过得很糟糕。"

"我也是。"她说,"我也是。"

"我的卡车抛锚了。"

"噢。噢,该死的。真糟糕。"

"我还没有把货送到。我估计还要一些日子才能回来。我以为我会明天回来,但是——我真的很抱歉。你需要我吗?如果你需要我和你在一起的话,我可以搭乘巴士过去。"

"不需要。"她撒谎,"这儿所有的一切……很好。"

"凯蒂怎么样了?"

"她患了胰腺癌。"

"上帝啊。"

"是啊。"

"我应该给她打个电话。"

"别！不要这样。"因为她并不知道，"她只是想用晚上的时间……消……消化一下这个消息。"

他叹气道："是啊。也许你是对的。"

"我一向正确无误。"

深呼吸。仿佛这对他来说异常艰辛，"其他的一切都还好吗？"

"全都是一些……鸡毛蒜皮的破事。我甚至都不知道这意味着什么。"

"我会再打给你的。"

"好的。"

"我想你。"

"好的。"她回答。

一片寂静。

说回去？不要说回去？她想不想念他？难道她恨他吗？爱他吗？想和他亲热吗？想揍他吗？所有的问题，都没有答案。

"我会再打给你的，米莉安。"他的声音现在鲁莽无礼、粗声粗气。

"晚安，路易斯。"

他挂断了电话。

手机在她手中握了一会儿，她的舌头一直发出咯咯的声音。她说："我也好想你。"

管他的。去你大爷的。全都他妈的下地狱去吧。

"再来一杯①。"她告诉托德，把空杯子朝他轻推过去。这种感觉仿佛是有一场风暴正在她内心深处酝酿，一场饥渴无尽的台风。她最好还是去喂饱那头野兽。

---

① 原文为"Uno mas"，这一词组来自西班牙语，直译就是再来一杯，多用于喝酒或者进行喝酒游戏中。

18 破 碎

哐当，哐当，哐当，哐当。

她的头感觉好似一个饱含积水的哈密瓜。

哐当，哐当，哐当，哐当。

从汽车旅馆门的另一边传来一个低沉的声音，"嘿。你在里面吗？"

哐当，哐当，哐当，哐当。

现在，她终于明白为什么不能拍打水族馆的玻璃了。她感觉自己如同一条长了动脉瘤，并且病情发展得像冰河运动般极其缓慢的金鱼。

"开一下门，不然我就进来咯。"

她像一个笨拙的醉酒婴儿一样爬下床，只穿着一条内裤。趴在地上，脑袋晃动，仿佛内部有一只不停击打的乐鼓，她悄悄地向门口爬去。

门打开了，一束白光照射进房屋。

"噢。"她喃喃地说，"什么事？"

"你要么把今晚的住宿费交了，要么你就离开。"

随着她眼睛的适应，房间外面的光线变得不再那么刺眼。站在那儿的是这个旅馆的经理。不是一只呆头呆脑就职于展台前的萝莉熊,而是一个身材健壮,有着乐高玩具人偶一般光亮油滑发型的"圭多"①,那头发好像可以整个安上,再取下似的。啪,啪。

米莉安畏缩退避,窥视着,像是脑中装着松鼠——饥饿难耐,已经习惯了一周都只吃廉价的外卖比萨,喝遍了所有能够得到的酒——正啃噬着她的脑神经。

"我会马上给你钱的。"她在撒谎。她其实手头很紧。她已经窝在这儿好几天了。房间费加上食品费加上酒费加上她一直连续购买的糟糕的色情片(与那些催人泪下适合女性观看的言情片,还有什么,算了,不说了)已经让她几乎破产。

路易斯也还没有回来。他修好了他的卡车,但他声称自己有一些"要紧事"。

她觉得他不想见到她。

她并不埋怨他。她自己也不想看到她自己。

"你要么给钱要么走人。"

"我说了,马上。给我几分钟时间。"

"你已经没有时间了。你已经超过截止时间好几个小时了。给钱或者卷包袱滚蛋。"他上上下下地打量她,不屑一顾地嗤之以鼻。当然也饥肠辘辘、垂涎欲滴,仿佛他的眼睛是两张嘴,它们正在享受一顿佳肴,"你没有钱吗?"

"是的,没有。我没有钱。"

"那你就卷铺盖滚蛋。"

"随便。就给我十五分钟,我就走人。"

"你没有十五分钟,你只有一分钟。"

---

① 原文为 guido,用来形容意大利裔美国年轻男性,原指居住在城市中,来自较低社会阶层或劳工阶层的意大利裔美国人,现指打扮得充满夸张的男子气概的意大利男性,常有贬义(摘自百度翻译)。

——编者注

"什么？这他妈不可能。没有人能在一分钟内做好任何事情。一分钟的时间你甚至都不能用微波炉加热一杯咖啡。别这么浑蛋好吗？"

她的头颅开始充血，如同她的心脏乘坐电梯到达了顶楼，现在在她眼球后面低沉笨拙地跳动。

"好吧，"他说，他开口之前她就知道他将要说什么，"你知道吗？我们可以一起想办法。"

他的目光漂移在她的大腿、臀部与乳房之间。

当他那荒淫放荡的眼神终于抵达她脸的那一刹那，她猛然一拳击中了他——

蜷缩着，胎儿球，酒吧、脱衣舞俱乐部或者伤感汽车旅馆澡堂的霓虹灯，粉蓝交替闪烁。他四十八岁，酒气熏天，他这样已经很长一段时间了。他的肝脏看起来像一个挤满了牛油的足球，被硬皮皮带绑得很紧，就在那时，酒精中毒症状猛然来袭——他倒下，晕了过去，呕吐物又吞回了嘴里。一阵急促的呼吸让他的呕吐物急剧回流到他的肺部。他"吸入"的最后一餐，基本上是一大坨伏特加和酒吧里花生的混合物。死于因被呕吐物堵塞呼吸系统而导致的窒息。

——鼻子。尤其是鼻梁。

此时此刻，他可能看到了满天星辰。

从他鼻孔流出的两条血迹如同两条面包虫。

米莉安砰地关上了门，赶紧锁上夜锁，然后匆匆忙忙穿过房间，抓起衣服，拿起她的东西拼命往包里塞。这是她宿醉的地狱，像是她在噩梦中狂奔，穿过潮湿的混凝土，然而木已成舟。这个浑蛋要么会去叫警察，要么——

咣当，咣当，咣当。

嘭嘭嘭。

"你这个臭婊子!"

——他会进来把她揍成黏糊糊的肉酱。

米莉安走进浴室,推开后窗。在她钻出这扇打开的洞,并跳到后面的停车场之前,她在镜中看了自己最后一眼——几天前她给自己染的粉色条纹头发让她心情愉悦,剩下的被漂成白色如瘦骨嶙峋的手指一般。

她一路狂奔。竭尽所能,越跑越远。几乎忘了喘息,和抽烟的欲望。

她发现自己回到了河边。今天的河水,沿着杂草丛生的废弃土地流淌,是灰白色,满是泡沫的。头顶上天空是石板的颜色。水与天空,融为一体。像一盘毫无吸引力的西式肝香肠。

香烟,打火机。啊。

在她的右边:传来小树枝被踩断的噼啪声。是那个长得像乐高玩具的"圭多"。她有些抓狂。

不,不是他。

是一个入侵者。

"你的伤口愈合得很好。"是那个女孩,劳伦。不是米莉安刚刚见过的那个劳伦,而是她未来十八岁的样子。她脖子周围的皮肤都是可以翻起的带着血痂的皮瓣。

仿佛呼吸就是从颈部裂缝中啸啸而过。

米莉安摸了一下伤口,感觉到持枪歹徒的子弹在她脑袋上挖出的沟壑,快要愈合了。如果她想,她可以剥落那个血痂。她这样想着。但,不是现在。

"你的却还没有。"她望着这个和她一起在水边漫步的女孩。一架飞机掠过头顶,"也许应该尝试在脖子上擦一点抗生素软膏。"

"噢,米莉安。别想这些,别想这些,别想这些。试图忘掉吧。"

"我更愿意你出现在我的梦中。这些幻觉让我处于极度兴奋之中。"

"我偏爱'通灵幻象'这个表达。"

"比如,通灵幻象的追求?也许我掺杂了某种迷幻丛林茶,很快便会到了与美洲豹女王较量的时刻,掏出她的心脏,吃了它。"

"也许砍掉她的脑袋。"

关于这句话,米莉安没有做出任何评论。

那个闯入者开始歌唱:"叹息,叹息,四处都弥漫着叹息靡靡。遮挡了风景如画,剖白了我的心迹。"那个女孩伸长了她的脖子。露出她食道那儿不流血的孔,"你有看到凶手的文身吗?"

"那只鸟。"

"那只燕子。"

"那只燕子,没错儿。"

入侵者点点头,"在埃及神话中,燕子通常坐在任何进入冥界的船只船头。但它超越了这个。有些文化将燕子视为邪灵,有害的生物。一个真正肮脏的鸟。一个诅咒。燕子存在于世界各地的神话之中。"

"我不知道这个。你是怎么知道这些的?"

一声欣喜若狂的颤音。凶手仰天大笑,"燕子。"

闯入者继续说:"是一个名扬四海的符号,你应该去查查的。"

"听起来像学校教的东西。"

"也许是的。只要你知道学校一般在哪儿就行。"

"只要。"米莉安说,望着远方通向考尔德科特学校铁门的那条车道,"只要。"

"你有工作要做。"入侵者说道。

"我知道,我知道。"

她知道。

然而入侵者却消失了。

19　此路不通

"啊,啊。"荷马说道,"不行,没门。去吧,离开这儿。"

米莉安站在铁门护栏前,双手握着栏杆,脸颊挤在两根栏杆之间。"我不会待很久的,说真的。让我进去吧。"

"绝对不行,你搞砸了。你被列入了一个名单。"他从岗亭里探出身子,降低了声音,"我只告诉你,这不是一个好名单。"

"但我是路易斯的朋友。"

"我又不欠那个家伙什么!他只是一个来这里为学校做点慈善的善良的独眼白人。我们又不是战友或者什么关系。他也没有从鲨鱼嘴下救我一命。神经。"

"我给你钱。"

荷马的眼睛眯了起来,"多少钱?"

"这个需要多少钱?"

他想了想,"五十美元。"

"四十。"

"五十。"

"好吧。"

"那么现在不如你把钱从门里面递给我。"

她畏缩地说道:"好吧。其实我并没有五十美元。"

"真丢脸。"

"算我欠你的。"

"我从不给疯女人赊账。"

"你这样很不友善。"

"但这是真话。"

是啊。

"如果我就直接……爬过围栏呢?"

"那么我就会叫警察来,让你吃不了兜着走。"

"但是,噢,你应该还得做些文书工作吧。我敢肯定,你不得不做文书工作。文书工作很恶心。对吧?该死的男人,和他的……文书工作。"

他哈哈大笑,"怎么,你觉得我有更好的工作可以做?我坐在这个岗亭里每天看着毫无看管价值的大门。我做点文书工作只是为了换换口味。难道我应该在角落画点什么笑脸或者咪咪来找点儿乐子吗?"

"好的,很好。如果我悄悄溜到某个地方呢?你不会知道。"

"电动栅栏应该会击中你的屁股。"

她皱了皱眉,"电动栅栏?你在忽悠我。"

"没有,噗滋。"

"这有点极端。"

"有时候女孩们企图逃跑。因为她们中的一些人是法院命令她们待在这儿的,而其他人,其实是学校对她们享有终生监控权,她们不一定会被允许离开这儿。"

"所以这个地方就像一个监牢。"

"对于部分女孩是这样的。一个漂亮的监牢,但和其他监牢无异。"

她揉了揉自己的脸。她疲惫了。她眼窝里的宿醉在它的牢笼里踱步,用爪子挠抓着地面。

"所以,我不能回到这个里面了,是吗?"

"我猜不能,小姐。"

她发出哼哼声。"小姐。这是一个好称呼。"米莉安伸出了她的手,这是万不得已的选择,"这是真的,荷马。"

他无所谓地耸耸肩,握住了她的手——

医院的房间。满眼尽是灰色,然而有少量的花朵提亮了这儿的色彩,角落里的电视一直在闪烁。荷马躺在床上,凝视着天花板,双眼犹如空白的黑板,因为无人在家。他死去了,但他却又没有死——脉搏还在跳动,而大脑却已没了知觉,心灵如同一片种满了腐烂的蔬菜的荒芜菜园。接着就像他还有一些什么想说的话挂在他的嘴边,就这样……不甘地落入了黑暗,突然显示器关闭,住院医师推着急救车走了进来。一个女人和一个年轻女孩冲了进来,女人为了她的父亲悲恸号啕,年轻的姑娘担忧惶恐,因为她从未见过这样的场景。然后荷马走了,真的走了,走了,走了。

"你有一个外孙女。"她未加思索地脱口而出,抽出了她的手。

"所以呢?"他问道,瞬时变得怀疑。

"她不是一个学生……"米莉安伸出拇指指了指考尔德科特学校。

"不,当然不是。她是一个好姑娘。她有妈妈照顾,还有我。"

米莉安没有心情去表现得真诚,但是她说:"你知道为什么我在这儿吗,荷马?"

"我敢打赌你会自己告诉我。"

"是的。我可以看见某些东西，荷马。想知道我可以用通灵之眼看见什么吗？我可以看见你有一个女儿。"米莉安闭上了她的双眼。回忆起那个通灵幻象，"她大概五十五岁，闻起来有薰衣草香。短发。脖子上有一块胎记，如同一个小小的粉色印章。她的女儿，你的外孙女，嗯，我猜她现在十一二岁，梳着马尾，戴着牙套。"

荷马瞬间紧张起来。"她没有戴牙套。"他低下头，"但是他们说她需要那个。并且我已经把钱给了旺达，这样她就可以去买了。你怎么知道这些的？我怎么知道你不是在耍我？某种欺诈的小伎俩。"

"你不知道。但是我有一些话要告诉你，老伙计荷马。我要告诉你这里面有一个女孩，一个和你外孙女一样大的女孩，这个女孩要死了。有人将要杀死她。我知道这些是因为我能看见这些，我现在要去阻止这一切。但如果你不让我进去，我就无法去做这些。"

"你疯了。"他说。

"也许，可能吧。是啊。但同时我也是正确的。"

"好吧，我让你进来。"他终于说出了这句话。

"谢谢。你想知道你是怎么死的吗？"

他仔细想了想，摇了摇头，"不想。"

说完，他打开了大门。

20 一个将死女孩的忏悔

女孩们目不转睛地一直盯着她。她们看着她从一个侧门悄悄溜了进来。有些女孩忧心忡忡,其他的女孩则傻呵呵地笑了笑,转身离去。有的女孩对着米莉安轻轻地点了点头,仿佛是一个坏女孩对另一个坏女孩的认可。

现在是课间。女孩们没有储物柜:她们有分类书橱,都是敞开着的,没有门。她们无法私藏一包香烟,或是一瓶杰克·丹尼威士忌,抑或任何其他违禁品。米莉安这样想着,直到她走到一排分类书橱前,打断了一窝挤在一起的女孩。青春少女,十四五岁。

她们转过来看到她发出一声惊呼,她们一脸茫然。

有一个女孩,一个戴着像狼蛛腿一样假睫毛的拉丁裔,转身离开了。另一个女孩,一个有着肉乎乎脸颊却身体单薄且与一棵无叶树苗般毫无特征的白人女孩,擦掉了嘴唇上的巧克力。

在她们试图隐藏时,一个包装袋破裂了。

另外一个女孩赶紧猛地合上一本教科书,书页被挖空,仿佛隐藏了一把枪或者——

"你藏着食物。"米莉安大吃一惊地叫道。

"什么?"肉乎乎的脸颊说道,一股红潮涌向她的脸颊,"不!不。呃,没有?"

拉丁裔只是咂巴了一下她的嘴,"是啊,那又怎么样。我们在吃太思提①蛋糕。"

"这是一个不好的事情?"米莉安问道。

"果葡糖浆。"

"我不知道那是什么。"

"玉米糖浆。"

"我仍然不太明白。"

"我们不应该吃不健康的食物,"肉乎乎的脸颊脱口而出,对于她们做了这件事而面露尴尬之色,"对不起。"

"好吧,"米莉安若有所思地说,"当然。这儿有一个交易。你们给我提供一些信息,我就不会告诉校长你们在课本里私藏那些含糖量超高的食物。我当然也不会告诉他,你们有多么疯狂,哈哈,竟然把你们的书和文件夹掏空来藏食物。"

"我们不是疯子!"小胖脸颊大叫道。

"什么是他妈的文件夹?"拉丁裔问道。

你老了,米莉安,一个二十多岁的老浑蛋,大多的记忆还停留在文件夹和太思提糕点那个时候,"没事。你们只要告诉我哪里可以找到凯蒂的——呃,维兹小姐的教室,好吗?"

胖乎乎的脸颊向她描述怎么去那儿,十分详尽。

米莉安发现自己处于一间教室外面,里面大叫着"英语老师",她们的声音如此之大,难道不怕变得沙哑吗?书本遍地都是,莎士比亚、

---

① 太思提,一个烘焙食品品牌。——编者注

詹姆斯·乔伊斯和马克·吐温的海报，还有斯蒂芬·金与青蛙柯密特，告诉大家要多阅读。黑板上有一个贴着"弗莱塔克三角"标签的金字塔。

在桌上放置着一个带有人造咬痕的木质假苹果的书桌后面，凯蒂·维兹纽斯基坐在那儿。

当她看见米莉安，她立马站了起来，摇了摇头。

"你应该离开，"凯蒂说，"我听说了昨天的事情。你在校长办公室。我从来都不应该让你来到这里，就像放一条毒蛇进入鹦鹉笼一样——"

"你快要死了。"

这几个字，犹如一把下落的斧头。

那个老师停下了，仿佛她已经被一头骡子踢了一脚，呼吸骤停。

然后她笑了，带着一点大笑，点了点头，"接着说下去。"

米莉安吞了一口口水，"你只剩下九个月的时间了。你死于5月3日，不到正午的几分钟前。死于胰腺癌。我很抱歉。"

她对老师讲述了所有的一切。

这个癌症已经遍及她的体内。

那杯冰茶不够甜。

她摔落了玻璃杯。

只要她……停下来，她就可能不会死。

这是一个很好的死亡方式——至少，在死亡里面算很好的。

然后，凯蒂把米莉安带进了教室。她轻轻地关上了门，和她一起坐在桌子后面。

她用一把小钥匙打开了抽屉，而这时米莉安拉开了一个双人座的维多利亚时代风格的书桌，"砰"一声一屁股坐了进去。

老师拿过来一瓶酒和一个红色塑料杯。她把杯子分开，一个变成了两个。

她把它们扔掷到桌子上，两杯都倒满了，递了一杯给米莉安。

米莉安接过它，喝了一口。这是唇红色的烈酒。其实她不是一个葡萄酒爱好者。大家总是说，他们可以品尝出蕴含在葡萄酒里面的一些东西（巧克力、管烟、无花果、草屑，一些来自一个用香蕉板条箱制作的木筏在海上漂浮了两周的九岁古巴男孩的汗水），但米莉安永远只能尝出"愤怒的葡萄"的味道。

　　都是一样的，喝下去都很好。美味可口，酸酸的，恰到好处。

　　"我早就知道了。"凯蒂说，喝了好大一口廉价葡萄酒之后点了点头，"我早就知道我要死了。"

　　"对不起。"米莉安说。她不知道除了这句话以外还可以说点什么。

　　"别这样。好吧。你应该感到抱歉，但仅限于在骗我这方面。"凯蒂咯咯笑着，摇了摇头，"我也早就知道你在撒谎了。"

　　"你似乎看起来很快乐。"

　　"我释然了，真的。每个人都认为我疯了。但也许在我自己的脑袋上面有一点通灵的事情正在发生，你知道吗？因为我……我就是觉得这是真的。而你是那个唯一可以证实这件事的人。"

　　凯蒂饮尽了她的酒，又倒了一杯。

　　"那么，你现在有什么计划呢？"

　　"天哪。我不知道。当你得知你马上就要死了，你会怎么做呢？"

　　"你考倒我了。"这不是一个常见的问题，她心想。

　　一道忧伤穿过凯蒂·维兹的脸，仿佛一朵云的阴影遮在了太阳前面。抑或是秃鹰的影子，或一个红色气球。

　　然而马上就消失了。

　　"顺其自然吧。"她说道，拿起手中的塑料杯碰了碰米莉安的杯子，发出一个不尽如人意的哔声。然后，她收回去，一饮而尽，"这让我想起了一首老歌：伦敦大桥垮下来，垮下来，垮下来。一切都分崩离析，最后只剩下永恒的混乱。"

"爽快。"

"它会变得更加令人愉快。你知道伦敦大桥的故事吗?"

"不太清楚。"

"这个故事是这样的,他们过去牺牲孩子去建造桥梁。在砌砖之下埋一个死去的孩子将保持桥梁耸立,传说是这样的。但是,这并没有起作用。因为最终,所有的桥梁全部坍塌,毁于一旦。"凯蒂将她的酒杯高高举起,假装出一个傲慢,学术的近乎英式的口音,"我至少应该把我的田地收拾好吧?伦敦大桥垮下来,垮下来,垮下来。于是他隐身在炼火中,何时我才能像燕子——啊,燕子,燕子。阿基坦王子——"

米莉安把手指捏得噼啪作响,"那到底是什么鬼东西?"

"这源于一首诗。"

"一首诗。"

"嗯。T.S. 艾略特的《荒原》。"

"一只燕子。为什么是一只燕子?"

凯蒂已经完全进入了英语教师的模式,正如一辆矿车锁定到它的轨道。"'quandofiamuti chelidon'这句话是拉丁语。它的意思是,'我什么时候才可以像一只燕子一样?'其实整句话是'quandofiamuti chelidon, ut taceredesinam',或者,'我什么时候才会像一只燕子,这样就可以不再缄默不语?'这是关于菲洛美拉神话故事中的一句引用,她的舌头被切断了——"

嘎吱。米莉安没有意识到这一点,但她握着杯子的手捏得越来越紧,现在这个杯子在她的紧握之下变得粉碎。一滴红酒从粉碎的塑料中得以逃脱,顺着她的前臂流下来,悬在肘部,摇摇欲滴。

米莉安神魂颠倒。燕子、切断的舌头、被困在桥梁之下死去的孩子。一腔恐惧与未知之火点亮了她肠道里最深最黑暗之处的光明。

"我们需要谈谈这个,但不是现在。我需要你帮我个忙,我知道你不趋向于帮我，但我仍然需要你的帮助。我需要了解一个学生的一些信息。"

"噢，我不知道。我不应该——"

"劳伦·马丁。我需要知道她在哪儿。现在。"

"我不能告诉你关于学生的信息。"

"如果你不告诉我，"米莉安说，"她就可能受到伤害。我不需要私人信息。我只需要知道她现在在哪儿，我就可以和她谈谈。拜托。凯蒂——你一定要帮帮我。"

最后，老师妥协了。她从她的书桌抽屉里拿出一台苹果Macbook系列的笔记本电脑，然后打开了一个日程安排表。

"劳伦·马丁，劳伦·马丁。她不是我的学生，但我知道关于她的一点事情……啊，找到了。"她伸出一根手指指向屏幕，"现在，她在上自卫防御课。和贝克·丹尼尔斯在一起。就在楼下，离咖啡厅不远。发生了什么？"

米莉安咬住下嘴唇，"我还不知道。"

当她准备出门时，凯蒂朝她喊："你今晚要不要出来喝一杯？或者吃个饭？"

米莉安踌躇了一下，但发现这是一个好机会，"好的，我来。"

"苹果蜂？那就，六点？我不知道你是否知道它的位置——"

米莉安挤出一丝微笑，食指和中指交叠在一起，"我和苹果蜂，就像这个一样。"

21 阴招一

在体育馆门口，米莉安跳着，伸出脑袋通过舷窗正好看到劳伦·马丁。一个十二岁姜黄色头发的小捣蛋鬼，正用膝盖袭击另一个女孩的裆部，平击她的喉咙，把她翻转到一个蓝色的健身垫上。

地面微晃。

另外一个女孩，是一个有着苍白如陶瓷般的肌肤，黑色浓密的头发被发圈扎成一束的女孩，她从垫子上镇定地站了起来，然后两个女孩互相走近了对方并鞠躬示意。

她可以进去了。

米莉安静悄悄地打开双扇门，像一张纸溜过排水沟格栅般地从门缝里溜了进来。女孩们都已回到队形：一行十二个，全部身穿考尔德科特学校的健身制服。

站在这个班级前面的男人身材颀长，精瘦，健壮有力。他的胸部被紧身白色T恤包裹着，上身呈现出一个倒三角形。深色眼睛。头发因为汗水而晶亮光滑。下巴的线条如同弯曲的钢筋。

他拍了拍他的手,"好吧。再对我说说那六大基本攻击区域。"

女孩们异口同声地说出了这个口头禅:"眼睛、鼻子、喉咙、腹股沟、膝盖和脚。"

"再来一次。速度快点。"

"眼睛、鼻子、喉咙、腹股沟、膝盖和脚。"

"再来一次。声音大点。"

"眼睛、鼻子、喉咙、腹股沟、膝盖和脚。"

他拍了拍手,鞠了一躬。

他弯腰的时候,米莉安看到了他身后的白板。这六个词和那几个攻击区域,都一一列出。

上面写着:如何像女孩一样打斗。

米莉安很是赞同。

当女孩们向老师鞠躬时,他用眼角的余光默默监视着米莉安。

他没有上前走去。他这样称呼她:"你好?"

女孩们全部转过来望着她。

"噢,呃。"这真是出人意料,"我是来找我妹妹的。"

"你的妹妹。那么,你找到她了吗?"他笑嘻嘻的。

"是的,那就是她。"米莉安指向劳伦,"劳伦。"

她向劳伦摆了摆手。她的眼睛上下打量着米莉安,"我可以走吗,老师?"

"这是你姐姐吗?"

女孩一秒钟也没有犹豫,"是啊,这是梅根。"

"那你可以走了,'雷恩'。"

"雷恩"?劳伦。是劳——伦。啊。

好极了,又一个傻鸟。

女孩一路小跑过来,一副小心翼翼的样子。她推开门,确保大厅里面没人,然后折了回来,"你该不会又来触碰我,然后吓唬我吧,哈?"

米莉安想了想。"不好说。"

"你真的失控了。"

"是啊。好吧。"米莉安仿佛已经可以嗅到燃烧的鲜花味道,几乎可以感觉到当斧头重重地落在地上时,地面的震撼。不要去想它,米莉安对自己说道,"所以,你有一个姐姐叫梅根?"

"没有。只是当时觉得应该这样说。"

"妙招。"

女孩半信半疑,"嗯。你想要什么?你知道,我们并不是真的要交换妈妈。那只是一个玩笑。"

"是的,小妹妹,我明白笑话的含义。"

"那么,这是来干吗呢?"

"我只是……想再次见到你。"她不知道这将如何帮助她去解决一起多年之后将要发生的谋杀案,但她还有什么选择呢?

"雷恩"皱紧了面庞。一道眉毛高高扬起,如同圣路易斯拱门,"你是那种骗钱的同性恋。"

"不,我只是来保护你的。"

"就像我说的,骗钱的同性恋。你是谁,某个变态的好色之徒?"

"我是想来帮助你。你知道吗?你真是一个令人讨厌的家伙。"

"你真好。你真的太好了。"

米莉安心想,妈的,豁出去了,实话实说才能让现在的我好受些。她只是最近被谎言折腾得肢体残废。她宁愿去吐露真相,而不是憋着一肚子别人看来的鬼话而感到恶心。

"内幕消息,亲爱的。我有这个权力。就像,通灵的权力?不过,不是那种你平时见到的普通通灵巫术。我不会什么狗屁的悬浮术,我不能凭借什么狗屁直觉来判断你的掌纹寓意,还有塔罗牌也会让我觉得诡异纳闷。但我可以做的是触碰一个人，就可以看见他是如何死去的。我看到你即将死亡。我不希望这样的事情发生。"

米莉安意会地眨了眨眼。

"雷恩"战战兢兢地退了一步，"好吧，我得走了。"

"等等，留步。你不希望听到更多的东西吗？"

女孩朝体育馆门口走去，"我很好，谢谢。"

"你将会被谋杀。"

"雷恩"竖起了一根大拇指，挤出一个假笑，兴高采烈地点了点头。"嗯！当然，毫无疑问，再聊！"接着假笑消失，她嘟哝着说，"神经病。"

"等等！"

女孩用屁股砰砰地顶开了门，她迅速回到体育馆。留下米莉安独自一人在原地。

浑蛋。

好吧，这一点用也没有。

她准备出去，也许去抽根烟，就在这时体育馆的大门再次打开了。是那个老师。那个"先生"。坚实下巴先生，强壮下颌先生。

"小姐，"他说道，"请留步。"

这个家伙散发出自信的光芒，昂首挺胸，洋溢着自信的笑容。他看起来健健康康，活力四射。

这让她有点措手不及。

"怎么了，《功夫》凯恩？"

雪白的牙齿[①]。如果用拇指滑过这排牙齿的话，它们可能会发出吱吱的响声。

"你不是'雷恩'的姐姐。"

"是吗？我不是？你听到她说了。我是梅丽莎。"

[①] 原文中作者描述这牙齿的白色和宽胸白火鸡的颜色差不多。

"梅根。"

"没错,梅根。梅丽莎是简称。很高兴认识你。贝克,对吗?"

"贝克特的简称。"

"这是一个好名字。恭喜你过关了。"

"你是那个校长办公室的女人。"

米莉安眯着她的眼睛,假装在思考这个事情,"嗯,不,不,我貌似没听说过。这听起来像是一个我可能看过的色情片,但不是真实的。它们只是虚构的,愚蠢至极。你觉得女生可以弯曲到那种程度吗?我们才不会呢。并且大多数男生也都没有像肥嘟嘟的婴儿胳膊那种大小的巨大震动肉棒。你有没有想过那些帅哥用了多少伟哥才能保持那玩意儿持续运作?这些色情片里的阴茎看着非常可怕,其实,这是当今色情片的一大问题。过多的特写镜头。你可以看到每一条血管、每一根体毛、每颗痣、斑、痘痘、烟疤——"

"我想知道你觉得你自己究竟在做什么。"他的笑脸没有坍塌。笑得那么波澜不惊,她心生疑惑。

"站在这里,自言自语——像这样说吗?——与某女子学校空手道高手谈论色情。我敢打赌,那些女孩更喜欢你来做她们的教练。对吧?嗯。真是秀色可餐啊。"

这时,他开门见山地问道:"你想对'雷恩'做什么?"

"帮助她。"

"她在这儿可以得到她所需要的一切帮助。"

"是啊。但我不相信在这里的所有的部门全都是助人为乐、诚实坦率的。此外,这个事情不是他们可以给她提供什么帮助。这是某种边缘情况。需要一个专家来解决。"

"而你就是那个专家。"

她眨了眨眼睛,对着空气抛出了几个吻。

他的目光忽然飘到右方,落在了大厅的丁字路口,米莉安也跟随他的目光看去——

罗伊德海德和马里奥从楼梯间走了出来,"卓尔不群"的两名保安。

"你叫了警察来抓我。"她说,"多么贴心。"

"我要保护我的女孩们。"

她摇了摇头,"现在谁是骗子?"

沉重的脚步声——现在正在一路狂奔,而不是慵懒踱步——来自刚刚保安出来的方向。她没必要去看。他们似箭般朝她狂奔而来。这也意味着她应该策马奔腾,逃之夭夭了。

她跑出了大厅,在她逃跑的那一刻对他竖起了中指。

保安一直紧追其后。

前方,是餐厅的门。

吃午饭的学生的吵闹声越来越大。

完美。

米莉安进入餐厅,迅速拐入右方,挤开她们,冲进一个满是女孩的餐厅。

22 阴招二：布加洛舞的抢食之战

这不是普通的小学餐厅。

女孩们的餐桌不是长形的钢板桌，而是圆形木桌。她们脚下是一个沾满尘埃的陈旧红色地毯。她们头顶上方没有嗡嗡作响的荧光灯，而是一个洋溢着温暖金色光芒的枝形吊灯。

在遥远的另一端是食品站、饮料贩卖机、自助餐厅。一个戴着一顶匪夷所思的白色厨师帽、切着顶级牛肋排的家伙看起来简直是白宫的侍应。

这些气味猛然击中了她：肉汁、比萨以及某种甜食，某种包含苹果和肉桂的食物。饥饿的痛苦扭曲折磨着她的肚子。

多么希望我当年也能享受这样的学校伙食，她心中这样想着。

现在没时间来参观这里的一切。因为追赶她的人正紧跟其后。

在大家都盯着她看的时候，米莉安飞速穿插进入了那些桌子之间。

一个年轻些的梳着双马尾的女孩端着一个托盘，穿插到她前面。停下来，盯着她，如同一只戴着头灯的鹿。

米莉安向右移动,她身手敏捷地跳上一张桌子,直跃过去,迅速避开了罗伊德海德扫过来的一只手。她的一只脚踩进了一个女生的盘子,对,别人的盘子,她几乎失去了平衡,差点摔破脑袋,然而她的手臂打了一个转,她的双腿紧紧跟上了她的身体,莫名其妙地,她找到了平衡。

她跳下来,落到地面,掠过一个呆头呆脑站在那儿的像傻瓜一样的女孩,又经过一个正把书放入书包的女孩。

警卫们没有穿过桌子。"超级马里奥"(还是罗恩·杰里米?)落后很远。

哦,看了一周的色情片让你虚脱了吧,毁坏了你的"跑步控制器"了吧。

不过,罗伊德海德,这家伙就像一头在瓷器店里横冲直撞的公牛一样。但凡触碰到他的女孩都被他的手肘碰撞得左右倒开,桌子磕磕碰碰,饮料倾倒四溢。女孩惊声尖叫。他的光头上有一根青筋凸起,看起来非常粗大,甚至可以用双手抓住它——如同一个哈啡牌①自行车的车把。

米莉安从一个盘子里抓过来一把食物,朝他的脑袋上扔了过去。一个鸡腿重重地击中了他两眼之间的部位,然后"砰"一声掉落到地板上。

她转过身,拍拍自己的胸部,"什么?怎么样?你想要摸一下吗?"正当他靠近时,她将一把椅子踢到了他的面前。

需要一个出口,她心想。

她身后就出现了一个出口,一个红色发光的标志——紧急出口。

就在那儿。

她又转了个身,闩上门闩,拉过来一个放满餐盘的架子,这些用过的餐盘上面布满了残羹冷炙,然后挡在她的身后,"当啷"一声,坍塌一地。

他形如一只矫健粗壮、气势汹汹的瞪羚,一跃而过。

她转身向着门口跑去。

---

① 哈啡(Huffy),美国知名山地车品牌。

此时一个年轻的女孩正从食堂的休息室走出来——一个黑人女孩。她的鼻子上有一个孔，曾经应该戴过鼻环。她的头发卷曲，毛躁而狂野任性，就像她用脚趾在一杯水里蘸了蘸，然后插入灯的电源插座触电之后做成的造型一样。

她的脸在米莉安面前晃动着，一个浸泡在甲醛罐子里的赭色头盖骨形象，飘浮在她的脸上。

仿佛从远处投射到她的脸上一样。

米莉安设法避开她，但米莉安转弯时，女孩也正巧要转弯，接着她举起她的手，米莉安也举起她的手，然后——

燃烧的花朵，橙油。这一次，是在一辆被烧坏的校车生锈的躯壳里。那个女孩躺在医生的桌子上。同一个女孩。大了两岁。

> 她拧绞着她的双手，痛苦呻吟，悲伤啜泣，
> 离开人世之前咬断了舌根。
> 她的指甲变成黑色，她的声音逐渐消亡。
> 她离开人世，离开了这片低谷。

这首歌曲，飘扬吟唱。那个戴着鸟面具的男人，那个身上有燕子文身的男人，他在这里，手持斧头。他的脚牢牢刺入地面并"锁住"了桌子，来阻止桌子的滚动，因为这个公交车停靠在一个轻微的斜坡之上。

铁丝网缠绕。手掌和双脚布满被勒出来的X形伤痕。她的头发被剪掉，支离破碎，凌乱不堪，仿佛是一位盲人理发师的杰作。

当那个男人踏上这辆损毁的公交车入座时，她惊声尖叫。

他监视着她。吟唱，声音时而高亢，时而低沉。一个男人的声音，一个女人的声音，一个孩子的声音。轮回反复，啁啾婉转。

希望这是给那些人的一个警钟,
给那些赞同波利选择的人。
脱离你们的罪恶,免除你们的绝望。
魔鬼会将你们带走,义无反顾。

斧头沉重地落在地上。

她的脑袋掉落在两个座椅之间的过道上,穿行于桌腿之间,朝着车子前方翻滚。那个男人紧紧追逐在后,如同一只鸟在追逐一条毛毛虫,他咯咯地笑,仿佛这是一场游戏。此刻他手中所持的不再是那把斧头,而是一柄钩刀。用来切断舌头的钩刀。

——两人的身体碰到一起,又分开,米莉安感觉自己像坐在了一匹失控的旋转木马之上,环绕、转圈、旋转,不曾停歇。她头晕目眩,恶心作呕,已分不清上下左右东南西北。

她转过身,头昏眼花,然后看见了出口的大门。

罗伊德海德如同一块甩不掉的腐臭的肉一般紧紧追随。

嘭。他们在出口处碰撞在了一起。门摇摇晃晃地打开。当两人跌跌撞撞到一个水泥平台上时,鸽子展翅离开。如果不是那绿色的金属栏杆阻挡,他们会继续往前,摔到十英尺之下的停车场中。

这金属栏杆仿佛一张网一样捉住了他们。

而此时此刻,米莉安得到了她所需要的全部机会。

她伸手去抓他的头——

他长胖了许多。他的消化道不只是一个备胎,而是一个装在被遗忘的糊状肌肉和块状脂肪瘤里的拖拉机轮胎。他现在四十五岁——自他在学校工作以来,已经有十几年了。他竖起他的衬衫领口,摇摇摆摆地走到地下室，在那里，他看到了他的一位老朋友：举重椅。他凝视了它一段时间，他不确定自己还有没有年轻时的体力，他抓了下他领口下的脖子，但随后他耸了耸肩，仿佛在说"这又怎样"。他哼哧哼哧摇摇晃晃地来到了那个杠铃之下，但这并不是一个他可以轻易掌控的重量，仿佛用西红柿推搡紧闭的门一般。尽管如此，他还是成功了。拿到了横杆下那双光滑的手套。举起。横杆微晃，一动不动。更多的汗水像打地鼠游戏里面的地鼠一样从他额头上弹了出来。他开始发出如同生小孩时发出的吃力声音，突然他的眼睛大睁，鼓鼓的像曲棍球般大小的卡通眼睛，他的心脏病发作了，痛得撕心裂肺，仿佛一只灰熊在挣脱着穿过一扇铁丝网门——

——嗡，他的头颅重重地撞在金属栏杆上。

罗伊德海德发出了一声可怕的号叫，犹如愤怒初泄时的号啕大哭。他用他粗壮的双臂牢牢环绕住她，仿佛要将其捏碎。她的头部血液上涌，如同一只装满了鲜血的气球，膨胀，膨胀，越来越大。

她毫无回旋的余地。距罗恩·杰里米——那个"超级马里奥"加入这场战斗的时间已经不远了。也许还有胡椒喷雾或电击枪作为武器。然后一切都结束了。

罗伊德海德的眼斜睨着面对她，他如同一只动物一般露出了狰狞的牙齿。

米莉安头部向后甩去，用她的额头猛击他的鼻子。这让她的对手发出了一声哭号——然而，甚至更棒的是，这为她赢得了更大幅度的摇晃空间。

她跳过了他，翻越过栏杆，扒开了杂草，感觉自己像刚喝了一锅搅动翻腾的、带有肾上腺素和呕吐物的"火箭燃料"般的肉汤。

罗伊德海德还在那儿，弯着腰，捧着他的脸。她身后没有人。

除了两个死去的女孩之外，别无他人。没有头颅，没有舌头。感觉就像是她们的鬼魂在继续折磨着她——两个还未死去的女孩鬼魂。

但她感觉她正在被一个鬼魂追逐。不是一个女孩的鬼魂，而是两个。都没有头颅。都手持着自己那没有舌头的头颅。

当她抵达警卫门口时，她摇摇晃晃，不停咳嗽，气喘吁吁——她告诉自己这都是由于这可怕的清新空气，而不是因为肺部附着着硬化的焦油和尼古丁。她点了一根烟。烟雾填满她的肺部。让她头脑清醒。

荷马从警卫岗亭望了出来，用某种用来看待从动物园里遣逃出来的滑稽松鼠或猴子一般的眼神看着她。

"你看上去不那么好。"他说。

"我感觉好极了。感觉自己位居流行音乐榜榜首。当之无愧的风口浪尖。"她低头看着门外，终于看到罗伊德海德沿着这条私人车道飞奔而来。她再一次咳嗽，鼻子里呼出两条分叉的燕尾状的烟，"我能不能，呃——"

她对着门做了个手势。他点点头，按下按钮。

门开始旋转打开。

"再次见到你真好，荷马。"

"我也是，布莱克小姐。我还会再见到你吗？"

她体内的一个声音告诉她：你再也不想回到这里了。然而接着，两个即将死去的女孩面孔从她心中阴暗潮湿的洼地中游了过来。

"是的。也许你还会再见到我。"

他对她挥了挥手。

就像那样，米莉安离开了。

23 与亡女共饮

米莉安现在心情不佳。如果她是一个卡通人物,她的头上就会飘浮着表示愤怒的黑线。由于黑笔刻画得太过用力,在画纸上还留下了些许凹痕。

她在一个美国最平庸的餐厅的简易小隔间里,小心地喝着一杯伏特加。托德,今晚又是他值班,他是一只无辜比萨脸的小羊羔——穿梭于一排排威士忌之间,它们没有一个是值钱货。

那么,来杯伏特加。清澈见底,几乎无味。但酒的后劲十足。

一道斜影横落于桌面。

米莉安闭上眼睛,期待着女服务员的出现,要是她有一个鸟头,并且从那鸟的鼻子里能飘出天鹅绒烟雾,"鸟面人"会鸣叫嚷嚷着一些关于死去的女孩以及要做的工作云云的话,那她还是不要出现为好。

取代服务员出现的却是凯蒂。

这位老师坐了下来。

她感觉喜气洋洋的。她身上散发着一股能量。她的脸颊洋溢着幸福的红晕。

米莉安对着她的伏特加一脸愁容。"你看起来……"她眨了眨眼,"像怀孕了。就像他们所说的,孕妇都会变得神采奕奕。你看起来就像怀孕了一般。"

凯蒂向她摆了摆手,"我才没有怀孕呢。"

"是啊,我知道。我只是说说而已,你看起来就是那个样子。"

"好吧。你现在是有点情绪。"

米莉安露出她的牙齿,咬在玻璃杯的边缘。如同一条凶猛的野狗誓死捍卫它的骨头一样地虎视眈眈地凝视着那杯伏特加。

"听着,"凯蒂说,"如果我算得对,我还剩下 268 天的生命,我不想不愉快地过完这些日子。"

"嗯,非常正确。那么,老师,告诉我。你计划如何度过这些日子呢?"

凯蒂面露微笑,不是伪装出来的笑容,也许略带忧伤,但笑容却如期而至,"我还不知道呢。"

"好吧,别想得太久了。"米莉安草草喝完伏特加,将空玻璃杯滑至桌子边缘,"今晚你请我喝伏特加。说实话我没有钱了。"

凯蒂耸了耸肩,"好吧。如果你想要的话,我也可以给你买一份吃的。"

米莉安的胃发出咯咯的声音。她仍然感到不安,她的食道如同装满了酸味液体的浅水池。食物可能会有所帮助。或者她也可能把那些令她不舒服的东西都吐出来,但管他呢,这又不是她自己的钱。她喃喃自语着道了谢。

"回答我一些问题。"凯蒂说,"你说我是坐在那里与某人交谈的时候死去的吗?"

"嗯哼。一个大个子的家伙,名叫史蒂夫。"

"我一个史蒂夫也不认识。不过,我的表弟叫史蒂维,但他比我小几岁,个头儿比蟋蟀大不了多少。"

"我不知道。这是一个未来的画面,在未来的某个时刻,你会遇见一个名为史蒂夫的家伙。并且他会在那儿,当你……你知道,处在那个最不好的灰色时段①。"

"哈。"凯蒂窝在那儿一会儿,"我需要化疗吗?"

"什么?"

"你知道,化疗。我看起来需要化疗吗?"

米莉安缩紧了一下她的鼻子,她的眉毛之间的皮肤形成了一个皱巴巴的V形,"不,我不这么认为。你不会掉头发的,也不会减太多体重。"

"哦,见鬼。我本可以减一些体重。不过。我想你是对的。我也不觉得我需要化疗。生活的品质还有其他类似的一些东西,我想要尽我所能保持事物原有的样貌,越久越好。"

"你还要接着教书吗?"

"是的。"

"为什么呢?为什么不……离开,逃离,随便去一个岛上,去按按摩,与某个名为曼努埃尔的小屋男孩一起享受一个童话般美好的结局呢?"

"我也会做一些这样的事情。我有一些休息的时间。但是,我不能离开我的女孩们。"

"你只是一名老师。"

"只是一名老师?你知道如何让一个女孩通过做出她的人生选择而拥有存在感吗?"凯蒂笑着说,"我看到了你看我的眼神。你从未拥有过一个那样的老师,是吗?一个鼓舞你学习更多知识,让你变得更优秀的老师。"

"我从来没有遇到过一个认认真真地站在桌边为我读诗文的老师,

---

① 即癌症晚期阶段。

如果这是你要问的。没有一个人帮我挡过子弹,或是送我玫瑰,或试图和我上床。"她敲击着她的手指,然后突然握紧成一个拳头,希望她能在这里抽烟。

"好吧。我有过一个老师,英语老师,是她告诉了我艾伦·坡、普拉斯和迪金森。"

她心想,还有济慈、邓恩、叶芝以及所有那些让我想要出去在树林里与那个脑浆迸溅,死了孩子的本·霍奇斯共饮法国薄荷甜酒,并诉说着美好与苦涩爱情的浑蛋。

"我希望我是那种能让女孩们记住的老师。也许这就是我在这里的原因。我想留下点什么东西。"服务员走了过来,凯蒂给自己点了一杯热带饮料,给米莉安点了一杯伏特加,告诉服务员要加一点蔓越莓果汁在里面(来解决米莉安的苦瓜脸烦恼)。"这些女孩需要帮助。她们当中有的只是在迷雾之中有一点点迷失了自我,而其他人都在黑暗深处。那些被父母虐待过的女孩,或者遭受过猥亵。她们之中有些人是药物滥用者,有些是两极化明显,有些人伤害自己。她们的家庭——见鬼,整个世界——在许多方面都抛弃了她们。把她们遗弃给了平原和丛林里的狼和狮子。她们需要我们的帮助,因为只有我们是唯一给她们提供帮助而不求任何回报的人。这意味着我还有很多事情要做。"

你还有事情要做,米莉安。

女服务员出现,没有鸟头。她的脖子上没有疤痕。一个美妙的夜晚。

她把蔓越莓伏特加递给米莉安。然后,在凯蒂面前放下一杯看起来像鱼缸稳洁清洁剂①样的饮品,杯子上以橙片和樱桃,还有不是一把,而是两把小纸伞作为点缀。

这个饮料如此娘娘腔,米莉安感觉到她的子宫一阵剧痛。

---

① 稳洁(Windex)清洁剂,家具用品制造商 S.C.Johnson 旗下品牌,美国人的理想之选,"美国人最骄傲的 100 件事"排名第 68 位的产品。

"我得告诉你。"米莉安说,"学校因为一些有害的物件而变得不像一所学校。它感觉像一个富家女孩的学校。一些轻浮傲慢的女孩,像极了一群用尖牙利齿在那儿互相厮打的问题少女,她们的父母倾其所有来确保她们的孩子有一席之地。这些女孩在这所有着希腊石柱、纹章波峰和常春藤爬墙虎的大学校里变得劣迹斑斑。"

"就是这样。我们并不只是想给这些女孩保证生活的最低标准。我们想要为她们提供所有的一切,通往真实人生的一个完整通行证。"凯蒂从她那小小的红色吸管里啜饮她的饮料,那个吸管如此细小,看起来如同一根僵硬麻木的人类毛细血管。她的眼皮愉悦地眨动着,"嗯,嗯!嗯。好喝极了,你想尝一点吗?"

"我不喝船体清洁剂。"

凯蒂朝她摆了摆手,"这就是你的损失了。无所谓。因为某些荒诞、扯淡的事情,有些家长的确已为她们的孩子付了很多钱了。有钱人家的女孩们也可以是困惑不安的。有时,富家女孩会出现最坏的情况,相信我说的话。厌食症,奥施康定①。"

"购物上瘾!"米莉安的惊呼声,人为地制造了些许恐怖。

"善良一点。"

"这不是我的强项。"

"她们和我们以及其他人一样会遇到各种各样的问题。并且她们的父母帮助——也许是在不知不觉之中的,她们教学费,住宿费,以及那些女孩承担不起的费用。我们也会得到慈善捐赠和国家补贴。所有这些都是为了帮助这些可怜的女孩,不只是渡过难关,不只是生存,而是出类拔萃。"

"但不是男孩。"

"女孩是我们的目标。她们被认为是软弱的代名词。世界对待她们

---

① 奥施康定(Oxycontin),一种麻醉止痛药品。

如同对待次等品,男人的附属品,一个二等公民。我们不得不更加持久、坚强地去奋斗——"

米莉安的电话响了。

是路易斯。

她向凯蒂竖起了一根手指,然后她拇指和食指拿起电话,仿佛她拿起的是一张沾满精液的纸巾。

扑通。她将她的手机扔进了一杯水里。

"看到了吗?"米莉安说,"我拒绝成为一名二等公民。对了,我完全赞同你所说的话。嗯,你刚刚说了什么来着?"

"呃,好吧。"凯蒂情不自禁地看向玻璃杯里沉入水中的手机,"我只是说我们需要努力争取并让我们保持在社会上有一席之地。一名男子被杀害,没有人问他是否罪有应得。一个女人被强奸了,他们会问,好吧,她当时穿了什么?难道是她先扑到他身上,引导他来强奸她的?她有没有大声且清晰地说不要?好像法律上的漏洞让强奸变得很平常,年轻的女性或许会遇到更糟糕的情况。她们没有发言权。她们没有主张。这就是我们要做的。我们给她们一个声音。我们赐予她们力量。"

对此,米莉安什么也没说。她的本意是想吼一句"你说的全是屁话",但她知道这是真的。她离开那儿到现在将近十年,漂浮、游荡,极少有人如同对待涓涓溪流之上的一枚精致的叶子那样对待过她。大多数都表现得好像她是在下水道径流里上下浮动的一块垃圾。仿佛她只是一个装满了肮脏注射器的空的麦当劳包装袋。

路易斯是那些待她如珍宝的极少数人之一。

路易斯。

浑蛋、浑蛋、浑蛋。

她们两人点了单,米莉安想试着去吃一个汉堡包,这是她吃过的最最平庸无奇的一个汉堡包,不过,也不算那么糟糕,不完全一无是处。

她心里琢磨着,既然他们把它烧得和冰球一样,它肯定不会让她吃了患上大肠杆菌。"大肠杆菌"即意味着是"某人的粪便细菌",并且伏特加将有助于确保任何此类病菌都经过了酒精的严格消毒。

凯蒂说着话,而米莉安则吃着饭。

在用餐结束时,米莉安拾起她吃剩的馒头,并蘸了蘸她吃剩的番茄酱,然后一起扔进了嘴里。

这次见面是有原因的,现在到揭幕的时候了。

"有一个连环杀手。"她开口说道。

凯蒂几乎笑着说道:"什么?"

"我告诉过你,劳伦·马丁可能会受伤。我的意思是,她可能会死。更糟的是,我才发现,她并不是唯一的受害者。"

米莉安向她讲述了整个故事。

她没有隐瞒任何细节:铁丝网、刻在手掌和脚上的那几个 X、医生的桌子、鸟头面具、斧头、葬花,所有的所有。头颅在地上翻滚;舌头被切断取出。当她说完的时候,老师看起来痛心疾首。

"你可以看到这样的事情。"凯蒂不动声色地说道。

"是啊。"

"这太可怕了。"

"差不多是这样的。"

"你就是这样的。"

米莉安只是点了点头。

"噢。"凯蒂眨了眨眼。

"我得到的这些通灵幻象,我会看见一些东西,有时候这些事情对不上号。有些细节会引申出一些找不到答案的问题。为了让我想通这一切。"米莉安停顿了一下,喝了一口伏特加,"我想谈谈燕子。这种鸟。"

"为什么是燕子?"

"这个杀手有一个文身。早些时候,你说过什么菲洛美娜。"

"菲洛美拉。一个……雅典的公主。"

"她和燕子有什么关系?"

凯蒂向米莉安讲述了这个故事。

她告诉米莉安,菲洛美拉是普洛克涅国王潘底翁的女儿,普洛克涅公主的妹妹。两位公主姿色惊人,国色天香。普洛克涅嫁给了忒瑞俄斯,色雷斯的国王,他们一起生活居住。五年过去了,姐妹们一直未曾相见,普洛克涅非常想念妹妹菲洛美拉。

她让她的丈夫去把妹妹菲洛美拉接过来,这样姐妹俩就可以再次相聚。然而当忒瑞俄斯见到菲洛美拉时,发现她比自己的妻子更加美艳动人。如此娇艳欲滴,他都无法控制住自己,于是把她强奸了。

为了让菲洛美拉保守住这个秘密,忒瑞俄斯用铁钳抓住她的舌头,用他的宝剑斩断了她的舌根。然后,把她藏在别处,告诉普洛克涅,她的妹妹已经离世。

"男人,"米莉安说道,"都是这样朝三暮四。之后发生了什么呢?燕子在哪里呢?"

"菲洛美拉被隐藏起来,但她开始编织最奇妙神秘的挂毯——挂毯秘密地暗含了发生在她身上的一切。她将挂毯包好,将它们作为一个匿名的礼物送给了普洛克涅。普洛克涅发现了事情的真相。她去找到了自己的妹妹,两姐妹共同密谋策划她们的复仇行动。"

"她们成功了吗?"

"她们成功了。普洛克涅邀请她丈夫共进晚餐。他坐下来享受着一盘接一盘鲜嫩多汁的肉食。他吃完后,舔着手指,揉着肚子,菲洛美拉从厨房里袅袅而出,将忒瑞俄斯第一个儿子伊堤斯被砍下的头颅放到了桌上。事实上,普洛克涅将男孩杀死,把他的肉体做成了刚刚忒瑞俄斯享用的佳肴。"

割断的舌头。

砍断的头颅。

"那些希腊人知道怎么举办派对。"米莉安长长地喝了一口她那又甜又酸的蔓越莓伏特加,"目前对燕子的事情仍然不太清楚。"

"嗯。"凯蒂又慢慢地抿了一下她那杯浓烈的鸡尾酒,"忒瑞俄斯,当然,刚刚吃下了自己的长子,也是最优秀卓越的儿子,怎么会高兴呢?你可能会说,男人,输不起,而忒瑞俄斯也不例外。于是他拔出宝剑追赶这两个女人。他逼得她们走投无路,他正要屠杀她们的时候……"又抿了一口。

米莉安面露"我已经等得不耐烦了"之色。

"诸神心生怜悯,将他们全部变成了鸟。"

啊,就是这样。

"没错。我能猜到菲洛美拉变成了什么。"

"一只燕子。那个时候燕子被认为是一种无声的小鸟,不会歌唱,不会鸣叫——当然,这不是真的。"凯蒂望着餐厅的方向出神,无疑是在试图想象这一切怎么会涉及一个名为劳伦·马丁的将死的女孩,"普洛克涅成为一只夜莺,而国王变成了戴胜鸟①。"

"一只戴什么?现在你正在胡说八道。"

"戴胜鸟。我刚开始也觉得这听起来是假的,在有些神话中他变成了一只鹰。而戴胜鸟是一种……炫耀招摇的鸟,身上是黑色与白色,但它的鸟冠却是明亮的橙黄色羽毛。它的鸟冠如同一个国王的王冠。"

米莉安嗤着鼻,"就算在故事的最后,这个家伙仍然成了最漂亮的鸟。愚蠢的诸神。如果我有神圣的权力,我会把他变成一只——好吧,

---

① 戴胜鸟(学名:Upupa epops),又名胡哱哱、花蒲扇、山和尚、鸡冠鸟等,头顶有醒目的羽冠,平时褶叠倒伏不显,直竖时像一把打开的折扇,随同鸣叫时起时伏。嘴细长往下弯曲。栖息在开阔的田园、园林、郊野的树干上,是有名的食虫鸟,大量捕食金针虫、蝼蛄、行军虫、步行虫和天牛幼虫等害虫,大约占到它总食量的88%。在保护森林和农田方面有着较为重要的作用。

我也不知道应该把他变成一只什么鸟。或许是一只在鸟笼底部自己的粪便上一直扑腾的小小的单翼鹦鹉吧。"

"我不知道对于这一切该说些什么。"凯蒂终于将她的吸管从鸡尾酒中拿了出来,放到一张餐巾纸上。蓝色的柑桂酒流了出来。凯蒂用双手抱起了"鱼缸",一饮而尽。然后打了一个寒战,"我想这正是我需要的。"

"是啊。"米莉安发出一声吟叹,干瘪、无力,沙哑的声音显得如此疲惫。在她的脑海里,一大群鸟乘风翱翔,有一些携带着割断的舌头。其他鸟共同分担着高高抬起砍下的脑袋的重任,"是啊,是时候离开这里了。"

"我们应该再这样做一次。"

"嗯。"一声不那么明朗甚至让人怀疑是否存在的嘟哝。

"你住在哪儿?"

米莉安站着,拉起她肩上的背包。

"不知道。我今天早上在汽车旅馆因为没钱支付而被赶了出来。我会找到某个地方的。"

"某个地方。"

"立交桥底下。也许我会幸运地找到一辆废弃的汽车。"

"你无家可归。"老师说话的方式和你可能要说话的方式一样,都满怀同情与无奈,你有胰腺癌,并且你只剩下九个月的生命了。

"这不是第一次了。事实上,直到我生活的这一时刻,我生活的三分之一时间都是在街边度过的。无家可言。"她耸耸肩,仿佛呼应着过去她母亲的唠叨,生活就是这样。

"来和我一起住吧。"

米莉安重重地嗤了一下鼻子,她觉得她有可能将伏特加吐出来,"你在开玩笑吧。"

"没有。你有什么可损失的呢?"

"更好的问题是,你有什么可损失的呢?我的回答是,你的安全、理智、普遍意义上的团结与康乐、健康、幸福、希望。"

凯蒂摇摇头,露出一个悲伤的微笑,"你心里有这样的一片乌云,米莉安。就像是你希望它在那儿一样。一大群苍蝇,或是一次风暴,从头顶掠过。"

"我是一粒有毒的药丸。我被贴上了有毒的、令人讨厌的女孩标签①。我对人不是很友善。你想知道我是怎么看待这个世界的吗?我怎么看待人们的吗?一堆乡巴佬。都只是在等待被带走去兜兜风。如果我不够谨慎小心,这也会是我看待你的方式。我会带你去兜风,和我一起的旅程是从恶魔的血盆大口进入,从它屁股出来的一场血泪四溅的激流勇进。我不希望你这样,凯蒂。你是一个特别友善的女人。"

老师沉默不语。她拿出她的借记卡递到了收银台。当她抬头时,她的眼睛湿润了。如同一个光亮透明,珠光闪闪的旧雪花水晶球。

"我在九个月之内就会死去。没有什么可以改变这一点了。"

"我可以让这些剩余的、珍贵的日子都变成狗屎。"

"让我来为你做这些吧。如果我知道你在外面某个地方,头枕在某个肮脏的纸箱的托盘之上,这会提前267天就将我杀死。留在我身边吧。"

米莉安踟蹰,然而最终她还能说些什么呢?这是一个坏主意,但她就是坏主意女王。而这个坏主意根本无法和她自己的坏主意相比。

"走吧,亲爱的室友。我睡上铺。"

---

① 原文中 Mr. Yuck 是一个涂鸦性质的商标,创造于匹兹堡儿童医院,通常这个商标被当作标签贴在那些有毒物质上。

24　路易斯归来

凯蒂在森伯里有一栋联排别墅，距离学校有半小时路程。距离那条河流也不算远——从楼上浴室的窗口向外望，你可以看到月光洒在遥远的水面上，如破碎的玻璃一般，晶莹剔透，闪闪发光。

这些装饰让米莉安产生了干呕的感觉——这一切都具备美国南方那淳朴的乡村趣味，都是些与公鸡有关的古怪物件。凯蒂将钥匙串挂在一个木质公鸡的脚上，它的脚是小小的挂钩。她从一个陶瓷罐子里拿出一块形似一只公鸡的曲奇。家里还有绣着公鸡的枕头，门口有公鸡地毯。

米莉安试图吞回这些话语，然而它们却如蝴蝶一般飞速落入俯冲网。"你肯定爱死公鸡[①]了。"她这样说道。

凯蒂脸色煞白，异常震惊，血色从她的脸颊上退去。

"对不起。"米莉安说道，"我控制不住自己。它像是一种病。"

但接着，老师像维苏威火山一样一阵颤抖、晃动，然后爆发，她突然不受控制的笑声迅速淹没了忧愁。

---

① 公鸡，此处原文为"cock"，有"男性生殖器"之意。

"我想我的确非常喜欢……"她说道,泪水从她的眼里倾泻而出,"公鸡!"

她叫出这个词的方式让米莉安也笑了,在接下来这绝妙的半分钟里,两人都陷入了咯咯大笑的狂欢阵痛之中。它最终消失,凯蒂说道:"噢,原来大笑有令人惊讶的宣泄的效果。"她揉了揉她的眼睛,"我觉得这意味着,现在到了这个老太太去睡觉的时候了。"

老师安排米莉安睡在沙发上,并给她铺好了一个毛绒绒、厚重柔软的棕色毛毯。然而米莉安并没有觉得疲惫不堪。

其实伏特加应该已让她现在萌生出睡意了,然而事实并非如此。她的头不断旋转,如同带着可怕图像的旋转木马。

两个女孩。不是一个,而是两个。"雷恩"和另一个女孩。她至今的唯一线索来源就只有学校。这两个女孩知道对方吗?她们是朋友吗?

菲洛美拉和普洛克涅。

沉默的燕子、切出的舌头、带走了孩子的头颅。

伦敦大桥垮下来……

不,不,不,不。不是现在。今晚不会发生任何事情。把它忘掉。把它推到办公桌的抽屉里面去,锁上。烧了它。远离这些麻烦事。

米莉安爬了起来,在厨房里胡乱翻找(到处都是公鸡冰箱贴)。她打开冰柜,找到了一品脱的哈根达斯巧克力冰淇淋,"扑通"一声坐在沙发上,把冰淇淋桶放在两腿之间,用勺子舀了一大勺。然后打开了电视。

烹饪节目。

换台。

夏威夷火山的一些东西。

换台。

电视购物节目。等等等等等等,超级拖把。

换台。

美国狼人在伦敦。正播到高潮。这个有名无实的狼放肆狂暴地穿过伦敦的皮卡迪里广场。伤残混乱,愚蠢至极。汽车鸣笛、惊声尖叫。那个野兽撕扯掉一个旁观者的脑袋,然后甩入人群之中。

咔嗒。

电视机,关闭。

米莉安感到头晕目眩,被手头的任务弄得不知所措,坐在这里,看护着一品脱冰淇淋,想着自己变成了什么狗屁救世主。好吧,女孩们,我是你们现在唯一的救世主。你们真是物有所值。

当然,她努力不去想的这些事情还是不停地浮现在她的脑海里:

你需要做的不仅仅是帮助她们远离杀身之祸。

你要杀掉那个凶手。

这时她突然听到了什么。

一阵脚步声,在凯蒂的大门外。

透过前门旁边的窗子,米莉安可以看到一个影子在窗帘那边晃动,在外面那一片漆黑之中。

门把手转动。

她把手伸进她的背包,找到了她在新泽西旧货市场买了约八个月之久的一个廉价的中国制造的弹簧刀。她突然希望凯蒂有一个小小的窥视孔。

米莉安按了按钮,刀片弹了出来,然后突然打开门。接着就差点刺伤了路易斯,他那粗壮多肉的大猪蹄拳头正准备来敲门。

"米莉安。"他说。他脸上的表情是冷漠生疏的、忧伤痛苦的、绝望无助的。这样一个表情直击她心底。她的心就像热锅上的沸水一样,蒸汽缕缕,忐忑不安。

"独眼怪人弗兰肯斯坦①。"她回答。面带微笑,欣喜愉悦,高度紧张。

她将刀甩到她的肩膀后面,毫不关心它落在何处。她像两块磁铁相遇那样跳到了他的身上。一个完美无瑕、不可抗拒的契合。

一双健壮有力的臂膀将她高高托举到空中。她的双腿裹在他身上,他的阴茎如钢筋般坚硬。

嘴巴张开。他们毫不在乎形象地缠绵在一起,似乎要将对方揉进自己身体里去,支配着他们的是饥渴的欲望。

"我很想念你。"她对他轻声耳语,咬他的耳朵。

他把她的屁股放在咖啡桌上,用手掌在她的双腿之间来回抚摸,如同对待一个篮球一般。一股热流直接从她的胯下涌入她的大脑,她希望他进入她的体内,长驱直入,直抵她的,心脏,以及大脑。

"脱掉我的上衣。"他说道,他的声音很干瘪,嘶哑,饥渴,"快点。"

她的手指,通常是灵活敏捷的,在他的灯芯绒制的"L.L.Bean"牌的特价衣服上摸索前进。管他呢。她用她的牙齿咬住了第一颗纽扣。咬掉它,吐在了墙边。"咔嗒"一声,它滚到了排热口,然后滑了进去。

她的手指在纽扣之间的部位摸索爱抚,就像一个肋骨撑开器一般撑开了一个胸膛,为了得到其内脏。她撕扯开了衬衫,纽扣如枪林弹雨一般撒落在房间的各个角落。

所有的一切都仿佛停止了。

他的胸口,他赤裸的胸膛,暴露在空气之中。

他的胸毛消失了,肉体裸露。

一只燕子文身——微微泛红,略显浮肿,仿佛是刚刚文上去的,从皮肤里渗透出来。

---

① 弗兰肯斯坦(Frankenstein),英国女作家 Mary Wollstonecraft Shelley 于 1818 年所著的小说中的主人公,他是一个年轻的医学研究者,他创造了一个毁灭了他自己的怪物。

她抬起头望着路易斯的脸。

"不,"她说,她的声音呜咽,"不是你。"

他收回他的拳头,朝她的鼻子猛捶了过去。她感觉到一阵爆发、断裂,血液如爆竹般弹出,并喷出两股红色液体流经她的下巴。

当路易斯脱掉衬衫的时候,米莉安翻滚回到了桌上。

"你喜欢这个印记?"他说。

"滚开。"这是她的回答。

他的拳头像是在做活塞运动一样不停地猛击着她的肚子。她弯曲了身体,翻滚到桌子下面,钻到了桌子与电视机之间的那片空间。血浸湿了地毯。她感觉她的身体内有什么东西在崩溃坍塌。

一个柔弱娇小哭哭啼啼的婴儿。

路易斯抓住她的两个脚踝,把她拖了出来。地毯扯伤了她的后背,因为她的上衣在她身后一直拉扯着她。

他拿到了那把刀,她的刀,握在手里。它看起来几乎像是一个玩具,在他那如水泥砖一般的拳头里它显得如此微小。路易斯面带微笑,但这不是他的笑容。这不是路易斯,是被鬼魂附身的路易斯,另一个路易斯。

"你。"她发出嘶嘶的声音,然后啐了一口。

"把你的手给我。"路易斯说。

"入侵者,入侵者。"

假路易斯只是哈哈大笑。

他接过她的手,猛烈地将其掌心向下拍到了地毯上。

然后,他开始雕刻。

她看不到他在做什么,但她能感觉到。刀的尖端在分割她的肌肤,疼痛绘制出一条线,痛苦汇聚成一个形状。

双开叉的尾巴,飞扑着的翅膀,头部和鸟喙高昂向上。

燕子。

"你是那只燕子。"

"另一个。"路易斯说道。

"我是那只知更鸟。"

"你会知道答案的,我会让你知道答案的。想想你可以逃脱这个梦魇吗?让这作为一个提醒,米莉安·布莱克,宿命的敌人。让这可以提醒你——"

他把刀拿开,他的手指沾满了红色的油污。

"——你有事情要做,直到事情完成之前,我们不会让你离开。"

米莉安惊声尖叫,然而声音不是出自她的嘴。

这是劳伦·马丁的尖叫,因为她被斩首了。

第三部分 墨迹与血迹

菲洛美拉：
"既然我不觉得羞耻，我将公之于众。
若有机会，我将去往人群聚集之处，
告诉大家；如果你把我关在这里，
我将会撬动这些哀怜的树林和岩石。
天堂的空气会听到，还有那神明，
如果在天堂存在神明，一定能够聆听到我的心声。"

——《变形记》奥维德

25 折断的蜡笔

开车时间过长,加上天色已晚,原来规则的道路开始变得像用油漆刷随意刷出的弯弯曲曲的漆痕,仿佛出自萨尔瓦多·达利的画卷。路易斯拧开一瓶迷你装的"五小时能量"饮料的瓶盖,随意朝车子后面扔去。它尝起来就像用健身袜过滤后的止咳糖浆和醋的混合物的味道。

今晚,运送的是缠绕在一个平坦底盘上的一大卷电缆线,从纽约州到北卡罗来纳州的夏洛特。

他走的是风景路线。速度较慢,加上旅行的时间,这是一个错误,但路易斯没有在意。"I-77"是一个更好的车道。道路更长,更加精简,汽车流量更少。

此时此刻,只有他,以及道路。偶尔会出现一对车前灯,刺眼闪烁,白光一闪,又消失殆尽。

在仪表盘上的时钟——蓝色的液晶显示屏,安静沉默地指向了12:00AM。

他最近一直都在拼命赚钱。他已经好多年没有这样拼命过了。长途运输，深夜，更多的时间，更多的金钱。

然而，并非这么回事。路易斯并不需要这笔钱。他并不富裕，不完全是，不过他是一个有着一定积蓄的男人，他在新泽西长滩岛之外的一辆拖车上藏着一些还款。大多数美国人累积了许多债务，而路易斯却与之相反：他用其他人在床底下积尘的方式在攒钱。

他的父亲也曾经这样做过，一直为了退休积攒储蓄，总是在谈论着退休。那将会是多么的荣誉辉煌。香格里拉，第七天堂。那一天，他们会打开笼子之门，让动物自由驰骋，行者无疆。

这个男人在退休的前一年离世，叉车事故。

路易斯继承了老人的积蓄，他的母亲罹患了肺气肿，在几年前已离开人世。路易斯用这些钱去报了一个计算机设计语言班。买了他的第一辆卡车。

而他现在却在这里，做着同样的事情。攒钱，攒钱。等待着某些事情。或者，也许，只是也许，逃避着某些东西。

米莉安。

即使他现在正在逃离她而去，然而，他却无法躲避她。她像幽灵一样萦绕着这个人，而不是那个房子。无论你跑多远，她都会在那儿。

他不确定自己是否爱她。不知道他会以怎样一种方式去爱一个人。但他知道自己是在乎她的。深深地、彻底地。无论他喜欢与否（然而此时此刻，他几乎可以肯定他不喜欢）。

痒。他抬起了眼罩，他眼睛边缘的划痕已不复存在。每当他想起米莉安的时候，这个被损毁的空槽就开始发痒。

是她的错让他失去了他的眼睛，不过也是因为她，他才没有丧失生命。

这就是人生的真正转折。就在那儿。

他不应该怪她。至少，他就是这样告诉自己的。有些如今夜一样的夜晚，当只有他，以及那些高速公路隔离带上的反光板，还有那看起来像用在一个尸检切口缝合的虚黄线时，他也不是那么确定是否应该责怪她。

诚然，他不能停止去想她。这让他觉得自己是个瘾君子。此行是为了让他的灵魂得以清净。

然而这并没有起到任何作用。

他打开收音机。将其设置为随机搜索频道模式，任由它搜索任何东西。电台在静态、乡村音乐和宗教广播之间啭鸣，直到他最终找到了"Art Bell"电台的超自然现象广播脱口秀节目 Coast to Coast AM 的一档夜间节目。里面的评论员谈论着阴谋、不明飞行物和美国所有稀奇古怪之处。"Art Bell"电台——卡车司机最好的朋友。

这样驾驶感觉如同在迷雾中泛舟，漫无目的地随波逐流。

突然，他的远光灯发现了什么东西。一个形状。一个慢慢分解成一辆汽车的形状。一次车难。用卡车司机的行话来说，是一根"折断的蜡笔"。

那些汽车位于车道中间。

他有足够的时间来反应，脚踩刹车，减缓卡车的速度。他很有可能在周围行驶——汽车已转向垂直于高速公路边缘的角度，虽然在另一边可能会有足够的空间。但他应该仔细考虑路况，这非常危险，而且可能有人会需要他的帮助。

车内灯火通明。蒸汽或烟雾从引擎盖之下呈线圈状升起。

他停了车，车内的灯仍然亮着，灯光微微地洒出风挡玻璃。

本田雅阁，从车况看开了有五六年了。也许这不是一次车难。他看不到任何结构性损坏。这一侧的两个轮胎都漏了气。

他让卡车空转，车头灯光闪亮。

路易斯出了驾驶室。

他闻到了一股呛鼻的气味：那刺鼻的防冻剂，仿佛滴在沥青上的苦涩的绿色血液，在前面汇聚成一个血泊。

路易斯绕着车身而行，另一侧的轮胎也漏了气。

车内空无一人。但车内的照明灯却亮着。

路易斯听到身后有什么声音。

一声拖曳，一声抓挠，一声刮擦。

他转向声音的来源处——他的心提到了嗓子眼。

这就像出自希区柯克电影的某个东西。整个道路，覆盖着鸟类。乌鸫、椋鸟、鹩哥、乌鸦，不安地动着。爪子在沥青上咔嗒划个不停。咔嗒，咔嗒，咔嗒，咔嗒。

鸟喙远远地指了出去，眼睛直勾勾地望着他。

它们中的一些喃喃自语，或者低叫啼鸣，或者用喉咙的后部发出叽叽喳喳的声音。他觉得，任何一分钟，这些鸟中的任何一只都可能朝他飞过来。或像在地狱一样，全体鸟一起朝他飞来——翅膀、鸟喙和爪子。一股恐怖的气息席卷了他的全身，他害怕所有的鸟蜂拥而上，全部飞到他的脸上，让他失去了他最后且唯一的一只眼睛，让他彻底失明，永远处于黑暗之中。

摆脱它们，现在赶紧摆脱它们。

不过，他的卡车——距离太遥远了。二十英尺并不算太远，然而对于要穿越这段覆盖着令人毛骨悚然的鸟的路程来说，二十英尺太远太远。

那辆车，上车。

他朝那辆车慢慢挪过去，尽其所能缓慢而安静地打开车门。让他庞大的身躯悄悄地迅速进入这辆本田汽车里。方向盘紧压他的胸口。座椅调得太高了。

他感知着周围，看着座椅的侧面，然后是下面可以让他恢复座椅靠背的杠杆——

当他再次抬起头时，一只肥胖的乌鸦已站在仪表盘上。就在车内，和他在一起。路易斯强忍住内心的惊吓,他的第一个念头就是把它抓、抓、抓过来,像拧一个瓶盖一般拧掉它的脑袋,但他深吸了一口气,等待着。

烟雾一小卷一小卷地从乌鸦的喙孔中缓缓升起,烟雾闻起来像一根冒烟的万宝路。"这是怎么回事,路?"乌鸦说道,声音却是米莉安的声音。

路易斯吓得快要尿裤子了。

车外,鸟们跳到了汽车引擎盖之上。更糟的是,他听到车顶上和他身后的车身上有爪子的刮擦声。

"嘿,"乌鸦又开口说话,依然完美地模仿着米莉安的尖刻口吻,"独眼龙。亲爱的独眼巨人库克罗普斯船长。你在听吗?"

"这一切不是真的。"路易斯笃定地说。

"噢,现在发生的事情真是令人愉悦呀,亲爱的。喜欢还是不喜欢。我给你留了一条消息,竖起你那愚笨的大耳朵,听一听。你在听吗?"

"我……在听着。"

"米莉安现在遇到了麻烦,已经陷入其中,并将越陷越深。她遇到的事情绝对不仅仅像蹚过一条该死的小溪那么简单,她需要熬过一条该死的大河。没有桨,没有船,甚至没有一对小小的可充气漂浮的'手臂救生圈'。黑暗势力正在向她袭来,路。他们不喜欢她一直在那里搅和是非。她是一个命运的改变者,命运会用一种'有趣的方式'来抵制想改变它的人,命运有时候很难改变,真的太他妈难改变了。"

"你告诉我的这是什么?"他问道,然后,他紧闭住他的眼睛,喃喃自语,"我简直不敢相信我在同一只鸟说话。"

"我在告诉你,她已经是老鼠碰上猫——在劫难逃了,除非你去找她。现在。收起所有的废话和不良情绪,快去。她不是无往不胜的。如果你不去把她从那该死的河流中救起来,我可以保证,她会被淹死。"

鸟的喙碰撞着,"河水正在涨潮,伙计。"

"你是谁……"他不能抑制住要去问这个问题。

这只鸟却可以,"我是谁?我是一个朋友,路。一个朋友。"

接着鸟乘风而去。

在车里。

在他头上。

它在他面前挥了挥羽翼,然后在鸟用爪子掏出他的眼珠之前抓住了它——

当他放下他的手臂时,他发现——

他不在本田雅阁里面。

他在自己的卡车里,仍然坐在那里。发动机带着低沉的敲打咆哮声空转着。"折断的蜡笔"——轮胎漏气了的本田——在他车前灯的光束下安然停放着。

这只是一个梦。你睡着了。一次长途,漫漫长夜,低沉的雾霾,催眠。你变得浑然无觉,渐渐入睡,这很糟糕,这真的很糟糕,但我的老天,这比刚刚经历的要好多了。你所看到的是不是真实的?完全不是真实的。

然而接着,他看到乌鸦走到了他的车盖上,迈着笨拙的,查理·卓别林式的步伐。它望了望卡车里面,然后消失在黑夜之中。

路易斯将卡车开回道路上,继续行驶,让那辆该死的破车见鬼去吧。

突然他感觉到了:一阵瘙痒的感觉。

在眼罩后面。只是有点痒,他心想。

就像每当他想到米莉安时一样。他抬起了眼罩。下面尽是划痕。然而瘙痒变得愈加严重。它开始灼痛。

开了五英里之后,他把车开到了一个出口,找到一个加油站,停了车。

他像翻一个邮箱盖一样揭开了他的眼罩,准备开始在无眼珠的褶皱肌肤上纵情地挠挠挠——直到突然他的食指触碰到了某个锐利的东西，某个从洞里伸出来的东西。

一阵不好的感觉席卷了他的全身。

他捏起了他的手指，感觉了一下这个东西。开始将其拉出来。

他感到眼眶两侧有点什么湿润的轻触感，然后一阵惊悚骇人的感觉如电流般穿越过他的身体，穿越出他的身体——

是一根羽毛。湿润，沾满了鲜血的光滑的羽毛。但他没有停下。他一直拉着，因为还有更多，更多，更多。

头发，湿漉漉的头发。绕在羽毛的末端。强烈的气味，恶臭，如同——如同河水一般。

路易斯打开门。他将其扔在了停车场，周围没人看见。

当他结束了这一切，并且平静下来之后，他去把运送的货物卸了下来。

他要去找米莉安，没有时间在这儿瞎混了，没有时间去运送这些货物了，但是带着它们无异于盗窃。

那么，把它留在这里。他去打调度电话，告诉他们这是一个紧急情况，让他们知道他们可以过来拿被卸下的货物。他知道他们在此之后不会再雇用他。这是一个不良记录。他唯一希望的就是这个不良记录不会被传到别的货运公司。

但他不得不这样做。

他对那只鸟告诉他的事情深信不疑。他试图拨打米莉安的电话号码，却直接转到了语音信箱。

黑暗势力正在向她袭来，路。

"我来了，米莉安。"

26 掌中鸟

地毯上的血迹,这就是凯蒂早上起来之后发觉的东西。还有,有裂纹的咖啡桌,打翻的一品脱巧克力冰淇淋,沾在沙发上的勺子,以及蹲坐在地板中间如同一个石像怪的米莉安,"栖息"在一个老派的电话簿之上。

凯蒂眨了眨眼。她穿着破烂的粉红色长袍,看起来像是经受了极大痛苦。"这儿有……血。"她说,喉咙发出怪怪的声音。

米莉安没有抬起头。相反的是,她抬起了她的手背:一只燕子刻在了上面。附近是雕刻这只燕子的那把刀。刀尖,锈红色。

米莉安的手指滑动翻找到另一个电话号码。潦草地将它写在摊开的电话簿旁边的纸板上。

凯蒂的声音变得平静,"噢,上帝。你是一个破坏者。"

"什么?"米莉安几乎将她的头倾斜到后面,颠倒着看着凯蒂,"我没有这么做。"

好吧,这不完全是事实。虽然她的鼻子没有破裂,咖啡桌却被损毁,她的手背上的燕子是确实存在的。这只鸟的线条的边缘已经结痂，疤痕的线条是一条精细的山脊。她不知道到底发生了什么。这不是第一个让她感到无比震惊的通灵幻象了，然而这却是第一次在她身上留下这样标记的通灵经历，确实是前所未有。

这应该把她吓坏了。

不过，眼下，她只是没有那些时间。

"我会收拾的。"她在撒谎，"我只是——我经历的这些通灵幻象，有时它们会失控。"

"如果这不是你做的，那么是谁做的？"

"就像我说的，这些事都是在那些通灵幻象中发生的。"

"这……这太疯狂了。"

"是啊，多新鲜啊。我知道了。"她翻阅着那些页面。开始写下更多的数字，以及地址。

凯蒂站在她旁边，低头盯着她，异常震惊。"我不知道……"她的话音拖得很长。

米莉安能听懂凯蒂话中的潜台词，如同在一个遥远房间里播放的电视机发出的那令人不安的嗡嗡声，是时候先下手为强了。

"听着。你不喜欢这样，说出这个词。我不会打扰你。不过，我就是那个吸血鬼，而你却邀请我住进来。我也警告过你，这不会是很有趣的行动。你因为你现在看到的一切而小题大做，你其实应该已经预料到我会在你的地毯上弄出一点点血迹，在凌晨五点和你进行一番狗屁聊天。你想让我离开，没有伤害，没有犯规。我走了。我会带上我的包，你将永远不会再见到我了。"现在，她站了起来，她握住凯蒂的脸，这样老师就和她面面相觑了，"这可能是你最后一次'下车'的机会。米莉安·布莱克的历险即将启程，你要么好好待着，要么离开。现在是承担义务的时间了，维兹小姐。淑女还是'猛虎'。"

"我……需要咖啡。"老师跌跌撞撞地走开,形同僵尸。

米莉安在她身后喊道:"给我也来一杯。一大杯。像恶魔的种子那么黑的咖啡。谢谢!"

最终,凯蒂端着一满碗黑咖啡回来了,放在了她的面前,"这是我能找到的最大容器。"

啜饮,"很好。我觉得很……亚洲。"

接着转移到电话簿那边。

凯蒂问道:"你昨晚睡了吗?"

"我没有。"

"噢。"

老师在房间环绕,收拾这堆烂摊子。一品脱冰淇淋、勺子、刀。

"你拿我的电话簿干什么?"

"我本来打算用你笔记本电脑的,但我没有密码。我花了好长一段时间才找到这本电话簿——我的意思是,人们现在还在用这个吗?我猜你还是会用。我在找文身艺术家。"

"关于那只燕子。"

"嗯。"米莉安双手抱着碗,喝了很大一口。她融化在咖啡温暖的怀抱里,那咖啡豆汁制成的黑色的慰藉人心的遗忘之汤,"嗯。我喜欢我的咖啡就像我喜欢我的男人一样。性感、黝黑,直入我的喉咙。"

"我只想忽略那些没用的琐事,然后我想问你,我可以做些什么来帮助你呢?"凯蒂问,"关于那些……女孩。"

"把电话簿拿来。现在我需要电话。"

"它在厨房里。无线电话。"

"对了,我还挺需要借你的手机一用呢。"

凯蒂停顿了一下,然后点了点头。再一次犹豫了,"我去拿给你。我不太喜欢用它,总觉得有点束缚。"

"谢谢了,凯蒂。"

"你会去阻止那个凶手,对吧?"

"是的。"她回答。不管她相信与否。

27 瓦伦丁的一天

该死的，该死的，该死的，该死的，房租到期，却还未支付。如果安妮·瓦伦丁还不来偿还这笔钱的话，这个低劣的被安妮称之为公寓的小房间甚至都不再可能是她的了。他们今天上午已经来过她家门口，那时太阳才刚刚升起。他们猛烈捶击她的家门，留下了一个红色的欠条——不像上次留下的粉红色，或是上上次留下的黄色的——在她家门之下。驱逐、驱逐。该死的，该死的，该死的，该死的。

在她的脑海里，是她母亲的声音，一声无形存在的责骂：你永远不想去为了任何事情去奋斗，安妮。即使作为一个婴儿，你从来没有想握住你的奶瓶。

这是妈妈最喜欢说的事情。

当你还是一个小宝宝的时候……

你连奶瓶都不想去抱。

你说话太迟了，不像你的哥哥那样。直到其他所有的女孩都会使用便盆之后你才学会如何使用。

你不会像一个优秀的小女孩那样去维修汽车或者给浴室瓷砖灌浆或者为爸爸妈妈做账。

他们从来不说她傻。从来没有说过这种刻薄的词语。然而侮辱却无处不在。话语背后暗藏的含义，如同床铺之下的怪兽一般。

她今年十八岁。刚刚满十八岁，她应该去弄清楚她的人生。他们邀请她搬回家，但她不打算这样做，噢，绝对不要，她宁愿被捕熊器夹断乳头，也不愿回到那个地狱里去。

这意味着她会留着这个公寓。

然而，她没有工作。她被温迪家解雇后，又被美国天然气公司解雇了——一个也门小伙指责她从他那儿贪污了一笔钱，这听起来如同一个奇特的方式在说她在盗窃。她的确是这样做了，但他应该不知道这件事情。那个像母牛一样的马乔里——戴着毛茸茸假发的老胡思乱想的婊子，肯定告诉了他，即使她也贪污过这里的钱。

现在怎么办？现在怎么办，现在怎么办，现在怎么办，烦死了，烦死了，烦死了。

冷静冷静。

直到周末你才会被赶出去。

这一切都没事。你只需要找到你的重心所在。

她打开了一个沃尔玛购物袋，在那像捕鼠器一样的可拉伸式的沙发附近。她将手伸进了塑料袋里，取出了一个钳子，一把螺丝刀，和一个磨砂玻璃材质的沾有炭黑色煤灰的烧坏了的灯泡。

她第一次这样做的时候她打破了灯泡，小玻璃碎片刺入她的手掌心里。她不得不用镊子才能夹出每一个碎片，用她那颤抖的双手。她不小心遗留在手掌里的那些小碎片，最后是被她用旁边的肉硬挤了出来。

她现在变得相当专业了。她用钳子谨小慎微地取掉灯泡的底座，不是所有的金属设备都要去除——只是最底部那个部位。

她用螺丝刀把灯泡内胆的其余部分戳了出来——中心线圈和所有那些微小连接的部位。

安妮再次把手伸进袋子里面，抓住一罐空气除尘器，一盒饮料吸管，以及一卷黑色电工胶布。

第二阶段。

空气除尘器吹出来的一股风清洁了灯泡的内部。

她从她的沙发垫下"解救"出了一个小木箱。这曾经是用来存放她的塔罗牌，但这些东西其实一文不值。他们从来不会告知未来，她总是不得不使用那本愚蠢的小书去弄清楚什么牌摆在首位是他妈的怎么回事。

现在装在里面的是小小一塑料袋闪闪发光的白色粉末。近距离观看，它形似海盐，或者像她刚刚从灯泡上吹下来的玻璃粉末。

灯泡里面暗藏着冰毒。

然后，她将吸管的尖端插入其中，将胶带缠在四周，这一切都被完美而紧致地封存了起来，像一个鸭嘴杯。

她在地板上四处寻觅着她的打火机，在沙发底下。

安妮想念她的玻璃管，但被杰菲偷走了，那个没用的浑蛋。杰菲总是偷她的东西。不过她也让他拿。她不知道为什么。他是个寄生虫，应该有人将他从地球上清除掉，但他想要什么（想去哪儿）她就会去做，因为她真的很爱他，希望终有一天他会对她好。不再打她，不再把她压在地上，按住她的胳膊，从背后干她，因为"他喜欢她的屁股，而不是她的脸"。

管他呢。

这一打击使她平静下来。

灯泡下的火焰，药物起了泡泡，白色变成浑浊的黑色，蒸汽上升。她吸了进去。

她很清楚她所付出与牺牲的一切，这声音如铃铛般在脑海里敲鸣，发出铜锣般的声音。周围所有的一切仿佛都变成了关注的焦点。她在同一时间既冷静镇定又极其兴奋。她知道他们为什么把它叫作这个，因为她能感觉得到，嗯……

水晶。

仿佛透过一面镜子，能看到它反射的其他多面镜子。抽这玩意儿给她提供了所有可能性，所有她可以做的事情。

她的电话响起。

令人昏昏欲睡的铃声，《迈阿密到伊维萨》①。

她应该在接电话之前先确认这是谁打来的，然而她不假思索地接了电话，当她听到她母亲声音的那一刻，她觉得一切都太迟了。

"安妮。"她的母亲说，"安妮，我是你的妈妈。"

她听起来像是感冒了。

"什么？"安妮怒吼，"你想要干什么？"

"安妮，我知道那个驱逐通知。"

她到底是怎么知道这个的？

她一直在监视着。这就是事实。妈妈又在监视她了。

"真他妈的该死，别管我。我不——"集中精力，深深呼吸，"我不需要你继续操纵我，我自己可以牛活。"

"我只是想帮帮忙，我不希望看到我的宝贝女儿在街上流浪。"

"你把我放在那里，这都是你的错。"言之有理，推断可行。这的确都是她妈妈的错，当然也有她爸爸的错。你们只会夜以继日地坐在那儿什么事都不管，你们所做的一切就像是在我体内种植了一个肿块，一个奇形怪状的脂肪瘤，虽然对我的伤害还没有像它们恶化时那么严重，但确实已经深深地伤害了我。

"我会给你钱。"

---

① 原文为 *Miami 2 Ibiza*，一首歌曲名。

这句话，就像一个炸弹，一个让人盲目和眩晕的闪光手榴弹。

"真的吗？"安妮问道。她的牙齿开始打战，然后又磨到一起，使劲地咬着她的下巴，都要抽筋了。

"我没有太多钱，但是交房租够了。"

足够的租金？这真是一个救星。不过，也许她会拿去买水晶。水晶能帮助她思考，帮助她思考如何赚取更多的租金。两倍，甚至三倍之多。

聪明机智的姑娘。

"好吧，不过我现在需要那笔钱。"她说道。

"我可以在见面的时候给你。"

"在哪儿？什么时候？"

"你公寓旁边的那个公交车站。在河边的那个。"

"在弓箭手雕像那儿。"

"就是那个。一个小时之后见。"

她终于还是问了，不是因为她关心她，而是因为她觉得她的母亲给了她钱以及所有的一切，她应该假装一点同情，"你生病了吗？你听起来像是鼻子堵住了。"

"过敏而已。秋天来了，花粉和霉菌都很旺盛。"

"一个小时之后见。"

"我爱你，安妮。"

安妮去不了那么远。她想去，但是……

她迅速伸出大拇指按下了结束通话的按键。

这一小时感觉就像是延伸，收缩，然后瓦解坍塌，循坏了一百次。安妮给公寓做了一次大扫除。上上下下寻找她的钥匙，直到她意识到她根本不需要它们，因为车站距离公寓只有五分钟的步行下坡路程。她想吃点什么，但却不饿。她抽完了剩余的病毒。

一切都宽敞明亮，清洁干净，透彻清晰。她生活在了一个高清的世界。

终于，时间到了。时间过了，其实，已经一小时十分钟了。已经迟了。该死的，该死的，该死的，该死的，该死的。

妈妈快要生气了。任何事情都可以惹她生气，仿佛她喜欢生气似的。她如同一只翻滚的在路上被轧死的狗——她喜欢那股恶臭。一个真正的假圣人。

安妮赶紧从她那山丘之上的公寓里下了山。下雨了。但她并没有意识到。雨不是很大，只是毛毛细雨。仿佛是上帝吐的口水落到了她的头发上。

一些穿着连帽衫的孩子在停业网球场玩耍，身子靠着钢丝网围栏。她对其中一个穿着巨大鞋子，舔着棒棒糖的孩子点了点头。他也对她点了点头。

他名叫蔡斯，他的步伐很滑稽。

他只有十三岁，但他贩卖"有毒性的疯狂"。她很快就会再见到他。

不久，她听到了河流的潺潺之声，浑浊的水安静地疾速流动。

路旁，一排橡树。有些许叶子已泛黄，有一些已经落于地面，还有一些如直升机般旋转降落，来到了路面上。

她尽量保持自己不滑倒，潮湿的沥青与劣质的球鞋会造成这样的危险。这就是水晶对她的作用——能让她保持高度警惕。小心谨慎、机智聪明。

在拐角处的公交车站不值得过多的关注。没有像城市里的那种花哨的有机玻璃，只有常年潮湿、长满青苔、两面贴满广告的木箱（一面是管道工，另一面是殡仪馆）。木箱边缘已分裂、磨损，看起来如同扫帚的刷毛。

没有看到母亲。

她赶紧跑到公交车站里面。有一个人在等车，一个形似芦苇、身穿厚重大衣的陌生人。现在还没有冷到穿厚重大衣的地步，但是嘿，这是一个自由的国度，人们可以想穿什么就穿什么。他只是站在那里，松软的帽子拉得很低。

她的双脚被浸泡湿透，像被撕裂一般疼痛。邮递员递进来一份《消费者报告》杂志，黄页的……黄色页面。

她问那个家伙："你有没有看到……一个女人在这里？"

"嗯？呃，没有。"

"矮小的女人，发。她可能会开着一辆……"她的母亲这些日子到底开的什么车？"福特，我想是。蓝色的福特福克斯。"这是一辆好车。安妮希望她能有一辆这样的车。

"我说了没有。"

好吧，管他呢。感谢您的帮助，浑蛋。

她又走到了淅淅沥沥的小雨之中，在路上左顾右盼，什么都没有。没有停靠的汽车，没有母亲。她要么已经来到这儿准备帮助安妮脱离困境，要么她就是迟到了。

妈妈从来不会迟到的。

她听到了她身后拖着脚走路的声音——那个男人在移动，他的鞋踩在被遗忘的印刷品那被损毁的页面上。

而这之后她听到了别的东西：她母亲的声音，在她身后呢喃。

"邪恶的安妮。"

她正要转身，但是——

一个沉重的东西击中了她的后脑勺，整个世界坠落至一个黑洞之中。有那么一刹那安妮眨了眨眼，发现自己的双手和膝盖都在地上，一片泛黄的叶子像螃蟹一样在她面前爬行，一阵简短、突如其来的风瞬间把它刮走了。

她的后脑勺又被猛击了一下。安妮·瓦伦丁的世界落幕了。

23 特洛伊木马

雨——相比较真实的雨来说，这更像是一场沉重的雾霾。汽车风挡玻璃上的雨水慢慢积累着，形成了一道道夹杂着花粉的条纹。雨刮器的除雨效果很好，把这些条纹都抹得干干净净。

米莉安向凯蒂打听那两个女孩的事情。凯蒂知道那个有着卷曲静电头发的黑人女孩，她名为塔维纳·怀特。她的母亲是一个靠救济金过活的酒鬼。她的父亲因为在斯克兰顿开过一家汽车销赃店而早早入狱。

"我觉得黑人姓白[①]听起来真有趣。"米莉安说。凯蒂瞟了她一眼，"等等，这不是种族歧视。这只是一种反讽鉴赏。你看，这是双重的讽刺，因为……"

等待，等待。

"米莉安·布莱克。"凯蒂说道。

"对了，对的，我明白了。"

我敢肯定，当塔维纳的脑袋被砍下来的时候，她也会觉得这很有趣。

---
① 怀特英文为"White"，意为"白色"。——编者注

一股寒气顺着米莉安的脊椎爬了上来,这毛骨悚然的感觉如同有很多小蜘蛛在爬一样。

前方,学校。

铁门敞开。荷马在站岗监视着它们。一辆车停在了大门前,米莉安看到某个员工亮了一下身份卡,然后就进去了。

凯蒂停在后面,准备去刷她的身份卡。米莉安对荷马轻轻挥了挥手,凯蒂已经向前行驶了。

凯蒂把车停到了教师停车场,前几排都已停满。米莉安看出有些人已经待在这儿一整晚了——这是一所寄宿学校。女孩们才刚刚长大。学校必须有连续值班的工作人员,清洁人员,守夜警卫和护士小姐。

"我告诉过你。"凯蒂说道,缓缓将汽车驶入一个区域,"我可以给女孩带口信。"

"啊哈。如果你被抓到,你就会被解雇,你被解雇,就成了我的责任。算了。现在还早,我可以神不知鬼不觉地溜进去,我觉得。"

凯蒂转过来面向她,"你想帮助这些女孩,这样很好。一旦我们让她们离开,她们就只能依靠她们自己了。我们有大学安置处和就业安置处,在这些机构的帮助下,有些女孩真的过得很好。大多数人,大概,但不是所有的人。有一些女孩重新沾染上了坏习惯,还是回到她们那可怕的家庭。吸毒、卖淫、轻微罪行。我们心有余而力不足。尤其是当她们满十八岁的时候,因为我们不可能在那之后还留她们在这里。让人感到惊讶的是她们中的很多就这样……消失了。"

"消失。"

"是的。迅速去往城市,我猜。哈里斯堡、匹兹堡。也许还有艾伦镇和费城。你会听到很多女孩子在谈论纽约。"

女孩们在十八岁时消失了,米莉安心想。还是她们被掳走了?

一根油腻的黑色羽毛在撩拨她的后脑勺。是不是有两个以上的女孩？塔维纳和"雷恩"仅仅是一个开始？或者这仅仅是一个更长更糟糕的恐怖模式的一部分？

更多的寒战，更多的小蜘蛛。

现在没有什么可以做的了。

"我需要钱。"她告诉凯蒂。

"什么？噢。"

"出租车费，或者公交车费。"

老师递给她两个二十美元，"这样可以吗？"

"这应该够了。"她停了一下，"你知道，曾经，我可以找到一个像你一样的人，我只是……等待。直到你得了癌症。然后我把你洗劫一空。信用卡，现金在手。也许还会抵押掉你的笔记本电脑。"

"我怎么知道你现在没有这样做？我怎么知道你说的一切不是一个彻头彻尾的谎言？"

米莉安知道凯蒂会问这样的问题，但同时凯蒂不相信——自己是一条上钩的鱼。只不过这一次，这个鱼钩恰好是真的。

然而同样的是，没有一个现成的完美答案。她所能做的只是耸了耸肩。

插　曲

心醉神迷

富家子弟，酗酒者，死去的男人。

他不停地咳嗽着，鲜血从他的嘴唇上汩汩流出。他的右手碰到了米莉安的膝盖，他的左手懒洋洋地放在一个漂浮着劣迹斑斑的中式食品容器的烂泥水坑里。

他的名字是尼克。他躺在巷子里，抬头凝视着她。

"你当时在哪里？"他问道。每一个字都被汩汩涌出鲜血的嘴唇分断开来。

"我本来打算去别的地方。"她边说边抚摩着他的头发。

"他们不知从哪儿冒了出来。"

"我知道。"

"他们打劫了我。"

"我知道。"

他的眼睛如同一只撞了车的兔子。泪眼潮湿，惊慌害怕，"他们拿走了我的电话。他们拿走了我的，我的，我的手表。他们抢走了我的钱，我甚至没有拿到药。他们甚至连任何药片都没有。"他在说"药片"的"片"字时血喷了出来，血点遍布米莉安的脸颊。

她没有抹去这些血迹，那样似乎很没礼貌。

"他们没有抢走你的鞋子。"她说道。

"帮我叫救护车。"

米莉安一边咬着她的脸颊内侧，一边抚摸着他。"这不会有任何帮助的，尼克。你撑不过去的。"他向她伸手过去，但她挣脱开来，并蹲坐在他的脚那儿，使其离地面有一个小腿的高度。

"你什么意思？我——我——我一点也不疼，我只是感觉很冷。"

"那是因为你躺在一个烂泥水坑里。要把它当作一件幸事。这会麻痹你的伤口。"她把鞋子从他的脚上脱了下来——昂贵的耐克运动鞋。她很惊讶那些打手居然没有抢走他的鞋子。毫无疑问，她会惊讶。她知道事态该如何发展，因为在两周之前她第一次见到尼克的时候，他们在那个夜店里伴随着糟糕的电子乐节奏有了肌肤之亲。

"我没事。我会站起来，我会证明给你看的。我会站起来。你会看到的。"

他努力尝试，却只能勉强抬起头来。

"刀刺中了你的肾。这非常糟糕，但这是可以解决的。真正的问题在于动脉。你会失血过多而死亡。"

"什么？你是怎么知道的？"

"因为我知道，尼克。我就是知道。我一直都知道。"她说道，她突然希望自己不知道这些，因为现在他看清楚了她的真正"面目"。

"你——你——你为什么不做些什么？我今晚不是非要拿到药不可的。你本可以告诉我的，你本可以制止我的。"

她在他的鞋子里发现了两张信用卡。他们可能偷了他的现金，但真正的财富却在这里。

父亲的信用卡。尼克花钱大手大脚，他的父亲确实深藏财富。

"我不能阻止你，"她说，爬回他的身边，"但是问题的关键是，尼克，我曾试过插手改变某些事情。但情况总是很糟糕，因为是我把它变得更糟。我可以告诉你，我知道的，但你也许不会相信我。我本可以把你铐在一个散热器旁边，你本可以离开。我本可以用一个烤面包机敲晕你的脑袋，我可能会打偏，然后你会尽你所能地快速跑开，你会跑到这里，到这个小巷里来，那些贩子仍然会从你身后袭击你。"

"你是一个怪物。"他说道，如同一个任性的小男孩，他补充道，"我恨你。"

"我知道你恨我，我本来就知道。但我不是怪物，尼克。我只是一个消灭怪物的清道夫。对不起，现在变成这个样子。谢谢你带给我的美好时光。你真贴心。"

她亲吻他的面颊，他的身体开始摇晃，像一个附着厉鬼的招魂桌，血液集中在他身下流入泥泞坑洼。

29 亲爱的死去的女孩们

学校的清晨宁谧安静。建筑物比比皆是——墙壁之后传来"砰"一声，吱吱之声和烟管爆炸声。尽管米莉安走在顺着地板铺就的、遍布尘埃的老旧地毯上，她脚下的木质地板仍然咯吱作响，呜咽咆哮。

朦朦胧胧的灰色光芒，被雨水分成一缕一缕的，透过窗户照射进来，昏暗靡靡和湿润晶莹。出于某种原因，这让米莉安的脑袋产生了一种溺水的错觉。

头发染成了河水的颜色，黄色的眼睛里毛细血管爆裂。

尘埃颗粒在暗淡的光柱之下飘浮旋转。

女孩们的文件架都被贴了标签：这些标签不是那种五颜六色的胶带，而是那种小的被螺丝拧进木板基座的饰板。每一个都刻着一个女孩的名字。

这所学校七个年级（六至十二年级）却只有五百名女孩，不过也有五百个文件架——总体看起来像是一个放大版的酒架，那两侧的孔仿佛空钻石一般。

她本来需要去查看所有的文件架。换言之,如果凯蒂没有告诉她究竟去哪里找的话。

在学校里有一个盟友真是一件值得开心的事。

首先,给"雷恩"留下一张字条。然后,是塔维纳·怀特。

米莉安沿着文件架移动,仿佛她是一只紧张忙碌的蜂鸟。

"伊丽莎白·霍普,格温·肖卡奇,特丽莎·巴恩斯,"不,不,不。"莫莉·迪尔菲尔德,卡拉·罗德里格斯,贝基,内利,拉琦莎,克里斯蒂娜——"

接着她看到了,劳伦·马丁。

她蹲了下来,把字条塞进孔中。她的身后,有人清了清嗓子。

噢,该死。

米莉安转了过来。

她看到贝克·丹尼尔斯站在那里,牛仔裤和一件黑色V领T恤。他那横亘在其宽阔下巴的嘴唇形成了一条坚硬的线条。

我可以在他那如同立体方格铁架的下巴上荡秋千。

"我认识你。"他说。

"怎么了,忍者武士?"

"在女孩们的文件架上发现了什么有趣的东西呀?"

"这是一个非常下流的问题。"

贝克依然从容不迫,"你或许应该远离这些。"

"我只是留下一张字条,给我的妹妹。"

"啊哈。那趟火车已经离站了,布莱克小姐。"

她站起身来,双手交叉,"哦,对哦。"

"能告诉我,你在这里做什么吗?"

"妹妹那个部分是骗人的,但是字条部分是真真切切的。我想和劳伦·马丁谈谈。就再谈一次。"而对于塔维纳·怀特,就没有必要再泄露出来了,"嘿,给我抬起头来。你是不是又叫那些警卫来抓我了?"

"你指的是那些警卫。"

"我指的是类固醇医生和他的色情明星伙伴超级马里奥。"

"他们依次是,西姆斯和霍瓦特。"

"有些冒犯,首长。"

那是一个微笑吗?"不,我没有给他们打电话。似乎那天你好好地耍了西姆斯一把——我看了安全录像。相当令人钦佩。"

"那是。"她眨了眨眼睛,"不过,我在这儿却有点失败,对吗?你会亲自拖我去拘留所是吗?"

"拘留所?"

"这是一个词,指监狱。"

"我知道这是什么意思。"

"什么?你不喜欢咬文嚼字?我喜欢。"

"很好。不,我不会拖你去。"

"你可以去叫真正的警察。我有点惊讶那天竟然没人去叫他们。尤其是,还有我在小食堂活蹦乱跳的录像。"

他耸了耸肩,靠近了她一点,只是一小步,但威胁仍然是存在的。一个令人兴奋的威胁,一个米莉安喜欢的威胁。

"如果我们能够避免,我们是不会叫警察来的。这儿的有些女孩已经看到过太多的警察。我们不想影响到我们与问题女孩交流的进度。所以,不,我不会报警。只要你告诉我你为什么要留下一张字条。你为什么要和她谈谈?你有什么打算?为什么你对她自始至终如此着迷。"

慢慢地,米莉安开始向右移动。他向左移动。他们围绕着某个看不见的点在转动,他们就像被绳子拴在了某根柱子上一样。

"我试着去保护她。"

"保护她?避免什么?"

"我告诉你,你也不会相信。"

"试试看嘛。"

"我可以告诉你,但不是现在,你还得等等,秀色可餐的帅哥。"

盘旋,盘旋。飞蛾在灯光周围转圈。血液流入排水口。

"我喜欢认为我是她的保护人。"他说,"而不是你。我以及这里的其他老师。我们是来守护这些女孩的。"

"你的表现太烂了。"

这刺痛了他。他的身体收缩了一点。就像一只无形的手突然戳了一下他的肠道。令人惊讶,莫名其妙。难道我想错了,他真的那么兢兢业业吗?

"告诉你吧。"他说道,"我看到了录像的画面。你会一些动作。我们去体育馆吧。我们斗一下拳。你打败我,我就让你走,不会问任何问题。"

"如果你打败了我呢?当然,顺便说一句,这是不会发生的。"

"那我就会叫警察了。"

"成交。"她心想,才没有什么交易呢,都是骗你的。我们是什么,两位即将对决的绅士?荣誉对于米莉安来说又不意味着一袋子隆头鱼。这只是一个人们编造出的毫无意义的概念。荣誉,这让她想起一个古老的祝酒词——

为了荣誉——

碰杯

——骑上她,待在她身上。

然后用铁丝网缠绕住她的嘴,然后切出她那摇摆的舌头。

她的双手紧握成拳。

"你没事吧?"他说道,"你看起来就像看到了鬼似的。"

"别唠叨了。"她说,"让我们开始吧。"

30 扯淡

这个体育馆是一个巨大的回音谷。每一个落在蓝色垫子上的脚步声；每一次站姿的变更声，每一次嗅鼻、每一个指节声响，以及每一次咂嘴，都如同空谷回响。

贝克鞠了个躬——把双手捏成小佛寺的尖尖塔顶形状，然后慢慢弯腰。但米莉安没有时间来折腾这些无关紧要的事情。

当他鞠躬的时候，她向他的头部踢了过去。她的黑色皮靴撞击到他头颅的一侧，他开始左右摇晃。但他并没有倒下，他没有把自己的注意力从她身上移开。他只是抖了抖自己，开始左右晃动，像一个拳击手那样，或者是像一条随时准备进攻的眼镜蛇。

去你的，先生——继续，当你的眼镜蛇吧。我就是你大爷的猫鼬。

"要那样，是吧？"他问，舔了舔他的牙齿。

"会那样的。"

"那么让我们瞧瞧你的'下一步行动'。"

机不可失。她一步上前，猛挥出一记直拳。而他巧妙地躲避了过去，并抓住了她的手腕——

二十年以后。贝克·丹尼尔斯,头发剪到紧贴着头皮,头发斑白。他瘦了很多,更加精瘦,更加寡情,更加强硬,更加严格,如同绳制的编织皮革。他环顾办公室的四周。牌匾与照片,奖牌和奖杯,全部都是冠军的迹象。他的女孩们,在那里,打了一场又一场的漂亮仗。有一张照片——二十年前的他,正为他的一个女孩击中了对手胸膛的"死穴"而欢呼雀跃。这张照片的旁边,墙壁凹陷,好像是被手肘击穿。

——用他的膝盖直踢向她的肚子,强有力,却又没有非常使劲。她感觉自己正在向外"漏气",咖啡与香烟混合的早餐味道从她的喉咙中涌了出来。当她贴近他膝盖的时候,他将她猛推向前,向下,直到她脊背朝下翻到了地上——

他拉过来一个转椅,坐了下来,打开桌子下面的抽屉,取出一沓过去十几年的年鉴簿。这些年鉴簿书身微薄,用皮革装订,在最前面的顶端有着考尔德科特的装饰。他打开它们,开始欣赏上面的那些女孩。他喉咙一哽,心跳如击鼓般加速。

——接着他准备进行"致命一击"。他大步上前,来到她上面,如巨人一般。但他眼中仍有荣誉的光辉闪烁。于是,她出拳了,直击他的睾丸——

他放下了年鉴簿。揉了揉自己的眼睛。他把他的头靠在了转椅上,通过他的鼻子,他做了个长长的深呼吸。

——米莉安的那一拳似乎没起到多大作用，他又抓起她的手腕，此时看到了她手背上印刻着的燕子标记，血痂破损，鲜血涓涓，而且——

现在，贝克·丹尼尔斯打开了他办公桌中间的那格抽屉，取出了一支口径为0.45英寸（约11.43毫米）的M1911手枪，它上面有着一串“排成纵队”的序列号。手枪锈迹斑斑，点缀着口腔溃疡般的红锈。他弹出了弹夹。检查了一下它的子弹——一个新的0.45英寸的弹头舒适地躺在顶部，黄铜在灯光下闪闪发光。他将弹夹装了回去。

——他用小孩扔掷袜子猴[①]的方式抄起了她的脚。她没有扭转，只是在击打他的头。他左右躲闪。通常情况下，她会非常卑劣地去打斗，真正卑劣，加倍地卑劣，扬起沙尘，在草丛中找寻高尔夫球棍。但在这里，这些选项是不存在的，她只有用她那沾满鲜血的四根手指去猛戳他的喉咙。但他的下巴向下倾斜，阻止了她手指的攻击，在她意识到他的下个攻击动作之前，他就如同一把鱼叉钩一般将双腿置于她身后，然后他将她再一次甩在了垫子上，而且——

这把枪尝起来像金属钱币一样；枪口瞄准并顶住了他的上颌。他办公室的门外有脚步声响起，有人敲门，随之而来的是“砰”的一声。脑浆如同黑色布丁从一个打开的搅拌机里飞溅出来，击中了他身后的牌匾，如此震撼，牌匾与他从椅子上滑落下去的身体一样摇摇欲坠。

——他让她躺在了地上。她弯曲了她的腿，用皮靴底部猛击他的脸颊，把他摔倒在地，现在她才是那个在顶部的人。但是，这并没有持续多久，噢，不，他用腿将她困住，将其猛摔到右边，直到她再次位于

① 袜子猴（sock monkey），是一种美国传统玩具，这种填充布偶通常以袜子为面料制成。

他之下，他压住了她。

在她意识到发生了什么之前，他的嘴唇触碰到她的嘴唇，她的舌头在他的嘴里像老鼠寻找奶酪一般嚅动着。他的手在她衬衫之下摸索，她的双手塞进他的裤子里面，慢慢向下游移。

所有的一切都是饥渴，烈火，枪声的悠远回响，和志趣相投的灵魂的温暖且美好的（也有那么一点点令人作呕）碰撞，受过伤害，虚弱无力，在一个短暂的时间里相互慰藉。

他们跌跌撞撞地来到他的办公室。在他们的头顶，日光灯如同三只被困于罐子里的蜜蜂一般发出嗡嗡的鸣叫之声。

不尽相同，却又一致。

这儿现在还没那么多牌匾、照片，以及奖励。他对嘉奖的渴望才刚露苗头。

书桌更加整洁。

房间更加干净。

他抱起她的臀部，放在办公桌上。她的膝盖放在他的双腿之间，然而这一次不是去踢他——这次只是轻压皮肤、热度，以及渴望。

她将他的衬衣高举过他的胸膛。肌肉如同梯子的梯级一般——感觉她可以一步一步攀爬上去。

他的双手紧托她头的两侧，他拉近了她的脸颊。

米莉安猛地推开了他，但他又慢慢抱住了她。微笑，再一次舔了舔他的牙齿。

"这是我的工作。"她嘶声耳语，然后去舔他的牙齿。她的手摸索经过了他裤子的边缘，慢慢往下，直到握住了他的阴茎。他将她旋转过来，她被甩到墙上，她的胳膊肘打到了石膏板，一个被框起来的照片发出吱吱嘎嘎的声响——

（二十年前的他因为他的一个女学生击中了对手胸部的"死穴"而

欢呼雀跃。照片的旁边，墙壁凹陷，仿佛被一个胳膊肘击中了一般。）

世界发生碰撞，报警熄灭，电警笛鸣响。啊呜嘎，啊呜嘎。

这个办公室不再是一个办公室了。这是一个坟墓。

墙壁上映着令人恐惧的血迹。

脑浆，黑暗，死亡，全部被投射在一块牌匾之上。

一声枪响，悲绝回荡。

用过的粉末味道现在已无法辨别了，如幽灵一样消失了。

没有一个是真的。不是今天。也不是二十年之后。

他是损坏的商品，自杀身亡。她想象着自己摊开躺在他的办公桌上，正面朝上，衬衫被拉扯开，她的乳房露了出来，双腿悬在一边，一条内裤在她的大脚趾上晃来晃去。

死亡悄悄潜伏进了这个房间，如同屋檐下的鸟一样，再一次，它只是为了让她的欲望变得更加强烈。这感觉就像一场局部火灾，需求源源不断，一场火接着另一场，层出不穷。

贝克把她拉了起来，她的双腿环绕在他的臀部，他开始脱掉她的衬衣。然而，接着她看见了——

在他身后站立着三个幽灵。

眼罩上翻的路易斯，一个乌黑油亮的黑鸦从他眼槽里探出头来。

劳伦·马丁，她的脑袋向后倾斜太远，她的喉咙的伤口"破烂不堪"，空气与鲜血从伤口处汩汩涌出。

以及贝克·丹尼尔斯他自己。二十年之后的他。五十岁。他的后脑勺就像一朵盛开的花，花瓣是粉碎的头颅，中间的花蕊是他那氧化的大脑。

米莉安从贝克身体里蠕动出来——真正的贝克的身体，紧紧握住拳头。不。

他以为这是游戏的一部分，接着他继续去爱抚她，她却抽离出来。

他抓住她的手腕，她强烈抵抗。他还以为她在演戏，然而并非如此。她想要逃脱远离，然而他太过健壮——

不！米莉安用背部顶住桌面。她用这样的姿势来稳住自己，然后用双脚用力地去踢他的胸部，让他猛然退后。一些马尼拉文件夹从黑色的金属文件柜中纷纷掉落，里面的内容页滑落于地板上。

"你这是怎么了？"他说。

"我不能这样。"

我想要。

但是路易斯……

"雷恩"。

塔维纳。

"为什么不呢？"

"我有工作要做。"

"你在这附近工作？"

"嗯——是的。"这种搪塞比清楚地解释要容易接受一些，"我要迟到了。"

"噢。"他瞬间垂头丧气，"噢。当然。第一道铃就要响了，所以……我会再给你打电话。"他不那么确定地说道。

"你应该。"但这不意味着她打算给他，她的电话号码。

"你的……手没事吧？"血再次结痂。

"一切都好，没什么问题。"

"这是一只鸟，是吧。"

"一只燕子。"

他面色瞬间煞白，如同他突然意识到她的真实身份一般，"当然。"

没必要再言其他。她把她的衬衫拉了下来，重新扣上牛仔裤的扣子，然后静悄悄地离开了。

31 黑与白[①]

  米莉安对于刚刚与贝克·丹尼尔斯所发生的一切感到猝不及防，感觉自己仍然在与之搏斗，仍然被摔到了垫子上，仍然差点与他有了"亲密接触"。

  等到她上楼找到塔维纳·怀特的文件架时，女孩们已经开始从宿舍楼的一边一拥而出，准备去上课了。

  在那里，喷泉旁，就是塔维纳·怀特。头发仍然是一片漆黑的涂鸦。眼睛大大的，仿佛会说话一般。

  与一群朋友相谈甚欢。

  米莉安不知为何，感觉紧张。在这个不合时宜的时刻，想起了萦绕困扰着她自己的求学经历。

  她向塔维纳走去。

  "嘿。"她打了一声招呼。挥舞着她那小小的折叠起来的字条，仿佛这意味着什么似的。

[①] 主人公米莉安的英文姓氏是 Black，塔维纳的英文姓氏是 white。

"呃，嘿。"塔维纳回答道。而其他的女孩都给了她一个臭脸色。塔维纳突然意识到了什么，"你是那个餐厅里的女人。"

"不是，那肯定不是我。"米莉安想要递给她那张字条，"这儿。我想要把这个交给你。"

然而塔维纳没有接过来。她和其他三个女孩走开了一点。米莉安发现她刚才是用带着血迹的手递过去了字条。哎呀。

塔维纳开始四处张望，仿佛需要寻找一个人来拯救她。

"就拿着这张字条吧。"米莉安说道，挤出一个微笑，并发出一个活泼童真的笑声，"现在不是危险的陌生人场景。我只是一个负责传递消息的朋友。在我手上的这些不是血迹。这是油漆。这是油漆，只是油漆。"

塔维纳的眼睛像美分硬币一样闪闪发光，"我妈妈总是告诉我说，不要跟陌生的白人女人说话。"

"你妈妈说得对。不过我是一个有着十六分之一彻罗基族[①]血统的人。"米莉安撒了一个谎，"来，我只需要你拿着这个字条——"

塔维纳看见米莉安身后有一个人，"考尔德科特小姐，考尔德科特小姐——"

米莉安转过身去，看到学校护士正向这儿走来，双手紧握在她的面前。

"你这个打小报告的小东西。"米莉安抱怨。

"布莱克小姐，对吗？"那个护士问道，"我希望我们不会再见面。"

"我能说什么？我就像冻疮一样。我只是不停地突然出现。"

"走吧，姑娘们。"

塔维纳和其他女孩快速跑开。米莉安仍然握着那张字条。该死的。

"我也可以离开吗？"米莉安问道。

---

① 彻罗基族人（Cherokee），北美印第安人一族。

"我已经开始注意到你对我们女孩的迷恋了。"

"没什么好担心的。我是无害的。"

"刚开始我看你来骚扰劳伦·马丁。现在是塔维纳·怀特。你有什么想要说说的吗?"

米莉安什么也没说。

"你的手在流血,我们可以前往护士站,我可以替你检查一下。"

"所以在我等待的时候,你就可以报警了?我才不那么傻呢。"米莉安开始后退了,她相信这个老女人抓不住她,"不错的学校,你在这里。不过,我得走了。"

"如果你再次回到这里,你肯定会摊上麻烦的。"考尔德科特说。

"我不会再回来的。"米莉安撒谎了,"我发誓,不然天打五雷轰。"

她甚至还做了发誓的动作——手指在她的胸骨处刷了两下。

另外,她还有别的事情要做。

32 燕子翩翩飞舞时

在任何城镇，在任何城市，公交车就像是一个肮脏的游泳池过滤器：它残留着渣滓、烂菜叶、死蟾蜍、用过的避孕套。这一次也毫不例外。坐在前面的这个家伙闻起来像是尿液和多力多滋①混合起来的味道。他身着位居时尚最前沿的新潮流浪汉款式的衣服，不过究竟他是真的无家可归，还是只是一个毫无节制追赶时髦的家伙，目前尚不清楚。

这儿有一个非主流小孩，他的脸像金属一样毫无表情：他不仅仅是看起来石化了，他看起来如同站立在一个药物炸弹下面，一个真正的掩体炸弹，并把整个爆炸过程正对着他那目瞪口呆、呆若木鸡的脸。

在他身后，有一个一定会在黑色达卡香水里洗澡，并戴着单边竖起的卡车司机帽的愚蠢家伙。他的头跟着音乐上下剧烈晃动，却无人能听到他的音乐。

他的对面，是一个病态肥胖的房奴，她那花白的头发挤在一顶浴帽之下，如同一只虎斑猫被困在一个塑料袋中，她拿着手机，超大声谈论

---
① 多力多滋（Doritos），一种墨西哥玉米片。

着她的维德思①处方。

然后就是米莉安。

坐在后排。

更早一些时候,在离开学校之后,她守在公交车站,只是打着电话。文身店和艺术家遍布三郡区域,从布鲁斯堡一路延伸到哈里斯堡。

每一个电话,都是同样的问题:你有没有给别人文过一个燕子文身?

事实证明,答案是肯定的。几十个,数百个。燕子文身?大受欢迎。广为流传。水手杰里,他们列举道,埃德·哈迪②。突然,这不再是大海捞针,而是在一篮子针里寻觅某一根针。浑蛋。

她试图去描述它。

她告诉他们,它很平凡无奇,没有什么花哨之处。只是一个基本的鸟的形状——只有一个基本轮廓以及眼睛,印刻在男人的胸膛上。而不是在什么女孩的乳头上方,也不是在什么松软的二头肌上。

不,他们回答道。没有这样的。

然而后来,她跟布赖恩通话。一个开着一家叫作墨猴连锁店的家伙。他说,他做过这样的文身。相当简单的那种。他重复着她的字眼:没有什么花哨之处。

她挂了电话。

然后,坐上了公交车。

问题是,这家伙的文身工作室是在一个叫阿什河的小镇上。

米莉安知道那个小镇,因为那是她长大的地方。或者说,在她家乡的外面——然而阿什河是他们的通信地址。

这就是一切都开始变得很熟悉的原因。

---

① 万乃洛韦(valaciclovir, VACA),是抗病毒药阿昔洛韦(acyclovir, ACV)的前体药物,研究成功后于1995年1月在英国和爱尔兰上市,商品名 Valtrex。美国FDA1996年批准上市。国内产品亦于1996年上市。

② 埃德·哈迪(Ed Hardy),一位传奇文身艺术家。

公交车驶过了一个老的农副产品售货亭，蜂蜜洞！她知道这个摊位。她曾经步行去过那儿几次——她带来一美元，扔进那个盒子，然后拿走一些蜂蜜棒。

那个售货亭曾经是砖红色，像一座新粉刷的谷仓那样红。而现在却显得那么地饱经沧桑。油漆剥落，大部分的颜色都褪去了。标志上的字母已经褪色消失。现在，它只是写着"夆蜜氵"。

参与到这个游戏中来吧，布莱克。

她感到她的体内一阵收缩，仿佛她的内脏已经被打包袋打包结实了一样。就像是许多正缠绕在一起进行交配的蛇一样。

有人试图坐在她的旁边。公交车甚至还没有停止，就有一个人挤到了新的座位上。骨瘦如柴的贱女人。大概四十岁，看起来却有六十岁。疯狂的"猫女"，或者，也许是一个美术老师。或者两者兼而有之。大耳环，扎染连衣裙。

米莉安轻轻弹出她的弹簧式刀片，开始用它来修剪她的指甲——确保这个女人在这个座位上"安营扎寨"之前能看到她在做什么。米莉安补充说："如果你的任何部位碰到我，我就会把它切下来。"

骨瘦如柴的贱女人犹豫徘徊，却没有坐下。她逃离开去找到了另一个空座位。

外面，所有的一切都集聚在了一起。她知道这些树，这些信箱。然而现在都已关闭。

"不，不，不。"她告诉自己，"你连想都不应该想这些。"

但她仍然还在想着它。

别只是想想，应该动手去做。

在命运与自由意志的战斗中，她不知道谁在做什么，或者她究竟站在谁的一边，她知道的只是她站了起来。

抬起了手。

抓住了紧急制动拉索。

然后猛地一拉。

公交车刹车。每个人都因惯性而向前冲去。

不要这样,不要这样,不要这样。

她走到了前面。公交车司机用好像她有第三只眼、一只手臂、下巴上长着一对乳房那样的眼神看着她:怪胎、畸形、破坏王。

回到你的座位上,你个蠢娘们儿。

"我要下车。"她说道。

"什么?"这个刚剃了头发的脑门上有着雀斑的大块头黑人公交车司机说道。

"把那该死的门打开不就行了!"那个带着尿液和玉米片味道的时髦流浪汉喃喃自语。

米莉安板着脸,"你听到那个……那家伙说的话了。"

门带着吱吱声打开了。

米莉安冲进了雨里。

33 黑暗空谷

黑暗空谷路。

一条漫漫的单行线,半路顺着向下,变成了碎石。

米莉安站在这条道路的路口,凝望这条漫漫之路,她看见的是一条沥青长舌,坑坑洼洼,落叶缤纷,树木弯着腰,仿佛要试图扼杀这条长舌,将其撕扯破裂,从这个世界将它抹去。在这里,她看不到任何家庭——这绝不是一条会聚集许多居民的道路场景。然而她很快就会看到他们,老农舍如同坚硬洁白的牙齿一般,窗户好似眼睛,全部准备将她一口倾吞,再吐出来。

雨势已然升级。不再是一帘雨雾,它已上升成为一场倾盆暴雨。她看起来像是一只凌乱潦倒的落汤鸡,类似遭遇已经不是第一次了。

当她继续行进的时候,她听到某一边有脚步声。

通常,是落叶吧,飘零下落,在风中挣扎,在地面刮擦,然后最终被雨水钉在了路面。

还有一次,只是一只松鼠:一种灰色的毛茸茸的东西跨越了一片空地，一闪而过，跳跃着上了树。向她晃动着它的尾巴，仿佛是在威胁着她，抑或是警告其他松鼠赶紧离开。

然后，她看到他在那里散步，双手塞在他的口袋里。

本·霍奇斯。他的后脑被子弹打穿，形成了一个红色的黏性陨石坑，颅骨仿佛一个打碎了的麦片碗。

"这一次没有鸟叼啄你的大脑。"她说道，声音高于雨水沙沙声。这是一个小小的抗议举动。

"我不知道你在说什么。"他说道，但随后他微微而笑。这是一个彻头彻尾的"本式"笑容，如同一支箭刺穿她的胸膛，箭杆在胸骨之处折断，因此箭头永远卡在了那里，"噢，别一脸愁容。这不是你的错，是我杀了我自己。总而言之，不全是你的错。"

她的下颌僵住，"别他妈的假装你真的是他。你根本不是。"

又一个笑容缓缓绽放，"不要这么说，其实我也希望我不是本。"

"所以。接下来呢？在这个完美可爱的尚且不是秋天的日子，你来这儿干什么？"仿佛为了回答她的溢美之词，从远处的天空传来一阵低沉咆哮的雷声——如同一个拖拉机挂车在州际公路上撞上了一个隆起物，"你又来到这里是为了再给我一下？打破一个咖啡桌？在我的另一只手文上另一只鸟？"

"不，我只是觉得你神情落寞。你太封闭自我了。但像回家这种事情，它只是一个消遣而已。何必烦忧呢？"

"去你的，我愿意。"

"真的吗？"

"你知道吗？你可以直接告诉我应该怎么做。"她很快就站在了他的面前，却是她倒退着走，他向前走。她伸出一只摊开的手掌，递给他，"把名字放在我手上，写在一张字条上，给我那个地址，因为你是无所不知的入侵者先生。指引我去找那个凶手，我要和他好好谈谈。"

"谈话是没有用的。我也没有笔或者纸。"

他面带微笑。此时此刻,她看到了他牙齿之间缠绕的蠕虫。

在她的脑海里,一个婴儿在呜咽啼哭。又一支箭射入她的心脏。

"那么明显。"她咆哮道,"反正你又不是真的。要不进入你的黏黏的脑腔,把你的大脑拔出来看看。或者找一只鸟在你的大脑里给你塞上一些有用的消息。"

"不是这样的,我知道的不比你多。"

"你在撒谎。"

他耸了耸肩,"我哪有?"

去你的。她的胳膊朝他挥了过去,然而却扑了个空。她听到翅膀的沙沙振动声和噗噗拍打声,仿佛一整群鸟刚刚展翅飞翔。而且声音越来越大,直到变成一声震耳欲聋的轰鸣,然而,她没有看见任何鸟,根本没有鸟。她旋转,抬头,环顾四周,却只有雨水与落叶,而噪声却没有消停,她一阵耳鸣。然后——

一切停止了,消失了。鸟群的声音没有退去——它只是撞到了一面墙。

当她转身的时候,她看到了自己身处何处。她回家了。

上帝啊,这座房子看起来如同地狱。

这是一个古老的农舍——一个狭窄的双层石头房屋,屋外有四个角,而屋内却有无数多个,全部都是防渗渠,奇怪的弯道,米莉安称之为小小地精门。

曾几何时,她母亲无可挑剔地维护着这个地方。当秋天来临时,她会在前面的石阶上摆放南瓜和葫芦;她会在篮子里点缀五彩斑斓的菊花。鸟们会在喂食器那儿玩耍嬉戏,百叶窗会被粉刷一新。所有的一切都井然有序,一点点品质不好的花粉会掉到地面,一位母亲会带着一对镊子,准备从她那精心培育的完美无缺的大树上采摘树上的"精华"。

这是一个夸张的修辞,但也只是勉强来说。

不过,现在……

没有鲜花,没有喂食器,没有菊花。没有南瓜,没有葫芦,什么都没有。百叶窗看上去好几年都没有穿上新漆的大衣了,有两三个窗叶在它们所属窗口的位置低低垂下。

石阶的边缘都已磨损破裂。几个茶壶置于一旁,全都破裂不堪,龟裂损毁。

杂草在此处称王。它们像死亡使者一样,这些植物——对这个老房子进行了一次又一次孜孜不倦的攻击,打碎了石头走道,在台阶的裂缝里缓缓蔓延,虽然速度缓慢却不可避免地扩大了这些裂缝。常春藤的"触手"威胁着要去拆毁这个地方。不是现在,不是马上,但却终有一天。

排水沟,锈迹斑斑,充斥着树叶与鸟巢。

一个窗户,破裂不堪。

那个邮箱,就像一只脸朝下的狗,可怜兮兮的史努比鼻子直戳地面。

事实上,整个建筑似乎有点轻微地倾斜。它似乎在向它崩塌的方向"生长",向被认为是一所房子和一个家的死亡趋势去"生长"。

米莉安心想,离开吧。现在你已经看到了,现在你已经知道了。

但还可以了解更多,不是吗?

到门廊仅仅只有十英尺的距离,一个简单的敲门声就足够了。

你就可以再次看到你的母亲。

而问题来了。

她是否愿意呢?她准备好了吗?这值得吗?

此时,电话铃响了。凯蒂的手机。

被隐藏的号码。

妈的。她接了电话。

"嗨,妈妈。"另一头的声音说道。

"'雷恩'？"她问道。

"我看到你留下的字条了。"

"那张字条上有说要叫我妈妈吗？因为这太他妈的令人毛骨悚然了，小丫头。"

"没有，但我告诉他们，我在给我妈妈打电话，这就是我如何得到通话特权的原因。没关系，他们现在没有在听。我不会再叫你妈妈了。老天。"

"很好。"

"所以，你想要干什么，神经病？"

米莉安凝视着房子。她刚才是否看到了窗帘的飘动？不是。也许，不太确定，"我想救你的命。"

"又来这套。你在哪里？"

"什么？呃。站在我家老房子的外面。我母亲的房子，真搞笑。"

"我还以为你不喜欢你的妈妈呢。"

"我不喜欢。我以前不喜欢。我不知道。我已经好多年没有见到她了。"

女孩停顿了一下，"挺可悲的。"

"也许吧。不过，也许这是一件好事。我在她眼里一无是处。她对我也不好。所以为什么要在生活中经历那种积累起来的冲突呢？"

"同样地，我很乐意看到我的妈妈。事实上，我有点恨她。但是，我想要见到她。"

"祝你好运。"

"谢谢。"吸了一口长气，"所以，你真的能够通灵？"

"当然。"

"证明一下。我现在穿着什么？"

"你这是干吗，装一个色情电话接线女郎？"米莉安问道，"再说了，你这个问题问得太弱智了。你穿的是你的校服。"

"哦,是啊。呃。好吧,那么,我现在手上拿着什么?"

"我不知道。泰迪熊?死松鼠?一个装满了人类牙齿的罐头?我没有千里眼的能力。我的巫术只能做一件事,也只有一件事。关于死亡。我可以看到人们是怎么死去的,就是这样。游戏结束。"

"雷恩""呃"了一声,"这听起来像是一个悲惨的人生。"

"嗯,是的,感谢你说出来。我猜我应该去树林中找一些毒蘑菇,吃了之后死了算了。然后我的尸体会被熊强奸,最后被吃掉。"

"说这些东西给一个年轻的女孩听,真是一件太'美好'的事情了。把我那易受影响的脑袋里填满了一幅非自愿与似熊动物做爱的画面。"

"似熊动物。好词。"

"谢谢。所以切入正题,神经病。"

"是神通广大的超能力者。"

"啊哈,随你便。你为什么要来找我说话?"

"我只是想告诉你,提高警惕。那个凶手——他现在还没来找你,但我觉得他在杀你之前会先杀死别的女孩。不过谁知道呢,也许他已经在那里盯着你了。也许是你认识的人。只是……如果你看到什么奇怪的东西记得告诉我。"

"这整个地方都很奇怪。"

"是啊,我知道。"

"你知不知道那名学校护士实际上拥有这里的全部地方呢?"

"我知道。"

"此外,河里面有一条鲶鱼。大到可以吃得下一个人,或者至少是一个孩子。不过,也有人说这是刚刚从美国佛罗里达州过来一头淘气的海牛。"

"我敢肯定,这一切都不是我现在想要谈论的,我也不相信这是真的。就照我说的去做,睁大你的眼睛。好吗?如果你看到什么就给我打电话。"

"好吧。随你便,神经病。"

"我超级讨厌你,小丫头。"

"你当然会。这就是为什么你一直想要爬上我的屁股来操控我。代我向你妈妈问好。"

米莉安刚刚说了一个开头,"你不能命令我怎么做——"

女孩却挂断了。

真是一个小贱人。

米莉安又一次独自与这个屋子待在了一起。破旧腐朽的房子、损毁破坏的房子。她的母亲也"破旧腐朽"了吗?也被"损毁破坏"了吗?

代我向你妈妈问好!

你不能命令我怎么做。

于是,她转身离开。重新回到了那条路上。

向右转。

笔直前行。

不是今天,她在心中默念,不是今天。

但她的身后,她听到"咔嗒"一声,前门吱吱地缓缓打开了。

有一个声音在叫她。

"嘿!你是谁?"

一个男人的声音。

呵呵。

她转过身,斜视,平举起她的手,做了一个挡雨的动作。一个男子站在她儿时的家门口,身穿一件褴褛的白T恤,戴着一双细条纹的拳击手套。他手里端着一碗麦片,一撮凌乱的山羊胡沾着牛奶。他看起来年龄比较大,也许五十多岁了吧。

米莉安又慢慢地向这栋房子走了过去。

这家伙拿着一个勺子,如同手持一把毒刃。

突然,她认出了他。

"我认识你吗?"他问道,但他那面对着容器的脸部却一直在咀嚼着。他的胡子上沾上了更多的牛奶滴,他用手背擦了擦,"你看起来很眼熟。"

"嗨,杰克叔叔,"米莉安说道,轻轻地挥了挥手。

"哦。"眨眼,眨眼,"米莉安,你看看你。"

"是啊,看看我。"

"你,呃,你是来这里找你妈妈的吗?"

我不知道,"当然。"

他皱了皱眉头,然后耸耸肩,"好吧,进来吧,我想。"

34 妈妈怎么了

这几乎让米莉安心碎了。

她不是一个有洁癖的人。但她的母亲却是。然而现在这座房子坐落在这里，破败不堪，肮脏凌乱，一个猪都不愿意称之为家的地方。

前方是前门，厨房看起来真恐怖。碗和盘子堆叠起来，食品在福米卡①台面上放干了。一个肮脏的微波炉——就是那个伴着米莉安长大的微波炉，上面的时钟闪烁着"12：00"。空罐头、狗粮罐头，于是她心想，噢，上帝啊，杰克叔叔是在吃爱宝②。

但就在这时，一只小小的匈牙利牧羊犬③匆匆跑了进来，爪子在木地板上敲击，滑动——粉红色的舌头痴迷地舔着米莉安的靴子。

杰克叔叔用他那满是老茧的大脚趾碰了一下那只狗。

"走吧，布奇，出去，别缠着她。我说了，出去！"

狗爪子在地板上挠抓，站稳了之后，这个小畜生跑开了。

"然后，继续。"杰克向米莉安挥了挥手。

这个地方的气味与外观相符。模具，未发酵的葡萄汁，尘埃，狗，

---

① 福米卡（Formica），家具塑料贴面，一个商标名称。

② 爱宝（Alpo），一个饲料品牌。

③ 匈牙利牧羊犬又称可蒙犬，来自匈牙利的普西塔地区，此犬毛色只有白色一种，毛呈绳索状垂直生长，四年可长到地面，所以又称为"拖把犬"，它还是唯一能潜水的犬。

以及一层沉积的——

噢,天哪,妈妈。

死亡。

那是淡淡的小便和大便的气味,以及喷洒的用来掩盖它的除臭剂味道。医院和养老院的气味。米莉安在那些场景里闻到过好几百次。她非常熟悉这个气味,它在这里,现在,不是在一个如梦如幻的场景里面,而是真真切切在她面前。她觉得头昏眼花。

杰克沉重缓慢地走进客厅,一屁股倒在一把蓬松的蓝色二手躺椅里,十年前这把躺椅并不存在,他继续郑重其事地消灭他的麦片——果味麦圈或是一些廉价仿制品。

天花板上的水渍,挂歪的画作。

角落里他们的旧电视机,还有它上面,一个废弃盒子上盛放着一个更小的平板屏幕。

"就告诉我。"她说道,"妈妈是怎么……走的?"

他眯起了他的双眼,认真地看着她,吧嗒吧嗒地啜饮着牛奶,"你怎么知道的?"

"我可以闻得到。"

"是吗?噢,好吧。呃。有一天,她就起身,离开了我们。你们所有的人都知道那是怎样的。"

你们所有的人。

"但这是怎么回事呢?"

他鼻子哼了一声,她听到他的鼻窦里有鼻涕的汩汩声。

"哎呀,好了,我不知道这是为了什么。我只知道,有一天,她做了一个决定,就是这样。"

一个决定。

自杀?一个万劫不复的决定?

"她生病了吗?"

"似乎是这样。"他似乎生气了,"我还是不明白。"

"上帝啊,杰克,别再兜圈子了。她是怎么离开的?"

"我不知道!"他说,突然觉得一阵心慌,"坐公交车,我猜?然后,该死的,我猜坐飞机?我觉得是坐飞机。她怎么旅行又不是我的事情。"

"公交车?飞机?旅行?"米莉安想象着亡灵之神[①]在安详的天空飞翔,得意扬扬地轻拍着他那顶队长的帽子,调整他那闪闪发光的蝙蝠翅膀胸针,"哦,上帝啊,你到底在说什么?"

"你的母亲,她怎么去的佛罗里达?"

"佛罗……该死的佛罗里达?"

"伙计,你说的话似乎有些尖酸,年轻的女士。"

"闭上你的鸟嘴,杰克叔叔。你是说她在佛罗里达州,并没有死。"

他看着她的样子,就像她有一些脑部疾病似的。"是啊,这就是我正在说的。"他笑着说,"你以为她死了吗?真好笑。不,她只是匆匆南下了。"

"那你为什么不直说?"

"我以为你知道!你说你知道的。你可以……闻到它。"他皱了一下眉头,从碗里大声啜饮那些彩色糖乳小碎片,"试着想想,这真是一个奇怪的说法。"

"是啊,你觉得呢?"米莉安觉得她的五脏六腑慢慢地恢复,调整到它们原先的位置,"那么,这里的味道是什么呢?"

"什么味道?"

味道是他身上的,对吗?他或者那只狗。

"不重要。妈妈什么时候去的佛罗里达州?"

"大概……两年前,我猜。南下去帮助建立一些新的教会,然后做

---

① 狰狞持镰收割者(Grim Reaper),指死神。

出了想留下的决定。"

佛罗里达。啊。死神再次出现,但这次他沿着海岸骑着一辆水上摩托艇。一路俯冲,镰刀的刀刃让老人们左右让路。趣味,阳光,皮肤癌,以及结肠排泄袋。

很难想象她的母亲在那种地方,待在那儿。她就像一颗小核桃一样渺小。严谨地说,更像是一颗肾结石。颜色暗淡,没有被晒出那么多的水泡。

米莉安告诉自己,今天没有重聚,她很开心。不是今天,也许永远都不会了。但是,那个战栗的感觉,那是什么呢?是那失望的泥浆搅浑了这一片水域吗?失望……什么?她不打算去看看亲爱的妈妈吗?妈妈,那个直到米莉安怀孕了,才停止用对待一个下人的方式对待她的女人?

"所以。"杰克说道,把碗放在了一堆关于打猎和钓鱼的杂志上面,"你怎么了?"

"非常愉快。"米莉安愤愤不平地说道,抽出一根香烟,"我可以抽烟吗?"

"只要你也给我一根。"

她扔了一根烟到他的腿上。他接住了它,当他把烟含在他那卑微的嘴唇之间的时候,她递过来一个打火机。

"你去哪儿了?"他问道。

"四处转了转。"

"我们已经很久没有看到你了。"

"我们?拜托。我也许几年就会看见你一次。"当你需要钱的时候,或者需要一个地方挤挤,或者躲避警察。她那虔诚的母亲,窝藏着一个违法者。而每次都能找到各种不同的冠冕堂皇的借口。上帝的宽恕。或者,这就是家庭的意义,米莉安。我们互相照顾,哪怕它伤害了我们的时候,我们也要这样,如果你不那么自私,你就会明白这一点。

"这并不意味着一个叔叔不会想念他的侄女。"

"少来。你一点也不想念我。好吗？"

"好吧，也许没有。但你的母亲很想你。"

她耸耸肩，"我敢肯定是这样。"

"不要误会我，我已经改变了。"

"本性难移，杰克叔叔。他们只是用一个新的面孔掩盖老的问题。"

"你真是一个非常愤世嫉俗的年轻姑娘。"

"而且我总是那么美好乐观。"

他从他的口袋里拿出一张皱皱巴巴的纸巾，好好地擤了一次鼻子。"我明白了。你一定遇到了相当棘手的事情，与那个男孩以及……"他的声音拖了一会儿，"我只是说，我明白你为什么离开。但是，你也应该回来了，或者打个电话报个平安。你可怜的母亲就这样拿着行囊离开了。你打击了她，然后跑掉了。"

"好吧！"米莉安尖声说道，"这真他妈的有趣。我要走了。"

她吐出一口烟圈，转头准备离开。

杰克没有站起来，"啊哈。去吧，再次跑掉。"

"对不起。你刚才说的什么，不管你想表达什么，你知道我理解的意思吗？"她向他快速走去，"你胆子真大啊，那个曾经盗窃汽车并把他们藏在我家车库的家伙。噢！你还记得有一回，我们有两年没有看到你，然后有一天你醉醺醺地开车撞到了对面那条街的老橡树上了吗？你是安分了一段日子，但你有没有在周围晃过？我还记得，你迷迷糊糊下了车，然后就……走丢了，像摩西到了那个该死的沙漠一样。当时你是一个流浪汉，看看你现在住的这个垃圾堆，现在你还是一个流浪汉。以后再见，杰克。告诉妈妈说……好吧，随便你怎么告诉她吧。"

现在，她真的要走了，跨过了那只古怪的小狗，大步跨过通往那片被认为是厨房的健康危险区域的大门。

杰克从他的椅子上爬了出来，紧跟在她的高跟鞋之后。

"噢，我是流浪汉，但你是什么？"他说着，他的狗赶紧逃开，"你说得像你有一席之地似的。当然。好。我只是一个流浪汉。我听到了。我没有一个得体的地界来安生。但是，这不全是我的错。我有学习障碍，我得了抑郁症。让你那该死的叔叔休息一下吧。"

她停在门口，转身面对他。看到现在的他有多么地憔悴：他的颧骨下方凹陷了下去，眼窝深陷，牙齿呈现出斑驳的烟渍。但她没有在他脸上找到任何值得怜悯之处。只有愤怒，也许是对他的愤怒，也许是对其他人的愤怒。

"对不起，你既可悲又愚蠢。"她说，"但是，这不是我的错。我可以处理好我的破事，杰克。你知道吗，我曾经觉得你相当酷？天知道这是为什么。你为什么不继续在你的裆部举行你的'可怜虫派对'，然后滚回你那生满跳蚤的破躺椅上呢，好吗？"

"你说话真尖酸刻薄。"他说道。

"我这是诚实。"她咬牙切齿地说道，"所有虚伪的东西都从我身体里被打了出来，全部都留在了一个高中浴室的地板上。"

他伸手去抓她，但她抽身躲开了。

她不希望看到他是怎么死的。这将是一场可怜的、毫无意义的死亡。他可能会点燃一根香烟置于大腿之上，然后他会像一棵干涸的圣诞树那样燃烧。或者，也许他会用什么东西敲击自己的脑袋，然后脸被狗吃掉。

米莉安离开了。

"你到底为什么来这里？"他在她背后喊叫，赤脚站在门前的台阶上。

她懒得去回答他。

"你难道不想知道你妈妈的电话号码吗？或者地址？"

她继续向前走。

因为她还有事情要做。

35 文 身

米莉安在去往黑暗谷的路上继续走着，回到主干道上，雨水浸湿了她的骨骼与灵魂。距离阿什河还有半个小时之久，甚至现在比从街道到四个路口的交通灯的四分之一多不了多少，没有多远了。川流不息的车辆。所有的车辆来来往往，匆匆而过，留下这个小镇在后视镜中远远观望。

像她几年前做的那样。

这里的一切都没有变。香肠洋葱套餐依然在售。旁边的冰淇淋店面扩张了，那个粉红色的锥形胶合板松弛地挂在那个标志下面，在时间的不懈进攻之下，油漆被慢慢地刮掉褪了色。拐角处是那个廉价品商店，它现在仍然叫这个名字——"本纳廉价品商店"。但这并不意味着你和从前一样仅花十五美分就可以买到一样东西了，即使那种放在外面的机器出售的脆皮口香糖也要二十五美分了。

不过，其他的一切都发生了变化。

帕皮的天然气站现在被一家艾克森石油公司取代。坐落在镇中心的小公园消失了。现在，这里是四四方方的小公寓与连栋房屋。鲁伯托的砖炉场现在是一家来爱德公司[①]。原来的胡椒罐咖啡厅现在变成了墨猴

[①] 来爱德公司（Rite-Aid），美国最大的药店连锁公司之一，美国的财富500强公司之一。

工作室。

米莉安不得不微微一笑。她的母亲在那儿可能会被吓得尿裤子。文身店？我的天哪。不妨也建立一座巴别塔，让上帝来推倒它，如同一个大规模的积木推推乐游戏。罪恶与堕落的集市。带上你的雨伞，你的橡皮艇，以及一对保镖，因为下一个大洪水时期"指日可待"！

她仍然无法相信她的母亲在佛罗里达。佛罗里达，老鼠的领地，鳄鱼的水域。古巴人、老人，以及大到可以骑乘它们去上班的蟑螂。

管他呢。

她走进了文身店内，一个可爱迷人的小铃铛响了起来。

丁零零。

她原本想象的这里是个昏暗肮脏的、乱七八糟的，工业样貌的地方。有着昏暗的灯光、香烟和焚香的气味，甚至还可能有泼洒了的啤酒臭味。CD 机缓缓地播放着些什么。

然而，这儿却干净整洁，宽敞明亮。抛光的瑞典柏丽地板[①]，璀璨闪亮的陈列柜里摆放着印有工作室标志的 T 恤、保险杠贴纸以及打火机。

啊。

柜台后面，文身的设计都陈列于此：骷髅头、龙、美国国旗以及一些神秘亚洲的扯淡文身设计。

在角落里，一个小的电视机盒子被螺栓固定悬挂于墙上，正在播放着本地新闻。

一位顾客凑到柜台前。一个和米莉安身材相同的女孩。钴蓝色牛仔裤与她的粉色上衣之间裸露着一片肌肤，炫耀着与米莉安挑染头发的粉色相同的一条腰带。

她在与另一边的一个家伙聊天，一个年轻的小伙子。他高低不平的

---

① 瑞典柏丽地板（Pergo），是全球强化地板的鼻祖。它作为世界复合叠层地板的创始者及领导品牌，一直以其独有版权的设计款式，专利的强大技术优势，卓越的环保性能，可靠的质量保障体系受到世界各地的消费者和设计师的青睐，其优雅、高贵的品牌形象，被誉为行业中的"宝马"，成为身份和品位的象征。

头发是为了使他看起来像是不在乎世俗似的，但也可能他花了两个小时的时间用某种化学产品来雕琢这个发型。他的耳垂被一对肥厚的螺母耳环撑得很大。

他们两人之间放着一本摊开的书，文身图案设计。

"我只是不知道。"姑娘说，"这是我的第一个文身。我希望它有意义，我希望它具有某种特殊的含义。"

那个家伙会意地点点头，她翻着那些书页。

米莉安翻了个白眼。她挪到女孩旁边，用屁股轻轻地撞了她一下。

米莉安假装咯咯大笑，然后说："哎呀，对不起。'卜好意撒'！噢，嘿。你有没有想过文一只蝴蝶？或一只独角兽？或者，噢，我的天哪，一个意味着'落在独角兽犄角上的蝴蝶'的亚洲符号？"

女孩眨了眨眼。她不确定这是否是一个笑话。她的目光投向柜台后面的那个家伙，她问："你会文那个吗？"

"嗯。"他说道，感觉自己陷入了困境，"可能吧。"

米莉安轻轻触碰了女孩的鼻子——

她今年一百岁了。今天是她的生日。一个大蛋糕，一支蜡烛，而不是一百支蜡烛，因为上帝知道她没有力气来吹灭一百支蜡烛。她的孩子，孩子的孩子，以及其他人都齐聚一堂，欢庆生日。她靠到后面，来支撑她那如同粗棉布一般的肺来进行呼吸，她费力地呼着气，然后——一个血块如同一颗0.22英寸(5.588毫米)口径的子弹冲向她的大脑，中风而亡。当她向后倒下的时候，她的脚高举入空中，仿佛那个被多萝西的房子压倒的女巫，一只蓝色的小蝴蝶，现在如同一个碾轧平铺的图像印在一个魔术彩蛋①上，装饰着她的脚踝。

---

① 魔术彩蛋（Silly Putty），一种弹性橡皮泥。

——然后,女孩抗拒了一下。

"噢!嘿!"

"不,傻瓜,他们没有那个图案。如果你希望你的文身有意义,你就不应该来这里仅仅从一本愚蠢的书里面挑选。你来到这里,带着你想要的图案。你把那个设计图往柜台上一拍,然后你说,我想要这该死的老虎永久勾勒在我的屁股蛋儿上,因为我高兴,你知道吗?我就是虎之眼!我已经准备好激烈的战斗了。而且我已经准备'起义'挑战我的敌人了。"

"也许我还没有准备好。"

文身艺术家观看着这场戏,偷着乐呵,基本上没有受到任何影响。

"你还没有准备好,傻瓜。一个文身是将你的内在自我印刻在你外在肉体上的一种表达方式。它是某种意义深刻的精神垃圾。"

"噢,上帝啊,你说得太对了。那你想要什么样的文身?"

"在我的屁股缝那儿文一对车把。这样,当一个男人从我背后干我的时候,他就有某个可以假装抓住的东西了。对吧?"

女孩看起来吓得不轻。

米莉安打了个响指,"如果你不打算今天文一个的话,那你为什么不去街对面买一个冰冻酸奶呢?"

"但那些店面似乎关门了。"

"也许你没听懂我的意思。我说,滚蛋。"

女孩面色煞白,匆匆忙忙地逃出了店门。

柜台后面的那个家伙眨了眨眼,"这很有趣。你知道她是一个客户?"

"她会回来的。她会文一只蝴蝶。相信我。噢,你不会真有那个蝴蝶与独角兽的亚洲标记吧,有吗?"

"没有,我觉得没有。"

"很好。这样我们就可以继续下去。你是布莱恩？"

"我就是，有何贵干？"

米莉安想和他握握手，但是——她收了回来。控制你自己，姑娘。

"我之前给你打了电话，关于那个燕子文身。"

"噢，对哦。在这里。"他弯下腰，带着喘气声拿出了另一本书——这一本才是真正的"镇店之宝"，塞满了书页与图画，"我会给我文过的文身拍照留念。"

他开始翻动书页。摩托车上的骷髅、妻子和女朋友的名字、围绕二头肌的常春藤、一些小姑娘大腿内侧的魔鬼脸。

他翻起一页，那一页上印着的是一个女孩的手腕上缠绕着一个铁丝线圈。

米莉安不寒而栗。

接下来的几页：燕子文身。几十个。粉红色和蓝色，如云朵般的羽毛，甜蜜的眼神，很多的燕子嘴上衔着横幅，炫耀着爱人的名字。布莱恩翻到最后一页，拍一拍其中一张照片，"这儿。"

当香槟的软木塞笨重地弹到地面之时，也没有发出这么大的动静。

"不是它。"她说道。妈的。

这个文身文在一个家伙的二头肌上，确实仅仅就是一只最简单的燕子。虽然分叉的尾巴与俯冲的翅膀在那里，但它却多了太多东西：羽毛、眼睛上都有细节刻画，"这不对。我正在寻找的那个是文在一个家伙的胸膛上。它有和这一个大致相同的形状，但是细节更少。兄弟，就像我在电话中说的那样。只是一个轮廓。唯一的细节部分就是眼睛，就算如此，也只是一个小圆圈，文身师也没有去填上墨。"

"那就没有了。抱歉。这是唯一一个在这个——"

他说的最后一个字是"书"，而声音却是扭曲摇晃的，如同有人在一个调音工作室里面玩弄着旋钮和调音杆，而这正是在米莉安自己的脑袋里。她觉得很热,她试图把视线收回来。

她向后退了一步,突然她看见了。在房间上面的那个角落电视上。

一个女孩的脸,在新闻里出现。

上面悬着一个头颅。嘴巴张开。一条一条的血液从空槽里渗透出来。

一切突然恢复正常。

布莱恩问道:"一切都还——"

但她用食指做了个安静的手势,让他闭嘴。

她聆听着,观看着。

"这个女孩,十八岁的安妮·瓦伦丁,目击被一名身穿套头汗衫的男子拖入一辆 A 型校车。目击者说看到女孩头上有血迹。"

"一辆校车。"她喃喃自语。

他们再次播放图片。这看起来像是从 Facebook 上下载下来的一个手机快照。长而直的黑发。普通的脸。她是那种你会选择与之结婚的女孩,而不是男孩们的梦中情人。她在照片上看上去喝醉了。她拿着一个装着小便颜色的东西的塑料杯。蓓蕾或者库尔斯或者其他一些掺水的淡啤酒。

头骨盘旋晃动,这画面在米莉安的脑海里淡入淡出。就像她看到了塔维纳·怀特的脸一样。

一个标志,如同一个路标,指引她抵达目的地。但在这里,她的目的地是邪恶的巫术,一座塌方的桥,一条风暴席卷的河流,仿佛要吞噬一切。

"不,不,不。"米莉安说道。它正在发生,它现在正在发生,不是在两年之后。现在,也许它已经在一直发生了。

"什么?你认识那个女孩?"

"我……不知道。"不过,她怎么能说她在想些什么呢?真相不会帮她(她听到"雷恩"的声音在她的脑海回荡:神经——病)。她只知道,她现在没有多少时间了。也许她一直没有多少时间,她原本以为两年的时间够她处理好这一切。但现在一个女孩已经被抓走了。她可能已经死了。

米莉安可以听到在她耳边的嘀嗒声,以及翅膀的沙沙声。

"你看起来被某个你不认识的女孩吓得不轻啊。"

她的皮肤一阵瘙痒。这感觉就像她的牙齿在她的口腔内震动。当天所有的压力——她的母亲在佛罗里达、杰克叔叔的废话、与贝克发生的不知道是什么的破事,以及现在这个。这一切都感觉像一把匕首抵住了她的咽喉,步步紧逼。

"你这儿有一个类似于……电脑一样的东西吗?"

"什么?有的。"

"我需要用一下。"

"对不起,这是私人用品。"

"我再说一遍,我需要使用它。"

"这儿又不是图书馆。"

她把手伸进她的口袋,掏出一张皱巴巴的二十美元的钞票,猛地将这么点小钱拍在了柜台上,"这是我第一次报价。我的第二次报价将会比这个'利润'少很多,并且这会使我变得有些惊恐与暴躁。我的建议是,二十美元放入口袋里比起在你这个非常漂亮,精心运营,灯火辉煌的店里激怒我要好很多。顺便问问,一个陈列柜打碎了需要多少钱?"

他仔细地看着她。她表现得很疯狂,并且他一定能够看到她身上绽放着如同一个巨大的电动捕蚊灯散发出来的灯光。灯光闪闪,噼啪作响。

"过来吧。"他说道,小心翼翼地把二十美元拿到了他的手里。

36 谷歌之神,听闻我哭声凄婉

这是一台笔记本电脑,它放置在一个小边桌上,旁边是一个无光泽深红色并倾斜着的液压椅。它旁边有所有的装备:墨枪、拭子、包扎带和酒精瓶。

布莱恩踢过来一个小型轮式办公椅,米莉安盯着它。

"来吧。"他说道。

"你坐。我想要走走。"

"真的吗?"

"确定、一定以及肯定。顺便说一下,非常确定。现在,把谷歌打开。"

她站着,让他坐下。他点击了一个图标,一个浏览器窗口弹了出来。谷歌那五颜六色的字母出现了。

"我要搜索什么?"

"校车。"

他耸了耸肩,开始打字输入。

"不，等等。一个 A 型校车。我想知道这是什么意思。"

他翻出了校车的图像。然后，她找到了。

"这是一种很短的巴士。"她说，"哦，原来是给智障们坐的那种车啊。"

"这太无礼了。"

"哦，对不起，娘娘腔，我没有故意践踏你那敏感的神经。你需要一个香膏还是软膏来擦拭一下你那多脓的阴道？"

"我是想要帮助你。你这样非常没有礼貌。"

"你这样也非常没有礼貌。"她反驳道。

他转身朝向她，盯着她，"我侄女是弱智。她没有主动要求自己是个弱智，但是没办法，这是命。她没有义务被你这样的'恶棍'称呼她的名字，她凭什么要这样。你可以更友善一点。"

"哦，好吧。是，对不起。"她觉得他不相信她，"对不起。我知道，我刚刚的确挺伤人的。我是个浑蛋。我真的很抱歉。我们可不可以回到谷歌搜索那里，拜托了？"

"下一步干什么？"

她思考了一下。这个校车确实有出现在那些通灵画面里——塔维纳被杀害的画面，可能会是一个 A 型校车。但是，那辆公交车现在被烧毁了。"查一查'鸟面具'。"

他照做了。再一次，他翻出了一页图片。

翠迪鸟，愤怒的小鸟，忏悔星期二——

"这里！"她激动地轻拍了一下屏幕。

她的手指指向一个图像——一幅画，一个身穿长皮袍子、戴着鸟面具的男人，就像出现在她的通灵场景中的一样。

咔嗒。他用鼠标点开了这张图片。

"瘟疫医生。"布莱恩念了出来，"也叫……让我们看看。鸟喙医生。"

"因为那个该死的吓人面具。"

"看起来像。面具的眼睛通常是玻璃,鸟喙上有小孔,这好像是被用作……中世纪的呼吸器。原始的助呼吸作用的设计。"

她不用看屏幕就知道了,"他们在那里摆放了芳香剂,对吗?干花以及其他。"

"樟树,佛手柑油。是的,玫瑰和康乃馨。"

瘟疫,喙,鸟。

校车。

燕子文身。

"燕子,搜那个。不只是那个——那个文身。搜那个文身。"

"我不需要搜那个文身。我知道那个文身。"

"什么,是不是需要我给你买晚饭?你妈妈没有教你学会分享吗?告诉我,你知道什么,人脑谷歌。"

"好吧。呃,它曾经是一个水手文身。海员们经常文它们——"

"——其中一个文身就是燕子。水手们文燕子文身是为了显示自己在海上航行了多少英里。比如,通过每一只燕子,你会知道水手航行了几千英里。有时它表示这些水手是否穿越了赤道?我不知道。当他们死在海上,他们会说燕子将带领他们进入天堂。"

死神普绪科蓬波斯[①]。

米莉安感觉到一个无形的鸟喙在啄食着她大脑里的肉。

他继续说:"最终,一些人,比如水手杰里推广了他的设计版本,但你那个版本听起来似乎比他那个更老一些。"

米莉安咆哮了一声。"好吧,好的。感谢你的帮助。"她这样说着,

---

① 【希腊、罗马神话】普绪科蓬波斯(psychopomp),赫尔墨斯的祭祀用别名之一,因他负责把死人的灵魂带到冥国。

但她知道,这些话听起来一点也不够真心,因为她本来就没有真心地去说。

"不,不,等一下,等一下。"他站起身,拔掉了充电器上的手机,输入了一个数字。

"什么?"她问道。

这次是他举起了一根手指,给了她一个保持安静的示意。

"是的。"他对电话说道,"爸爸,我是布莱恩。"停顿。

停顿。

"嘿,我有一个问题——"

停顿。

"是的,当然,我们还是会一起去钓鱼的。"

米莉安很难想象这小子拿着一根钓竿的样子。

"不,我知道,晚饭后,告诉妈妈我会去的。听着,爸爸,等等。听着。你还记得,你是怎么给美国海军供给系统司令部的警官文身的吗?"

停顿。

"我需要知道这个,你文过什么燕子文身没?那只鸟。对,对,有着叉形的尾巴。"

布莱恩遮住了电话,对米莉安说道:"他文过超级多。"

"问他有没有一个家伙是……我不知道。很瘦,强健。噢噢!问他,有没有一个人有点……精神上看起来是不怎么正常的,你懂吗?"

布莱恩转达了提问。

停顿。

布莱恩看着米莉安,微微点了点头,"好吧,是的。他说,有一个人,所有人都觉得他有点精神错乱。不过,好像是,四十几年前了。"

真的吗?那个凶手看起来有那么老吗?

也有可能。在她的通灵画面中,一片黑暗,不能确定。

而且那个面具……

可能是，兔子，也有可能。

而且，这是她知道的全部了。

"我需要一个名字。"她说，"一个地址。某个东西，任何东西。"

布莱恩对着电话说道："等一下。"然后对她说，"为什么？"

"什么为什么？"

"为什么你需要这个？"

她舔了舔她的嘴唇。感觉血压收紧到了她的脖子之上，"我就是需要。"

"这个理由不够好。"

"好吧。说真的，我是个通灵的人。我认为，这个家伙正在杀害很多女孩，并将继续这个行动——砍下她们的脑袋，切断她们的舌头——除非我可以做点什么。好了。被我的话吓死了吧。"她的双手模仿着爆炸，把她的脸炸开了花，"轰。"

布莱恩的眼睛睁得像大型卡车的车前灯那么大。他看起来并不惊讶，他看上去已严重受到了惊吓。就像他刚刚打开一扇软垫房间的门，进去之后却发现自己被她那疯狂的"伟大事迹"吓得目瞪口呆。

然后他对着手机说："我一会儿再跟你说，爸爸。"

接着他挂断了电话。

她的心脏像暴躁古怪的骡子一样跳动。

"你为什么要那样做？"

"你必须离开。"他说，"我已经帮了你，你现在就离开。"

"我没有疯。"

"我不管。"他举起他的手，"离开。请你，走吧。"

"给你该死的爸爸打回去。我需要这个。我需要这个。"

他说了对此事的最后一句话："不行。"

当她意识到自己在做什么之前，她手里已经拿着一把刀了——拇指找到了按钮，刀片如同一条发动攻击的蛇一般弹了出来。她抵住了他的喉结，一滴血珠子顺着他的脖子滑落到他脖颈上的凹陷处，消失在他的V领T恤之下。

在这期间，她没有触碰到他——没有用到她的皮肤。她不希望看到。她害怕看到，害怕如果她得知他将死在她的手里，现在——刀片一滑，陷入了他的喉咙，刀片划出的伤口仿佛给了他第二张笑脸，一个人造的出气孔。

"我喜欢你。"她咬牙切齿地说道，"但我被一些烦躁的小事搞得很不耐烦，你能感觉到我吗？除非你给你爸爸打电话，给我弄到一些信息，要不然我就在一眨眼的工夫之内戳穿你的气管。"

他缓缓地点点头，眼睛因为害怕而变得湿润。

布莱恩取出手机，按下了重拨键。"爸爸。对不起。"声音颤抖。他的眼睛全神贯注地盯着她的手臂，她生怕他那灼热的眼神会在她的皮肤上烧出一个洞，"有一个……客户。那个人你有没有什么信息——噢。好的。很——很好。是啊。太棒了。"

他对米莉安耳语："卡尔·基纳。据说他几年前离开了美国海军供给系统司令部，搬到了这儿附近的某个地方。诺森伯兰，我爸爸这样说的。"

"美国海军供给系统司令部。我不知道那是什么。"

"海军供应。他们处理……"他已经疲惫不堪，"我不知道。供应。"他把手机拿得更加贴近他的耳朵，"爸爸说，嗯，餐饮服务，邮政服务，一些条例和弹药……据说基纳在其中一个洁具公司工作。"

"好吧。"接下来的事情是她不得不做的。她退后，没有放下那把刀，但可以确保它不再抵住他的脖子。刀的尖端变成了火柴头一样的红色。布莱恩的血液晶莹闪亮。

"谢谢。"她说道。现在平静多了。不过,这却没有让他平息下来。他看起来仍然紧张得像一杯"叮叮当当"的松动牙齿,"对不起。不管我刚刚得到了什么,不过我觉得这么做是值得的。"
　　"这就是你对于帮助你的人所做的事情?"
　　她不能回答这个问题。
　　或者,她也不想去回答。

37　河流截断者

嗨，我在寻找卡尔·基纳？他是我爸爸的一个海军战友。他们一同在美国海军供给系统司令部工作，我爸爸大概有二十年没有见到卡尔了，现在爸爸患了前列腺癌，他们说这是可治愈的，这也是他尽全力想要得到的……好吧，他不会这样说，但他试图重新与老朋友相聚。以防万一。

这是她编造的一个故事。

她坐上了开往诺森伯兰郡的一辆出租车，现在她在荒地郊区的街道上漂泊游荡。复式结构，错层建筑，独立牧场主，小块绿地草坪全都铺在了这种任何地方都有的格子状的街道上。天空持续不断地下着毛毛细雨，她全身湿漉漉的，但她希望这个即将实施的计划也将会像饱尝甘露的农作物一样产出果实，任何一种都可以，好的，坏的都行。

但是没有人认识这个家伙。

至少到目前为止，没有。这个镇比阿什河镇大他妈太多了，当然这是肯定的。而现在，不知不觉已经到了下午，每一个小时——该死的，每一分钟过去，米莉安都知道那个女孩，安妮·瓦伦丁，将会离死神越来越近，也有可能她已经死了。

她浑身湿透，疲惫不堪，或多或少有些失魂落魄，而且她一整天都没有吃任何东西。

无助无望。

是时候重新梳理一下头绪了。

诺森伯兰坐落于萨斯奎汉纳的十字交叉路口，在距考尔德科特学校"扎根"的地方以北十英里处。诺森伯兰郡的小镇仿佛是一位屹立于水域之中的古老神祇，他伸出自己的双手，洒着水滴。一边是北布兰奇，一边是西布兰奇①。诺森伯兰郡一直居于中间。

河流截断者。

米莉安原路返回，回到她刚开始来的那个地方。她让那辆出租车把她扔在一个名叫"松结"的小公园（她表示，没有任何松树的迹象）。她在有火车通过的高架立交桥之下向北走去，最终她走到了被认为是这儿的主要街道的水街——沿着河边的一条街道。

这就是她要去的地方，回到河流的边缘。回到遍布着古老的维多利亚建筑的地方，回到那个她可以找到一些让她简单吃个便饭的地方，因为如果她不给自己的身体补充一些食物，她就会倒下阵亡。她看见了一个地方，蓝月亮餐厅。

她准备进去的时候与一个正从店里出来的人撞在了一起。一个矮胖敦实的长着一个壁球形脑袋，戴着一副硕大的实验室眼镜的会计师模样的家伙。她几乎都要把他的脑袋咬下来，然而她却咬到了自己的舌头（或者会被他切断）。

"不好意思。"她说道，然后她洋洋洒洒地讲述了她编好的故事，

---

① 西布兰奇（West Branch），美国艾奥瓦州锡达县的一座城市，面积5.1平方公里。根据美国2000年人口普查，共有2188人，其中白人占96.71%。

这个这个这个，爸爸，癌症，重新联系，那个那个那个。接着男人的儿子走了出来，一个身穿橙色背心和一条宽松的工装短裤的拖把头少年。

"不。"那个男人说，"对不起，我不——"

"你说基纳？"少年问道。

米莉安说，是的，这就是她所说的那个人。

"我不知道是不是他，但有一个名叫基纳的家伙在那个科技学校做兼职。门卫看守。他是不是一个老家伙？也许有点……"他突然闭起了嘴。

"有点什么？"

"嗯，他有点怪异，有时会说点奇怪的……的东西。而且他喜欢盯着女孩看。"

令人毛骨悚然的看门人。喜欢盯着少女。对着学生胡言乱语。

是他，是他，就是他！这百分百是他。

"那是个什么学校？"她问。

"科技学校。"

"是啊，但它的名字叫什么？"

"太阳科技。"那个孩子说道。

那个父亲突然插了嘴："它不是在这儿的市区里。它在新柏林的外面。你必须回到南边的 11 号主干道上去，然后从开口向北的 15 号岔路口进入，再从开口向西的 34 号口出来，如果你看到了那个医院的广告牌，就说明你走得太远了——"

"开车大概要多久？"

"噢，二十分钟左右。"

米莉安感觉到她的口袋里有一些剩下的现金摇来晃去。六美元整，再加一些零头。足够她在这个蓝月亮餐厅吃一份快餐，或者打一辆出租车直奔科技学校去看看她能否有发现。好吧，其实，她不知道会怎么样。

也许，会发现一些员工记录。得到一个地址。

饥饿时，理智全都会被抛之脑后。如果米莉安没有吃饭，她就会胡思乱想。同样地，她不希望在自己将牙齿埋没于熏牛肉三明治的美味之中时，每咬一口就能听到一个垂死女孩悲恸哀怨的哭号。她的脑海里已经能够听到凶手的歌声了，能够听到斧头落下的哐当声，能够听到刀片切割舌头的声音。

然后，就这样。胃口没了，主意已定。

"谢谢。"她说道，然后让"会计师"和他的儿子离开了。

38 原谅我们吧，罪过，罪过

出租车一个小时之后才出现。这就是这些地方的问题。不像在城市里，你只需要伸出你的手，或者用你的手提包去敲击一下出租车来引起司机的注意。在这里，你需要打电话预订出租车，然后你等待，然后继续等待。

她在蓝月亮餐厅里打的电话。

她闻着店里的气味。香喷喷的芥菜、鸡汤。新鲜出炉的面包。面包，那富含酵母和碳水化合物的饱肚美食。这些足以把凶手和死去女孩的画面从她的脑海里挤出去。

暂时。

有人留了一个吃了一半的三明治在桌上，放在一个托盘里。他们甚至没有用嘴去咬——只是用刀切了一半，然后留下另一半形单影只地躺在那里。

她瞥到了一块火腿，如同一种挑逗，就像一个女孩显露了一点点大腿。

她悄悄地挪过去,就像一个在追踪她猎物的猎手。

一阵铃声响起,门开了。一个出租车司机大声问了一句,实在太大声了,"嘿,谁预订了一辆出租车?"

她抬起了她的手,说:"是我,等一下。"但是当她带着明媚的女孩式笑容转过身来时,她身后的餐厅店员已经将托盘里的食物倒进了附近的一个垃圾桶。

米莉安真想砍下她的脑袋。

快进十分钟,米莉安坐在了出租车的后面。

雨噼里啪啦地打在风挡玻璃上。

雨刷来回晃动,而且由于司机没有打开收音机,她所听到的全是:雨刷来来回回,咔嗒定点,唰唰划过,沾湿雨水的轮胎窸窸窣窣的声音。

她按下了窗户,点了一根烟,没有争得司机的同意。

吐出一口烟圈飘到了窗外。

突然希望路易斯在这里。即使只是他一句告诫她不要吸烟的话语也会令此时的米莉安感到无比温暖。

现在的米莉安也甚是想念他们缠绵的时刻。

她轻弹一下烟蒂——呈螺旋形状,灰色雨中的余烬——正当她要把窗户摇起来的时候,她闻到了什么东西。

空气中飘浮着某种化工品的臭味,如同一种超剂量的廉价洗发水,好像是被用来清洗过死负鼠内脏的卡尼尔①洗发水的味道。它让她的眼睛感觉到一阵灼痛,米莉安突然感到不堪重负,仿佛这辆出租车压着她,如同一瓶苏打水里的甲壳虫会被人类的皮靴碾碎一样,要将她彻底粉碎摧毁。

她无法呼吸,她觉得寒风侵肌。

她的手指向内卷曲,指甲"咬"进了她的手掌。突然一种感觉击中

---

① 卡尼尔(Garnier Fructis),是一家使用绿色品牌的公司,他们的洗发水和护发及护肤产品销量极好。

了她：我知道那种味道。

她不是从她曾经的个人经历里知道这个味道的。

她在她的通灵画面里面闻到过。第一个通灵画面。十八岁的"雷恩"在一个被烧毁的房子里被砍掉了头颅。

有时她的通灵画面会给她一个嗅觉。其他时候，却又没有，不是一直都有。也许她可以看到一个人生命的三十秒，也许是五分钟。这都是通灵画面给予她的。

只要得到她脑海中那些乌鸦头怪物与鬼魂的允许。

然而现在，嗅觉记忆正死死地痛笞着她的脸颊。

她咽下逆流的胃液，然后缓解了一下自己恶心的感觉，让自己可以问出个问题。

"什么……"千万别吐，千万别吐，"那是什么味道？"

"啥？"出租车司机问道，显然是陷入了道路的催眠术。

"这个气味。这该死的……化学气味。"

"噢。那个？哎，是的，我很少再会闻到这个味道了。有时它洗刷了整个城镇，我会感觉到它强大的气息，但大部分时间我会忽略它，你知道吗？"

她咆哮道："你无法忽略一个味道，你可以忽略一个。你知道吗？不重要，只是这是他妈的什么味道啊？"

"SUS-Q 彩色工厂。"萨斯奎汉纳的 SUS-Q，"他们做颜料和油漆之类的东西。"

他住在那个工厂附近。卡尔·基纳居住在 SUS-Q 彩色工厂附近的某个地方。他肯定住在那儿。她感觉这个念头如同一把匕首一般在刮擦着她的咽喉。

"更改计划，掉头去那个工厂。"

"但是，那是北边，而你想往西走，去新柏林。"

"是啊。我知道。这就是为什么我说的是更改计划。照我说的去做，好吗？老天。"

她现在感觉被封闭了。

她身上的所有细胞如同飞翼一般在嗡鸣。

39 封闭之地

"就是这里!"她大声喊叫,胡乱拍打着出租车司机,"快停车。"

出租车试着驶到路肩的碎石之上。雨水顺着出租车车窗滑落下来,扭曲了她的视线。

不过这并无大碍,她知道她在看什么。

对,就是这里。

一条空旷的充满泥沙的私人车道从道路上偏离下来。一排铁丝网围栏和一扇大门阻止着想要进入这个车道的任何东西。篱笆的顶部笨拙地缠绕着一圈圈生锈的铁丝圈。

指示牌插在土地里,绑在篱笆上。这些指示牌是由夹板或废金属的碎片制成的,指示排上用油漆刷上去的消息还未干,而且每个字母的尺寸也不一致——一些字大,一些字小。看起来好愚蠢。

不许狩猎!
第一条 上帝监视着你

上帝知道谁在撒谎

死后还有生命存在吗?闯入者一经发现

就此停止!否则将受到严厉的惩罚

严禁攀越此围栏

当然还有:

闲人勿进

入侵者。米莉安知道这个词。

最后,等待着她的是封口机、紧钳,还有万福马利亚、万能的耶稣。然后她看到了七只乌鸦,有的栖息在指示牌上,其他的落在大门之上。

注视着她。

"给你。"她说道,把她剩余的钱扔在了出租车座位上。然后她下了车。当门打开时,鸟四处扑腾,飞到周围的树上,落在树枝之间。

出租车在道路上掉头,雷霆在头顶怨声咆哮。

然后就不见了。唯独剩下米莉安形单影只。

化学臭味悬浮在空气之中。

从这里,她看不到什么东西。门的那边只是更多的尘土道路。尘土现在被搅成了泥浆,弯进了树林。这条奇怪的道路让她想起了考尔德科特学校。这儿没有学校的名牌,只有一个疯狂的私人指示牌。这儿没有顶部装饰着百合花的铁门,只有顶部装饰着铁丝网的扭曲链环围栏。

铁丝网,她注意到,向内倾斜。而不是向外。

这并不是为了阻止人们进来,而是防止里面的人逃跑。

考尔德科特是一个为女孩们提供人生第二次机会的地方。为了学习,为了成长。

然而这里……

而这里则是把女孩们的第二次重生机会都偷走的地方。

来受苦,来死亡。

可能有一个女孩已经在那里了,死亡或者濒临死亡。

机不可失,时不再来。米莉安将她的上衣扔上了盘绕着的铁丝并覆盖住了它们,然后开始像一只猴子一般爬上了链环。这件夹克保护她免受倒钩的"撕咬",她快速翻越了围栏,双手和双膝落在一片泥泞之中。

她试图拯救她的外套,但它卡在了那里。该死。

现在已无心顾及这个。

她步行在这段路上,肾上腺素支配着她的双腿。她的胃由于愤怒与饥饿而泛酸。泥泞的道路吞没了她的靴子。

乌鸦跟着她的脚步前进,从一棵树跳到另一棵树。一片雨幕后寂静的黑色剪影。

就在她快要发疯的时候,她看到了基纳居住的地方。

这是一个垃圾场,不是那种人们常去的功能性垃圾场。不,这是他的倾倒场所。一亩又一亩毫无价值的废料和碎屑。一辆已报废的奥尔兹莫比尔[①]。一堆集装箱与垃圾箱。犁片、锡片,不知道用途的机器与引擎。

一辆校车。一辆长型校车——不是 A 型,锈迹斑斑地躺在一堆混乱之中。不远处有一座白色的小房子,黑色的霉菌长在灰泥墙上,就像一个个要慢慢挣脱出地狱的小污点一样。

当她看到它的时候,树上的乌鸦一阵骚动。

它们开始咯咯地笑,啼叫报警,七只乌鸦全部乘风飞入雨海之中——米莉安听到行驶在泥泞之中的轮胎声音。

她快速一个箭步蹿到垃圾场里,躲在一个内侧腐蚀,部分坍塌的船运集装箱的背后。

一辆黄色短型公交——一个 A 型公交,就像那种你可能会看到用来

---

① 奥兹莫比尔(Oldsmobile)与别克(Buick)并列为通用汽车旗下的两大标志性品牌。

接送游客或老年人的公交，停在一旁。

车前灯光芒四射，光线捕捉到落雨的缕缕斜线。

有一段时间，它就是这样静静地待着。她看不到那边是谁。米莉安所能看见的只是一个轮廓。

最终，车前灯变暗。驾驶员将车熄了火。

终于，她第一次看到了没有戴面具的凶手。

他人高马大，双臂粗壮有力。与通灵画面中的一样。年纪也比较大——基纳应该有五十几岁，或是六十出头。高大的身体已佝偻。肩膀上耸，脑袋和尖尖的下巴却下垂着。即使从这里，她也能看到他那黑色的眼睛与鼻子——曾经破损，再也没直过，偏向左侧，仿佛被玻璃板挤压着一样。

她突然屏住了呼吸。

噢不，噢不，噢不。

他拿到了她的夹克。

她听到另一些轮胎的声音。一个警察的汽车——州警，在校车后面驶了进来。

一个可怖的噩梦浮现在她的脑海：警察们逮捕了基纳，把他带走，然后他就消失了，超越了她的势力范畴，被关在法院和监狱，她不能触碰他。然后到时候他就被释放出来，于是他开始继续杀人，无人阻挡。难道一切终究抵不过命运的安排。为了确保会发生的事情一定会发生。

警察走下了他的车，看起来仿佛基纳正盼着他的到来一样。警察打着一把黑色雨伞，而基纳，好吧，雨似乎没有对他造成困扰。

基纳把外套递给了他。

这个警察是斗牛犬型的。个头矮小，蜷伏着，深色的马蹄胡子高调呈现，没有刻意隐瞒，由于他是反颌，所以下巴显得异常突出。

她听不到他们在说什么。但他们都转身朝垃圾场走了过去，仿佛他们正在寻找某人。比如她。

米莉安把头缩到了集装箱后面，屏住了呼吸，拼命闭上眼睛，好像这有什么用似的。

她聆听着雨声，低沉的私语声。警车那空转的引擎发出低沉的轰鸣声，还有头顶那响彻云霄的雷鸣声。

接着：泥泞中的轮胎。

现在这是谁呢？

这将要成为一个常规的派对。

但是，当她偷瞄的时候，她发现那个人不是在朝着这边过来，而是，在过去。那个警察转身，开车回到了路上，消失在树丛之中。米莉安不太确定自己对于他的离去，是厌恶还是释然。

原来，警察找的是她。而不是他？

也许是那个可怜文身店的布莱恩走漏了消息。可他为什么不报警呢？她用刀尖抵住了他的脖子，并到处宣扬基纳的名字，仿佛他是一个将要被报复的目标。仿佛她打算追捕他，然后除掉他。

不是吗？

这个问题在她脑海里来回晃悠。

基纳朝着房屋走去，但是走到一半就停下了，凝视着头顶一个可疑的点。转身，径直行进，而不是走入垃圾迷宫。他的双脚拍打着油腻的泥泞。

她快速远离她的第一个藏身地点，攀爬到另外一个——这一次是在一个装满了废柴垃圾箱的后面。

她保持她的呼吸，稳住。不要像狗一样喘气，贱人，他能听到的。基纳发现了她旧的藏身地点。他在那儿。她能听到他和他的脚步声，可以听到他咕哝的鼻音，践踏泥巴的声音。水花飞溅。

然后他又过来了。

她不能跳进垃圾箱，因为它已经装满了。相反，她的背部紧贴着垃圾箱，然后缓慢地围绕着它转动。当基纳出现在一边的时候，她就滑动到另一边，尽量不去弄响金属，引起回声。

"有人在这里吗？"他大声喊叫。他的声音就像两个石棉瓦揉在一起，就像在一块石头上磨另一块石头，"这是你的外套吗？"

滚开，滚开，快给老娘滚开。

他开始绕着垃圾箱移动，紧随她的步伐。

她一个箭步蹿离开来，发现一辆生锈的曾经白亮的凯迪拉克，它陷入泥泞后的高度恰好位于她肚子的高度。她把她的上衣拉了起来，雨水和油腻的泥巴贴着她的肚皮，流进了她牛仔裤的腰带。她固定住深入泥土中的手指，拉着自己一路向下，用周围的环境隐藏了自己。

就在基纳扭头寻找她的时候，她向后望了过去。

他好像看到了什么。

他好像也不太确定。

那个怪物抹去了眼睛上的雨水。

接着，他向她走来。

不要动。草，沾上了黑泥，遮住了她的脸，但只是为了确保她更深入地藏在了淤泥之中。

基纳缓缓而行。仿佛他在等待着她自己从藏身之处"不打自招"，他等待着她像受到了惊吓的鹿一样自己从矮树丛中蹦出来的时刻。这样他就可以突袭，然后将她撕裂。他的表情野蛮凶猛。他觅食若渴。

他到达了车旁。

他就在这里，就在她的上方。

他的工作靴，肮脏的钢铁脚趾，距离她的头顶只有几英寸而已。

别向下看。

她的手滑入了她的口袋。从里面掏出了那柄弹簧刀。她的拇指在按钮上徘徊。

现在就刺他,她心想。像宰杀一只猪一样。刀片可以刺穿皮靴吗?她有杠杆支撑吗?如果她滑倒了怎么办?放手去做吧,这是你的机会。

但是他又发出了咕哝声——

接着准备走开。

当他在垃圾与废物的迷宫中蜿蜒前进,向屋子走去时,米莉安呼出了一直憋住的那一口气。

她趴在那儿,肚子向下,待了一会儿。血液在她耳边汹涌流动,她害怕自己长了一个动脉瘤。

然而接着,一个新的声音。没有脚步声,不是基纳的咕哝声。

一个声音。

一个女孩的声音。

她听不出是谁的声音,但是这个声音并不遥远。

米莉安从凯迪拉克下面的副驾驶那一侧爬了出来,俯身的姿势如同一个石像鬼——以防基纳的监视。要保持自己隐藏得足够低,她心想。

一时间,她只是聆听。耳朵竖起。想努力把其他声音从雨水的白噪声中拉扯出来。

然后,她听到了。

"有人吗?"

一个女孩的声音,就在附近。

米莉安赶紧向前,臀部弯曲,脊柱侧弯着小跑,然后她伸直了脊背,靠着一个劣种橡树——一个扭曲的长在这片人工荒地的生物。

在那儿。那个声音,再次响起,"救命啊,拜托。"

声音微弱,却一直回荡。

米莉安对面是另一个船运集装箱:这一个集装箱周围杂草丛生,公司的徽标早就被时光老人与大自然母亲的力量冲刷而去。

这个集装箱比另一个要长一些。二十英尺深，也许更深。

那个声音从集装箱里传出来。他把女孩们存放在集装箱里面。

他把女孩们困在集装箱里面。

这是有道理的。一个真他妈变态的方法。把她们隐匿于这个世界之外，房屋之外。但他有时又将她们带进屋内，去做一些肮脏的工作，不是吗？还是他的一次改变？一次几年一度的改变？

现在没有时间去担心这些。

米莉安向集装箱冲过去，将耳朵贴在上面，用食指轻敲集装箱——足够安静，没人能注意得到；却又足够响亮，让里面的人能够辨认出来，因为比雨水声音稍大一些。

她将耳朵贴在冰冷的金属上。

只听到："谁在那儿？快点，在他回来之前。"

米莉安折回到集装箱前面——发现它是打开的。虽然里面一片漆黑，但里面的女孩却可以辨认——勉强，很勉强，畏缩在后面，仿佛只有一个被镣铐锁住的轮廓。

"我在这里。"米莉安说道，"我是来救你的。"

一只脚接着一只脚，她悄悄地爬入漆黑的集装箱。

"拜托。"女孩说道，抽泣，呜咽。

"我来了。"

"救救我。"她对她耳语，"救救我。"

然后这个女孩起身，快速向米莉安移动过来：一个在黑色阴影里的白色轮廓，脚步声回荡着，噔噔噔——

这时，米莉安看到了。

这不是那个女孩，甚至不是一个女孩。

是他。

基纳。

来不及跑，没有时间采取任何措施。如果她现在跑的话，会直接滑落，跌倒，然后他就会压到她的身上。相反，她站在自己那方"土地"之上。轻按下她那柄弹簧刀的按钮，刀刃弹了出来——

但是基纳速度迅猛。

他也拿着一个武器。

一个有着2×4的轻型木结构的裂开木板，从那个装满了废品的垃圾箱捡到的。她厉声尖叫，刺出了刀刃——

——感觉它深深陷入进了肉体——

——他咆哮着将木板砸向了她头的一侧。

她倒下了，仰面朝天。刀不在手中——仍刺在基纳体内。她看到了漫天星辰与雪花飘零。她翻了个身，用手和膝盖支撑着，摸索前行。

听到了他的咕哝声。

听到她的刀碰撞到地面的咔嗒声。

她爬着冲进了雨里，跪着前行。

为接下来的跑步前进做准备——

然而，一只像蜘蛛脚一样细长强劲的手突然抓住了她的脚跟，猛拉硬拽。她的腿被拉直，她的胸脯着地，跌倒在一片泥泞之中。

"救救我。"基纳带着怪异的精准度模仿着一个女孩的声音，不是一只燕子，而是一只知更鸟。但随后，他自己的声音接替了过来，少女的恳求之声中突然爆发了一声咆哮，"你是一个入侵者。"

入侵者，她心中默念。救救我。

那个木板抵住了她的后脑勺。然后，一片泥泞，大雨滂沱，别无其他。

插 曲

糖果屋

砰。

她的母亲把一个纸箱扔在了她面前的地上。CD 盒在里面发出吱吱嘎嘎的声响——畸世乐队[1]、碎南瓜乐队[2]、九寸钉乐队[3]。在 CD 的上面：一堆漫画书。蝙蝠侠高高在上地凝视着，杀手鳄鱼夹在蝙蝠侠里面。在此之下，从 X 战警里可以瞥见琴·葛雷[4]的身影。米莉安发现了一系列她的一间书店里获取的平装书：波比·布赖特[5]的作品、斯蒂芬·金[6]的作品、

---

[1] 畸世乐队（Social Distortion）组队国籍：美国；组队时间：1979 年；风格：朋克摇滚、重金属摇滚。

[2] 碎南瓜乐队（Smashing Pumpkins）组建时间：1988；国籍：美国。

[3] 九寸钉乐队（Nine Inch Nails），美国工业摇滚乐队，工业摇滚代表性乐队。成立时间为 1988 年。

[4] 琴·葛蕾（Jean Grey），别名凤凰、惊奇女孩（Marvel Girl），是美国漫威漫画公司（Marvel Comics）的作品《X 战警》（X-Men）系列中的经典角色。

[5] 美国作家波比·布赖特（Poppy Z. Brite，原名 Melissa Ann Brite），于 1967 年 5 月 25 日在路易安那州新奥尔良出生。20 世纪 90 年代，布赖特在哥特风恐怖小说领域取得了相当大的成就。布赖特最近工作的重心转为黑色喜剧，大多是以新奥尔良餐馆为背景。布赖特的书基本互不相关，但有些人物会从之前的小说或短故事里取材。她的人物大多雌雄莫辨，且是同性态。

[6] 斯蒂芬·金（Stephen King），是一位作品多产、屡获奖项的美国畅销书作家，编写过剧本、专栏评论，曾担任电影导演、制片人以及演员。斯蒂芬·金作品销售超过 3 亿 5000 万册，以恐怖小说著称，活脱脱概括了此类别的整个发展沿革。他的作品还包括科幻小说、奇幻小说、短篇小说、非小说、影视剧本及舞台剧剧本。大多数的作品都曾被改编到其他媒体，像是电影、电视系列剧和漫画书上。他于 2003 年获得美国文学杰出贡献奖章。

罗伯特·麦肯曼①的《麦田守望者》《第五号屠宰场》。

"全是一些垃圾。"她的母亲说道,拇指叠在一起,咬着一块奶油糖果,让它在左右臼齿之间荡来荡去。在某个特殊时刻她才会去咀嚼糖果:只有在她焦虑不安的时候,她才会去吃糖果。

米莉安不知道该说些什么。她只能忍气吞声地问:"你是怎么找到这些东西的呢?"

"一般来说,一个房间里最聪明的女孩从来都不会自认为是最聪明的那一个。"她的母亲说,"你以为你很聪明,不是吗?你知道我发现了什么吗?我走在阁楼下面的时候,看到有东西下垂成了一条线。一抹红色的东西,黏黏的,果酱,草莓酱。然后我对自己说,'咦,谁每天早上上学之前会吃果酱面包?'反正不是我。我不喜欢吃甜食。而且除了我之外,家里只剩下一个人。所以我想着,'我的小米莉安会在阁楼做些什么呢?'然后我发现了这些。在一箱旧衣服下面。"

"对不起,妈妈。"

"你一直瞒着我很多东西。你一直通过说谎来藏污纳垢。上帝是不会怜悯这个盒子里面的'垃圾'的。这也不是你妈养育你的方式。"她拾起一堆"流行文化",松开手,让它们扑通叫嚷着落入了那个盒子里,"欲望、变态、恐怖。全是类似的东西。"

米莉安想要站起来大声诉说:这些东西当中没有一个伤害过她,没有一个骂她愚蠢,或者肥胖,或者质问她死后到底想不想去天堂。专辑中的每首歌、每本书的每一页、每一个漫画的每一个面板上。它们都是一扇大门,米莉安可以通过这些小小的逃生舱口逃避这种来自生活的悲伤阴影。

---

① 罗伯特·麦肯曼(Robert McCammon),美国作家。从 1978 年起,他从惊悚类型小说展开写作生涯。到 1985 年,他开始成为《纽约时报》排行榜的畅销明星。然而,他作品不多,一种题材都只写了一本,而且每一部作品都超越了类型小说的局限,展现出非凡的人物刻画功力,比影像更逼真的描写能力,对悬疑气氛的掌控炉火纯青。而且,即使后来他跻身畅销作家的行列,他依然坚持自己对写作的信念。

她也想要说一些更恶劣的事情——刻薄的话语、犀利的言语，如刀般的侮辱。淫妇、妓女、婊子，去你妈的，去他妈的一切，她的嘴如同一个装满了肉毒杆菌的汤罐头一样饱含粗鄙的话语。内心的一个小小的声音问道：杰克叔叔会说什么呢？

然而那些想法与所有其他的想法都如同死去的藤蔓一般枯萎干涸了。

她不是那种会顶嘴类型的女孩。她是一个文静温顺的女孩，一只彬彬有礼梦想着终有一天变为有所作为的大人物的小老鼠。

"我真的不知道了。"她的母亲说着，摇摇头，糖果抵住她的牙齿，发腻的奶油气味让米莉安觉得反胃，"我不知道你将来会变成什么样。我不觉得你会变成一个很好的女孩。反而我倒觉得你命中注定会成为一个坏女孩、一个毫无价值的女孩。对于上帝的造化毫无用处，只会创造痛苦和混乱。你觉得呢？"

"我会变得更好，我会变得更好。"

"那我们将在今晚开始改变，带上那个盒子。把它带到石圈外面去。我到时候会在那儿等你。"

一个小时后，盒子放在了石圈上——这是她妈妈遗弃的一个旧花槽，为了在秋冬时节可以用于生火，而这就是今晚要使用的东西。她的母亲倒空一罐火机油，点燃了一根火柴。

明亮刺眼的火光，热波。一缕轻烟之后一切化为乌有。

火焰熊熊燃烧。黑烟从熔化的塑料中冉冉升起，恶臭扑鼻。文字和图像乘着热浪，遗失，消亡，却永不遗忘。

米莉安天马行空地想象着将她的母亲推搡到火坑里去，如同在一间糖果屋的厨房里，将一个巫婆推搡到她自己的烤箱里去一样。

然而她并没有这样做。相反，她只是痛哭流涕，感觉自己正如她母亲所说的那样一文不值，她走了回去，祈求上帝让她成为一个更好的女孩。

40 邪恶的波利,邪恶的波利

她的舌头上沾满了尘埃与泥土的味道。

她感觉到她的头沉重无力、头痛欲裂。她几乎可以听到它裂开的声音,如同一片结冰的湖面在她脚下绽出裂纹。

她的听力疯狂地徘徊于振荡与脉冲之间:一个高亢的哀鸣融入了她耳膜背后那血流成河的声音之中。

她把她的手置于身下,一阵剧烈的疼痛刺进了她的手掌。她"扑通"一声倒回到地面,后脑勺贴在地上,甚至都不知道自己身在何处。

深呼吸。

转过头来,脸颊贴着冰冷的尘土。

她在哪儿?

她看到了岩石墙壁。拴在上面的木架子。全部空空如也。头顶上空,一个灯泡悬挂于一根磨损的电线上,投射出昏暗的光芒,但并不多。

酒窖。她在某种类似地窖的地方。肮脏的地板?这是一个地窖。

她转过头望向另外一边,然后她看到了另一个女孩。

安妮·瓦伦丁。

安妮蜷缩起来，靠在墙上的一处空地。头垂落下来，靠在膝盖之上。苍白赤裸的身体瑟瑟发抖，身体上遍布着一条一条的污垢与瘀伤。

以及溃疡。有些是刚刚形成的，有些不是。

她的头发肮脏凌乱，沾腻着汗水，潮湿光滑，贴着她的腿部垂下，如同一个拖把的缕缕布条。

米莉安翻滚到了她的身边。她感觉她的脑袋如同一个充了气的气球（一个红色的聚酯薄膜气球）般大小，她耳边的振铃尖锐锋利，不绝于耳。

她的手搭在前面，米莉安可以看到：两个 X。刻在她的掌心。

缓缓地，慢慢地，她坐了起来。

她感觉到了她那双赤裸着的脚。每只脚上都有一个 X。血已结痂。伤口浮肿。

和她的脚一样，她全身赤裸。没穿裤子，这也意味着没有电话，没有刀。在她身后，一个古老的热水器位于一个水泥块之上。除此之外，另一个较小的房间——一个装满了看似是老燃煤残余物的前厅。

它的对面：摇摇晃晃的台阶，墙上的油漆像麻风病人的皮肤一般一条一条地剥落。顶部的门被关上了，门框边缘透进来一道光。

这门肯定已被上了锁。但是，这并不意味着它不能被穿过。

"嘿。"米莉安说道，她的声音显得那么地有气无力，"瓦伦丁。"

女孩抬起头，但静默不语。

"我们在哪儿？"米莉安问道，"难道我们在基纳的房子里？你在这里待了多久了？"

仍然一言不发。

"你知道发生了什么吗？"

安妮·瓦伦丁毫无价值。她一直被创伤轰炸，她的脑袋如同一块被擦干净了粉笔字的黑板。

"我们这里有两个人，"米莉安说道，"我们可以和他搏斗。"现在，她不觉得她现在的状态能够击退一个流口水的宝宝，更不要说是一个手持消防斧的连环杀手了，但这是她们唯一可以做的，"我们两个人可以一起摆脱这些。好吗？看着我，拜托了。瓦伦丁，看着我。"

女孩看着她，但她的目光处于滑落的边缘，在困扰思想的冰面上不断滑倒。她的眼神死板呆滞，空洞无神。如同一块漂浮的木板。

米莉安站了起来，这个过程缓慢而艰苦。

她的双脚接触到了地面，她不得不用脚趾肚去承受所有重量，来避免已受伤的脚掌更加疼痛。

一阵头晕目眩——疼痛在她头颅内搅动，差点又摔倒，落到地面。

米莉安简单地抽查了一下自己的身体状况。感觉一下她的身体——没有肋骨断裂，没有额外的伤口，没有像瓦伦丁那样的褥疮，这让米莉安感到十分惊讶。

她感受了一下下体。双腿之间，没有血迹，没有痛感。她现在虚弱无力，感觉整个世界都无影无踪了，而这个消息却让她有点小小的得意。

然而，她的脑袋——她那粉色与漂白的头发耷拉在她的头颅上，带着油漆般的血迹。这个伤口与她原先那个被子弹划伤的沟壑分布在头的两侧（这个伤口已经几乎愈合，不过她这个地方的头发还没有长回来）。

多么匹配的一对儿。

她希望尸检的技术人员会注意到这一点。

不要这样想。

你能够离开这儿。

移动、观察、寻找。

在她头顶上方，地板吱吱嘎嘎，砰砰作响——脚步声。基纳在上面。某个沉重的东西———件家具——被拖拽着穿过这片木地板，发出刺耳的断断续续的声音。

快点。

她跌跌撞撞地来到了老煤房。这里没有加热器,但她可以看见这里以前放置的混凝土垫。两扇酒窖的门看起来年代已久,脆弱可摧,这是一系列半腐朽的木谷仓板绑在一起的作品。但是,当她试图打开它们的时候,它们毫不让步,她听到另一侧的金属在叮当作响。

米莉安在煤灰之上留下了一串足迹,烟尘在她的脚底刻出一道一道的斜线。如果基纳没有杀死你,伤口的感染也会让你小命难保。

返回到那个房间。她悄悄走上台阶,尽量悄无声息——一项不可能完成的任务。楼梯摇晃,吱吱嘎嘎,如同一个老妇人临终前的呻吟。米莉安用双手与膝盖爬行前进。

在楼梯的顶端,她通过门的裂缝之光望了出去。她在那儿看到了出口。她所看到的那扇门一定是一条出去的路。这个地窖的尺寸,以及她在废物堆积场看到的一切,让她有充分的理由判断出这是一个最多只有一个房间的小屋,所以她看到的这扇门必定是通向外界的大门。

这是带着陈旧扭曲的玻璃窗的木门。在它之上,是一扇纱门。透过窗户,她看到夜幕已然降临。

然而她的视线突然被挡住了。

两个黑色的柱子,两只深色的靴子。

是基纳。

钥匙声吱吱嘎嘎。她听到一个挂锁迟钝地敲在门上,发出嗒嗒的声音,她赶紧跑下了台阶——在这个过程中,她几乎滑倒,并且差点折断她那该死的脖子。

她站在安妮·瓦伦丁的旁边,安妮已经开始来回晃动。女孩的喉咙发出的声音如同一只受伤的动物,仿佛它有一只腿落入了陷阱,并且严重受损。

"我会让我们离开这儿的。"米莉安说道。她赶忙跑进煤房,从地面抓起一捧煤灰，跑过去，站在灯泡之下。她让自己努力保持平稳，一个几乎不可能完成的任务——她的整个身体都如同一艘在一场该死的狂风暴雨中挣扎漂泊的小船。

基纳打开门，缓缓走下台阶。

他手持一根旧的木质警棍，皮绳缠在他的手腕之上，警棍的末端有两个金属探测器。

闪闪发光，啪啪作响。

一个20世纪50年代的电动驱牛棒。

更糟的是，他戴着面具：鸟喙医生的伪装，来到这里，来除掉她们。缕缕轻烟从喙孔里飘浮上升，米莉安闻到了这是燃烧的草药和鲜花的香味——"雷恩"、塔维纳、瓦伦丁、我，被绑在桌子上，铁丝网堵嘴，头颅置于台面上，舌头持在手里——她必须去反击这个威胁着她的黑暗势力。

面具的眼窝部分被玻璃覆盖，加装上去的护目镜位于皮革外部，上面固定有铜螺栓。

米莉安挑衅地对着他的面具吹散了手中的煤灰。

煤灰覆盖在护目镜的表层。基纳擦掉了它们。

他将电动驱牛棒刺向了她的肚子。

一切都被点燃。她感觉头顶上方的裸灯泡突然变为超新星：房间闷热窒息，白光炽炽，仿佛她被困于一道闪电之内。

然后她倒在了地板之上——她不记得她如何来到了这里——她的四肢抽搐，手指和脚趾向内卷曲。

那只受伤的动物提高了音量，一声恐怖的哭号：如同一只四腿折断的猫咪，抑或是一只在狐狸的牙齿之下的兔子。

是安妮·瓦伦丁。

基纳拽着她的头发上了台阶。

女孩的腿胡乱蹬踹，他将驱牛棒卡在她的锁骨上。米莉安想要过去，然而却发现她所有的"神经元和回路"仍然处于哑火状态。她所能做的仅仅是蜷曲成一个像尚在羊水中的胎儿那样的球形。

基纳把安妮强拉硬拽地拖上台阶，走出了那扇门。"砰"一声关上了它。整个房子都为之震颤。

她能听到他在上面的沉重脚步声，以及身体被拖曳着的滑动摩擦声。

他有没有锁门？

她没有听到重新上锁的声音。

米莉安试图找回她的方向感。丫的，她试图找到她体内的灵魂。仿佛她那连接着意志力与肌肉、思维与四肢的韧带与肌腱，都被切断或已磨损。她的下巴无法松开。她的手指弯曲，以至于她的手看起来如同动物的爪子。米莉安感觉她有点吓尿了。

然后她看到了安妮·瓦伦丁，坐在她刚刚坐着的地方。

蜷缩着。

望着某处出了神。

这是怎么回事？

刚刚一切都是一场梦吗？她刚刚睡醒？是入侵者给她传达的通灵画面？

然而接着，安妮的嘴张开，一只乌鸦的脑袋——充斥着鲜血与黏液，从她的嘴唇之间滑出，对着她叫。之前不是入侵者的通灵画面，现在才是。

"不是入——入——入侵者。"米莉安含混不清地说着。她的嘴角有一丝上扬，但随即笑声消失了，转为了哭泣。泪水从她的脸颊擦拭掉了污垢。

"河水正在涨潮。"乌鸦说道。

"见——见鬼去吧。"

"你有工作要做。"

"难道是我口——口——口吃？我说了，见鬼去吧。"一切都是呕吐物、鼻涕和眼泪。

"他呼吸着那些花朵的烟雾，因为他不想被你的杂质污染。"乌鸦左顾右盼，仿佛在研究一只逃逸的蠕虫，"他认为，你不是虚弱，你是生病了，他是一个外科医生，在清洗你那卑鄙世俗的伤口。"

米莉安擦拭她的脸庞，嘶嘶地说："这对我很有帮助。而且，事不过三：见鬼去吧。"

"河水正在涨潮。"

"去，死吧。"

"你有工作要做。"

"去——"在她说出来之前，安妮·瓦伦丁和乌鸦都消失不见了。

然而，楼上，真正的安妮·瓦伦丁嘶声尖叫。

一声尖叫快速变为了静音，它变成了汩汩之声。

脚步声在地板上穿行。

她死了吗？

然后米莉安听到他开始唱歌。她听不清那些字眼，但她能听出那冷酷严峻又有节奏单调的音质，又是那个《邪恶的波利》之歌吗？

知更鸟之歌？还是那首偷自燕子的歌曲，以便它可以不再歌唱吗？

起来。

她试着移动。她的身体却不太配合，手肘从她身下滑了出去。

起来！

她的腿如同无骨之肉，肌腱如同失去了弹性的松紧带。她无法让它们服从指挥。它们移动，但却不符合她的愿望。

起来。

米莉安翻滚过来，双手撑在地下，膝盖也是，支撑起整个身体来，搭建了一座身体的桥梁。

她看到了加热器。

支撑着,像她一样,没有用手和膝盖,而是用的短水泥板块。

米莉安爬了过来,用她的双手包住了一块砖的后侧。用力。

它没有动弹。

用力,用力,用力——

多孔水泥扎进了她的手心,她感觉新鲜的血液从她手里的斜线标记处绽放涌出。这让她的抓力打滑,并没有起到推动作用,完全没有——

你这个傻娘们儿,如果你拉不出来,每个人都会死掉。

瓦伦丁。

塔维纳。

"雷恩"。

你自己。

还有多少其他的人?

上方,那首歌继续歌颂。玫瑰灰烬的气味停留在她的鼻子里。她听到了他从另一条路穿了回去,可能拿着那把斧头。

她用右胳膊环绕着那个砖块,放在加热器下挤压。她知道如果她动作太慢的话,这可能会压住她的胳膊。

她闭紧了双眼。

她在祈祷,不是向上帝,而是向入侵者。

米莉安使出了她所有的——把所有的力量都集中到了肩上,牵动着手臂。那个混凝土砖块刮擦着加热器,突然一阵倾斜,下降——

然而却没有撞到地面,并且没有发出声音——其他砖块支撑着它。

她长舒了一口气,快要哭出来。不过至少有一件事情是正确的。

现在,米莉安握住了那个混凝土砖块。

用她血淋淋的双手举起了它。

现在是时候杀掉卡尔·基纳了,是时候让这只知更鸟停止他的歌唱了。

41 脱离你们的罪恶，免除你们的绝望

门旋转着打开。幸运的是没有发出一丁点声音，仿佛在冥冥之中向米莉安伸出了一只援助之手，"门神们"经过讨论向米莉安授予的帮助。

这是一个极其荒谬的想法。然而却是这所有的一切给人的感觉。交叉的电线。大脑神经的不受控制。头部充血如此严重，感觉就像她的心脏现在位于她的脑袋里面。

水泥块，带着红色的灰色条纹，她的红色，舒适地躺在她紧握的双手之中。

在她的前面，那扇门，那个出口。

她可以就这样离开。

出去，离开，改天再回来。

或者不再回来，也没有关系。

这些女孩并不重要。米莉安是一只自私的动物。为了生存，即使变得像蟑螂、乌鸦、饥饿的秃鹫又怎么样呢？

米莉安走到门边。

望了出去。瓢泼大雨正在嘶鸣，催促她赶紧出去。

清洗，洗礼。一首赞美诗在天堂传唱。

在她的右边，这所房子的某个地方，另一首歌曲。浮动。尖锐刺耳，瑟瑟发抖。一个呜咽的合唱，安妮·瓦伦丁的悲惨哭泣。

那个，以及知更鸟自己的小曲。

"你的忠告我完全无视，我肉体的欲望必将减弱……"

米莉安离开那扇门。她已选择好了路径。

她悄悄爬行深入到房子里面。还未装修的房子、受潮的壁纸、中世纪的已遭破坏的家具。没有她预期的那么脏乱。反而干净整洁。没有电视，没有书。任何东西都毫无粉饰：一个怪异的无菌环境。仿佛任何多余的东西都将是一种侮辱，将是一种腐败，一种污秽的毒药。她母亲的声音出来迎接她——

你一直通过说谎来藏污纳垢。上帝是不会怜悯这个盒子里面的东西的。这不是你母亲养育你的方式。

客厅之上的那个房间——一个正常的家庭怎么会使用一个私室或者休息室呢，讲述了一个与众不同的故事。

灯火阑珊，地板上铺着防水布。

一张陈旧的医生的木桌。

一张小牌桌。米莉安看到上面有一排物品。有一些她不认识，有一些认识——她的衣服、她的包、凯蒂的手机。

一卷有刺的铁丝网在角落放着，在它之上，是一对铁丝切割器。

安妮·瓦伦丁被绑住了，铁丝缠绕在她的嘴上。

卡尔·基纳站在一旁。

远离米莉安，面对着那个女孩。他的右二头肌被一块深色的湿纱布包裹着，那是她用刀片刺伤他的部位。

他一只手拿着斧头，另一只手从牌桌上拿过一个 Zippo 打火机。轻轻弹开,火焰燃起。打火机被举到他那鸟喙面具之下。

她可以听到火焰燃烧花朵的清脆的滋滋声。

他吸了一口烟,然后呼了出来——两缕油腻的烟雾如同一条被征服的巨龙郁积的呼吸。

他唱道:

当我死了,清晰地记得,你的邪恶波利在地狱里呻吟。

她的双手在拼命地挣扎着……

米莉安爬行前进,举起自己的武器,那块水泥砖,高高举过头顶。这是一个原始女人的武器,没有炫酷技巧,只有野蛮残暴。

"呻吟,哭泣……"

你有工作要做。

"咬断了她的舌头在她——"

米莉安将那块水泥砖沉重地向基纳那戴着兜帽的后脑勺砸了过去。

他跌跌撞撞地向前,用斧头的底部撑在了桌上,防止他跌倒。

米莉安再次拿起了那块水泥砖。她觉得缓慢,仿佛她的整个身体都陷入了泥泞的糖浆里,如同一只卡在冷却琥珀里的蚊子。但当她行动缓慢的时候基纳却很迅速,被他举起的斧头柄的基部划出了一道长长的弧线,斧头刃触碰到了她的脸上,划开了她的脸颊。她一片眩晕。

水泥砖从她手中滑落,她跌跌撞撞靠在门框上。

满天星辰——

爆炸——

黑暗的阴影如同强光爆裂之间迸发出的鸟——

基纳的手在她喉咙附近游移。

她闻到了燃烧葬花的味道。一阵玫瑰香味,一缕康乃馨的轻烟,在鼻孔之下,小小的余烬燃烧出一阵明亮。

基纳收回了拳头,然后猛挥了过去。击中了她一次,正对嘴唇。让她的头在门框上震颤。所有的都是疼痛,尝到的尽是满嘴的铜臭味。

他再次挥来一拳。

一个电话响起。

凯蒂的手机。

一切结束了。他向那边望过去,大惊失色,怒火中烧,茫然不解。他扼住她喉咙的手松懈了。

他呼吸着那些花朵的烟雾,因为他不希望被你的杂质玷污。

米莉安紧紧地握住了——他的鸟喙。

她将她那麻木而血腥的嘴唇对准了那个瘟疫医生面具的两个鼻孔,吸了尽她所能吸的最深的一口气,将她所有的呼吸都吹进了这两个洞穴。

氧气搅拌着余烬,引起了"火灾",一阵灼热的灰尘回旋充斥在他的面具里面。她看到橙色的灰烬像萤火虫般在玻璃后面纷飞旋转,突然间他挥舞着、摔倒着碰翻了牌桌,在鸟喙皮罩内声嘶力竭,他拼命想把这个带着下摆的面具从他那裸露的肩膀上扯掉——

而当他终于做到了的时候,米莉安站到了他的面前。

拿着一对铁丝切割器。

她用它们刺进了他的喉咙。

再一次。

再一次。

直到喉咙处体无完肤。

第四部分 知更鸟的回响

嘘，小宝宝，
别出声，
妈妈去给你买一只知更鸟，
如果这只知更鸟不会歌唱，
妈妈就去给你买一枚钻石戒指。

——儿童歌曲

42 错过的电话

不要告诉任何人我曾在这里。

路易斯,请你……来接我回家。

你是安全的,现在——安全。

快点。

不要告诉别人。

快点。

午夜,医院,刺眼的光线,防腐剂臭味。使之闻起来干净清新,不知为何却又更觉污秽。

她不在任何一个房间里。没有必要如此。对她来说,所有的一切都在急诊室里。这个隔间没有比一个壁橱大多少。当主诊医师给她做检查的时候,他坐在一个蓝色医疗废物箱上,仿佛这是一把椅子。

他们告诉她,她患了脑震荡,但没有脑出血。像她这种被暴打后只留下这么点创伤的已经算不错的了。他们还给她拔了一颗牙,在口腔后部。这样她就不至于看起来像某种吹着口哨穿着马裤的乡巴佬了。

没有骨折。让她惊喜的是，无须缝针。取而代之的是一个多抹棒①的东西。"皮胶。"主治医生这样解释道。在她的手、脚和脸的切口均涂有黄棕色碘酒。让米莉安想起孩童时代。手抓一只蚱蜢，这个昆虫便会吐出一种褐色黏性物质。这是某种防御机制。

"又是医院。"路易斯说道。他那粗大厚重的手环住她的后背。他的手感觉很好，舒适温暖，"你必须改掉这个习惯。"

"我讨厌这个地方。"她的声音沙哑、粗糙，如同她一直在吃玻璃纤维绝缘体与威士忌螺纹梳刀一样。"这是最后一次了。"但她内心却在想：这是真的吗？

他吻了她的头顶——那里没有伤口。她不能辨别这是兄长之吻，父爱之吻，还是情人的温柔之吻。

她不在乎这个吻到底代表着什么，反正就是感觉很好。

"你的电话救了我的命。"她说，"还有那个女孩。"

"这是什么意思？"

她告诉他：如果他没有打这个电话，基纳就不会被转移注意力。那一刻是至关重要的，甚至就是那半秒钟让她抢占了先机。

路易斯用手拖着她的下巴，把她的脸拉过来面对自己。

"你还好吗？那是相当……唉，回首那里真的是一团糟啊。"

的确如此。她的血液飞溅到了墙壁上。安妮的鲜血淋漓滴落在地板上，在蓝色篷布上留下了紫色的圆点。而基纳……

他站在路易斯的身后。高大魁梧，却又卑鄙低劣。他不是真实的。米莉安知道。不过，他看起来如同他真的回来了，在那个房子里。喉咙那儿是一堆红色的豚草沙拉。米莉安已经不记得他用铁丝切割器刺了他多少次，虽然不足以切掉他的脑袋，但也离之不远了。

---

① 多抹棒（Dermabond），是一种应用在黏合皮肤切口处的工具。它的化学成分为2-氰基丙烯酸辛基酯，是一种良好的皮肤黏合剂。

入侵者的显灵像佩斯饮水机一样倾斜着它的后脑勺，用它那毁坏的食道孔大声吼叫。

"抓住他们，杀手。"咽喉洞发出气泡的汩汩之声。

她听到了翅膀的兴奋震颤。然后，基纳一去不复返了。

"我很好。"她说。曾经一度困扰了她很久的一句话就是它。然而现在，她感觉就像这句话已经变成了我就是我。

抓住他们，杀手。

"你确定你不想和警察谈谈？"

米莉安先给路易斯打了电话。她在他来到这里的时候报了警——但她使用的是匿名。

"是的，十分肯定。我出现在犯罪现场的次数太多了。最终他们会觉察到异样。我不需要警察嗅探周围，来制造麻烦。"尤其是这就是我，我就是这么做的时候，"不过，有一个地方我觉得很不好，我把那个女孩留下了。"

"没关系的。警方会帮助她的。"

"不过，她一直是这样一个人。哪怕只有五或十分钟。在那所房子里，她已经搞砸了。身体上、精神上，她的脑袋就如同一盘炒鸡蛋一样乱。"

"她会得到安宁的。你救了她的命。你也救了你自己一命。记住，我已经去过那儿了。"他亲吻了她的脸颊。她不知道这意味着什么，"当然，你也救了其他的女孩。我只希望你若是能够让我帮忙就好了。"

"你都不见了，你似乎都要消失了。"也许，我也是希望你离开的，但只是一小会儿。

"我不会再让类似的事情发生了。我会在这里一直保护你。你有你的任务，我也有我的。我的妻子……"他的声音拖得很长。

她无法想象他在想些什么。一些关于他如何失去了一个女人，现在可能会失去另一个的念头？这些念头对健康无益，他将他那死去妻子的记忆转移到了她的身上。一个如同船锚一样的心理负担。不过，无论对健康是否有益，米莉安都喜欢这种感觉。她沉溺其中。沉溺，也许是这样，但是这种沉溺的感觉真的特别美妙。

"我们会找出所有其他的事情。"路易斯说道，"只要记住我一直都在，从今往后。"

"谢谢。"她说道。她对他展露了笑靥。

一阵骚动，在大厅里。一个熟悉的声音出现，声音略显恐慌。

凯蒂出现在门口，上气不接下气。

"哦，上帝啊。"她说着，飞奔着进入了房间，把米莉安环绕进怀中。

米莉安发出一声咕哝，清了清嗓子，给了她一个尴尬的拥抱。

"我全身上下都有点酸疼。"米莉安眨着眼睛喃喃自语。

"对不起，对不起。"凯蒂退后几步，这样可以好好看看米莉安，"我很高兴你给我打了电话。我很高兴你没事。"

"这是你的电话。"米莉安说道，从一个就近的柜台上把那个在一罐医用海绵旁的手机拿了过来，"它救了我的命。"

"路易斯来找我的时候，就像一条绝望的饿狗一样。"凯蒂说道，"他说，他四处寻找，去了你当时所在的汽车旅馆，打过你之前的那个手机，都没有找到你。值得庆幸的是——他决定来问问我。"她抚摸米莉安的样子如同一个猴妈妈在她的孩子身上摘螨虫，"天哪，你伤得不轻啊。"

米莉安耸了耸肩，"至少我没有被捅到胸。"

"至少你活着出来了。"

"基纳肯定没有。"她内心冉冉升起一股病态的骄傲，不断膨胀。如同一个红色的充气气球，飘浮在她的头顶。

"还有那个可怜的女孩。艾米·瓦伦丁？"

"安妮。是啊,我不知道她会不会永远都是那样。"

接着凯蒂脸上的表情让米莉安胆战心惊。她皱眉的样子,她嘴唇试图吐出字眼却无力开口的样子。当她终于准备说出来的时候,凯蒂问:"你确定你能够承受吗?你现在患有脑震荡。真的没关系吗?"

"我知道现在是几几年,我知道我应该有多少个手指和脚趾。怎么啦?"

"好吧,这不是一个有趣的笑话。"

"笑话。我没有开玩笑。"

"那个女孩,安妮·瓦伦丁,她已经死了,米莉安。新闻漫天飞舞。"

43 布莱克&瓦伦丁

他们发现附近有一个房间。一个合适的病房。一个老家伙躺在床上,如同一个破损了的洋娃娃,一个抬着腿、支撑着臀部的被毁坏了的木偶。

在角落里,有一台电视机。米莉安瘸着腿走了过来,从这个老家伙的床头柜上抓起了遥控器,切换了频道。病人只是嘟囔了一下,没有其他反应。

她换台,换台,换台。

这个。

她不相信她眼前所看到的。

这是一个完整的场景,一个完整的全都是那该死噩梦的场景。

警察,新闻面包车,直升机。遍布基纳的"领地"。

事实上那儿着火了。

尽管下着雨,房子里的火势却未曾减去。那些在迷官垃圾场里的各种容器也持续燃烧。大火与黑烟在一个集装箱,几辆车,以及那个长形破旧公交车里狂乱怒号。

她努力把回忆拼凑在一起。或许那个女孩失去了理智,或许把她的理智与心灵拴在一起的那根小小的丝线,但突然被某些东西无情地扯断。她疯了,她去寻找一个……找到一个煤气罐,最终她让这一切都化为乌有。

然而接着他们说他们发现了两具尸体。

卡尔·基纳,五十六岁。尸体被烧得面目全非。

以及安妮·瓦伦丁,十八岁。

他们在屋外发现了她。

头部被枪击中。

米莉安抓起垃圾罐,把上面残余的医院食品都倒了出去。

也许她发现了一把枪。在屋子里面。

然后自杀了。

必须是这样。

她感觉到有什么东西在她脑子后面一直叨啄——一只正在捕虫的鸟。

电话响起。

当米莉安把头从一堆垃圾当中"抽离"出来时,凯蒂站在了她的面前,拿着手机,"你的电话。"

米莉安接了过来,清了清嗓子,"你好?"

"你说如果有任何奇怪的事情发生,就打电话给你。""雷恩"窃窃私语。

米莉安清了清嗓子,擦了一下嘴,"什么?告诉我。你还好吧?"

"我很好。我偷偷溜了出来,用大厅的电话打给你。警卫没有看见我。这件事和我无关,是关于你的。"

"你在说什么?"

"有人在我门底下留了一个东西。一张白色的纸上有一些……写了一些东西。"

"上面说什么？"

"上面写道：'邪恶的米莉安，脱离你的罪恶，免除你的绝望，恶魔会将你带走，义无反顾。'"

一阵恐惧如冰尖一般刺痛且寒冷地向米莉安席卷而来。

"回到你的房间，"她压低了声音，"快去，现在。"

"我……有点害怕。"

米莉安深吸了一口气，努力地克制自己不要再次呕吐。

"锁上你的门，我马上就过去。我保证。"

44　不是忏悔的时候

路易斯的卡车驾驶室里密闭到呼吸困难，米莉安感觉自己被困在了一个沉入漆黑冰冷海水中的运尸袋里。雨如瀑布般落下，也于事无补。这不仅仅是因为他们多了一位乘客——凯蒂，在他们身后的座位上坐着，还因为米莉安无法得知即将发生什么。太多困惑了。这让这些凌乱发生惨案的时间表变得更加扑朔迷离。

安妮·瓦伦丁的死亡。是她自己造成的？可能是。她的心智是一个没有填充物的娃娃，米莉安对于扔下那个可怜的、六神无主的女孩感到内疚不已。她的伤口不是新鲜的。不可能是基纳造成的。冰毒上瘾？可能是。这或许可以作为自杀的一个合理解释。

但是那张留在"雷恩"门下的字条……

脱离你的罪恶，免除你的绝望。

魔鬼会将你带走，义无反顾。

基纳的歌曲。《邪恶的波利》。

但在这里应该是《邪恶的米莉安》。

肯定有人知道。这可能是基纳做的吗?她一直处于无意识的状态,这让他有足够的时间回到学校。如果他这段时间一直盯着"雷恩",自始至终预谋着这次谋杀——那就有迹可循了。可能就是这样。

不过,始终觉得有些异样。

啄,啄,啄。

米莉安打开收音机。搜索着电台,收听新闻。

"菲尔斯棒球球队的队员今年发挥得都不怎么好,但他们其实是在默默地蓄势待发——"

"——雨水将在未来四天里继续持续加强,我们处在热带风暴埃斯梅拉达的边缘——"

"现在一个来自孟买泽奇特尔的爵士精选集已成为我们全球《咖啡厅之声》栏目的一部分——"

她关掉了收音机,揉了揉她的头。感觉就像她的鼻窦塞满了沾血的棉花。"多抹棒"让她的脸庞紧绷。拖拽着、啮咬着、燃烧着。

"也许我们应该待在医院。"路易斯说,"他们希望你留下来过夜,观察你的脑震荡。"

米莉安发出了一声嘟哝:"去他妈的噪声。没有那么糟糕啦。其实——"她轻轻拍出一根香烟,打开了窗户,一股清爽凉快的夜间空气给她做了一次洗礼,"这是医生的嘱咐。一勺糖。"还有 37 种致癌的化学成分。如此美味可口。

"有件事我得告诉你。"路易斯说。

"这不是忏悔的时候。"

"也许是忏悔的时候。"

凯蒂看着他们交流。米莉安叹了口气,用那只受了伤的手点燃了香烟,吹出的一缕轻烟随风飘散。

"好吧,我先做一个忏悔。"在路易斯打断她之前,她脱口而出,

"我……和一个老师发生了一些事情。那个教练，或者先生，或是随便你怎么称呼他。"

凯蒂第一个发了言："贝克·丹尼尔斯？"

"我……我认识他。我遇见过他，一次。"路易斯坐直了起来，"送一些体操垫。"

"我们没有上床。"米莉安说道。

"好吧。"

她能看到他的双手用力握紧了方向盘。如果那个方向盘是一个男人的双肩，那么那个男人一定会锁骨破裂，倒在地上。

"我们搏斗。就是字面上的这个意思。然后——我们相撞，我们快要——但我们没有——你知道吗？我应该自己保守这个秘密的，就像我说的，这不是一个忏悔的好时机。"

路易斯深深地吸了一口气，仿佛他要么是要冷静下来了，要么是要积聚足够的心理能量用意念去杀死卡车上的每一个人。

"我是属于你的。"路易斯突然说道。

"什么？"

"我找到了一份工作，就是保护你。"另一次深呼吸，"我看到了些东西。"

"你看到了——什么，路易斯？你看到了什么？"

"一只鸟，一只乌鸦。"

米莉安紧张了起来。

他把一切都告诉了她。不只是一只乌鸦，而是一整条道路满是乌鸦——但只有一只事关紧要。那只用米莉安的声音说话的乌鸦。然后，从他的眼窝里，伸出一根羽毛，以及那几缕泥泞的头发。

"入侵者。"她大声说道。其实她并没有刻意为之，只是她内心的声音从笼子里倾泻而出。

这意味着入侵者是真实存在的。不是她自己脑海中的一个囚禁之人，不只是她的一种潜意识的表现。

"我一直都经常看到那个入侵者。我一直以为这只是我，只是一个存在于我脑海里的一个东西，但是——"

"它仍然可能是的。"凯蒂说，"也许路易斯看到的是你……嗯，用什么词来形容呢，托梦。为你点亮一座指引的灯塔。"

"这个消息就是我拼命赶过来的原因。"路易斯说道，"凯蒂也许是正确的。并且，那只鸟真的用你的声音在说话。"

前方，学校的大门。

这么晚了，没有人在警卫岗亭里值班——已经凌晨一点了。凯蒂跳下了车，然后直奔向挂着考尔德科特校名牌匾的石柱。她拉回一块砖头为了露出一个带着白色按钮的触摸板。

接着按了几下按钮，门缓缓而开。

他们毫不犹豫地进了学校。在不远处停了下来，路易斯把车熄了火，但米莉安碰了碰他的手。

"不——你留在卡车上。以防我们被抓住了。凯蒂得带我进去，因为她有钥匙。"

凯蒂摇了摇钥匙环，露出了一个忧伤的笑容。

"我要进去。"路易斯咆哮着说，"我刚刚已经告诉你了：我是来保护你的。我不能让你一个人进去。"

米莉安笑了一下，"这是一所女子学校。全校全部都是女孩。好吧，当然，她们当中的一两个也许知道如何用一块多芬香皂雕刻出一把小刀，但是，总的来说，我觉得我可以拿下她们。"

"那个给你留下那张字条的变态可能还在那里。"

"哥们，我们试着进去，不引起任何人的注意。我不称呼你为弗兰肯斯坦是因为你喜欢厚底鞋，你太魁梧了，容易惊扰到别人。放心，我们会没事的。"她这样说道,也希望真的会这样。这并不是说她不希望引起注意。那个在卡车驾驶室的忏悔让她有点不舒服。她需要空间。她觉得他也是如此。

他没有微笑,只是点点头,"好吧。快去快回,不要逗留。"

"我会的。"

她想要去亲吻他的脸颊,但又不太确定——这会不会传达一个模棱两可的消息?她自己清楚她究竟想要传达什么样的消息吗?

取而代之地,她向他敬了个礼。

然后,她眨了眨眼睛,说:"我不知道为什么我他妈的会给你敬了个礼。"

他凝视着她,仿佛她是一个志气满满的人。当然,她也有可能是。

面颊泛红,一头雾水,米莉安和凯蒂一起走进了入口。

45 红色大门厅堂

女生宿舍在主楼的一个侧翼。此时此刻，主楼一片漆黑，遍布线条与阴影，不过凯蒂知道怎么走。当她站在门边，拿着钥匙环，一个接着一个来感觉摸索的时候，一束光突然出现在楼上的阳台上。

米莉安赶紧抓住凯蒂的胳膊，把她拉到一张盛放着咖啡过滤器和陶瓷茶壶的木质边桌后面。

光线越来越强。影子来到了阳台上，然后开始下楼梯走往大堂。当光束触及地面的时候，反弹了回去。然后，它来回飘移，搜索，搜索，如同一束来自灯塔的光。

对讲机发出吱吱嘎嘎的声音，然后那个影子开口说话。

"我发誓，我听到了什么东西。是啊，我在大厅。"

米莉安认识这个声音。

西姆斯，又名罗伊德海德。

从对讲机那头传来喋喋不休的声音，但是米莉安无法辨别那是谁的声音。难道是另一个警卫，霍瓦特？

"是啊。"西姆斯说道,停顿了一下,"不,我没有看到任何东西。嗯,我准备回去继续完成巡逻。你最好不要再吃我的甜面包了。"

按照米莉安以往的尿性——她那个最坏的习惯,面对两个男人在谈论相互吃对方甜面包的囧事时,她必定会不假思索地笑出声来,但这次,她的理智战胜了自己,仅此一次。她感觉有一点点激增的骄傲。噢,小宝宝长大了。

西姆斯撤退回到台阶上。

凯蒂松了一口气,说:"我不知道我们是否应该这样做。"

"我们不得不这样做。一些真正扯淡而且疯疯癫癫的事情正在发生着,我想知道它是什么。拜托你了。"

凯蒂点了点头,又回到了门口。

找到钥匙,打开它。

里面是一个楼梯间,全都是深色的木头与落满灰尘的赭色地毯。黄铜包裹的烛台上放着乳白色的电蜡烛。

凯蒂低声说:"这个上面是宿管阿姨的办公桌。贝蒂小姐,她有时会下来巡视,所以我打算去分散她的注意力,以防万一。劳伦·马丁的房间在三楼——322号房间。你可以的吧?"

米莉安心存畏惧。但无论如何,她点了点头。

接着,凯蒂匆忙走开,米莉安两级两级地在铺着地毯的台阶上跨着步子,直到她到达了三楼。她推开门,窥视进去:没有人。她悄悄地穿了过去。

这是一个红色大门的走廊。更多的樱桃木质陈设,更多可能来自维多利亚时期妓院样式的发霉过时的地毯,更多的黄铜烛台。门缝下没有光透出来。看来,女孩们都睡着了。

米莉安开始快速穿行,寻找322号房间。

这场景让她想起了滚石乐队的某首歌曲。

我看到一个红色的门，我想要把它漆成黑色。

在那儿。"雷恩"的房间。

她轻轻地敲了敲门。

门骤然甩开——

一双手抓住了她，猛然将她拉入黑暗之中。

46　命运想要，必会得到

有人从后面给了米莉安的屁股一下，把她踢到了梳妆台的角落里。梳妆台上的东西摇摇晃晃发出吱吱嘎嘎的声音。当她将手伸入口袋去拿那把刀的时候，两个下巴下的手电筒突然发射出了两道光束。

劳伦·马丁和另一圆脸的女孩。她让米莉安有点想起了《生命的事实》①里面的那个矮胖的女孩。

"嘿，神经病。""雷恩"说道。

"嘿，神经病。"另一个姑娘也跟着念了出来。

"好吧，"米莉安说道，指着她的那个室友，"你不许那么叫我，除非你让我叫你'费塔利'·纳塔利②。你明白吗？"

"你真恶心。"那个肥胖的女孩说道。

"你都不认识我好吗，'费塔利'。"

"伙计们，闭嘴！""雷恩"压低了声音，"米莉安，这是米西。米西，这是米莉安。来，握个手，好好相处。"

---

① 《生命的事实》(Facts of Life)，一部美剧。

② "费塔利"（Fatalie），是"纳塔利"与"肥胖"（fat）的结合而形成的新词。在肥皂剧《只此一生》(One Life to Life) 中的一个角色纳塔利·布坎南是一个胖女孩，因此，在这里，米莉安称之为"'费塔利'·纳塔利"。

米莉安伸出了她的舌头,但也伸出了手。

米西的手电筒仍在下巴底下,但她也握了握米莉安的手——

通灵画面快速播放。

米西瘦了很多,不再是那个有着卡尔·莫尔登鼻子的圆滚滚女孩,米西身材单薄,身体平躺在那古色古香的医生桌上。

这首歌谣开始了,"一个星期五的早晨,波利突然生了病——"

烧坏了墙壁。

那个有着燕子文身与瘟疫面具的男人。

葬花在面罩内焖烧,他通过鼻孔呼吸着。

那个知更鸟杀手缓缓歌唱。

米西垂死挣扎,泣不成声,牙齿摩擦着铁丝网,铁锈如雪花般落在她干燥的舌头上。

斧头举起。

斧头落下。

她的脑袋没有完全落下,脊柱已被切断,但是其他部分的肉必须要用铁丝切割器来砍断。

她的舌头伸了出来。咔嗒,咔嗒。

歌谣结束。

知更鸟仰天大笑。啭鸣,啭鸣,啭鸣,啭鸣,发出一连串震颤的声音。

——当米莉安将手从米西手中抽离的时候,她的臀部再次碰到了梳妆台。她掌心的 X 刻痕隐隐作痛,并且还带着因内心得知这一切并未结束时而产生的神秘而可怕的深深痛楚,基纳没有消失,知更鸟仍然活着,女孩们仍要死亡。接着,在刚刚看到的灵异画面的投影消失殆尽之前,她看到了两颗幽灵头颅闪现在这两个女孩的面孔上。

"哦，该死，该死，该死。"米莉安喃喃自语，两手握拳，并且挥向了自己的脸。她拼命地咬着自己的指关节，她觉得自己可能需要吸食一些人血来使自己保持些许的清醒。

怎么办？

卡尔·基纳，没有死吗？她杀死了他。她并不仅仅是杀死了他——她让他的喉咙变成了一个肥大的洞。当她在等待路易斯的时候，当安妮·瓦伦丁在医生的桌子上瑟瑟发抖，铁丝拉扯着她的面庞，皮带绑着她的四肢的时候，他的身体逐渐冷却。

然而，他在未来依然存在着。

起死回生。

基纳怎么可能起死回生？

突然之间，一切都暗含着那么多的未知，所有东西都像陀螺一样旋转不停。

米莉安自己的生活也不是一直如岩石般稳定，心智也从未如同基石般坚不可摧。然而她唯一可以指望的东西就是她那通灵画面中的真相。并且她认为，在拯救了路易斯之后，她还可以拯救其他人。

是她错了吗？

那是一笔只可以做一次的交易吗[①]？

命运，似乎已经知道了她的鬼把戏，它已经站在了她的敌对面。

她母亲的声音：就是这样……

"我还没有把你拯救出来。"米莉安对"雷恩"说道，几乎喘不过气来。

"她真的是一个神经病。"米西喃喃自语。

"雷恩"朝那个女孩的胳膊捶了一拳，"米莉安，你在说什么？"

"我并没有阻止任何东西。你还是会死。我杀了卡尔·基纳——我

[①] 这里指她只能用她的天赋异能拯救一个人。

真他妈的杀了他——但他还是会杀死你。我不知道怎么办。"

安妮·瓦伦丁头上有一颗子弹。

火,将那里烧成平地。

一个念头突然击中了她:在所有的通灵画面里,房子和公交车都被烧毁。当凶手去杀害其他女孩的时候,他都是被房子焦黑的墙壁或者半熔化的座位包围的。但火其实是在基纳死亡之后才刚刚燃烧起来的,这说明凶案发生在基纳死亡之后。

这是一个合理的推断。

基纳不是那个唯一的凶手,他不可能是那个唯一的凶手。

突然有人在猛地捶门。

她听到西姆斯的声音从外面传进来,"出来吧,布莱克小姐。我知道你在里面。"

该死的!

米莉安抢过米西的手电筒,向窗口照过去。铁栏杆的影子在玻璃后面浮现。她心想,这儿出不去。

"雷恩"站了起来,"没有人在这里!我们要睡觉了!"

"我们有摄像头,你骗不了任何人。"

米西突然把她的脸埋到了她的手中,"我们因此就要被赶出去了。"

"雷恩"再次猛击了她一拳。

"退后。"米莉安对女孩们说道,"去!到窗口那儿去。"

她有其他选择吗?她打开门。

西姆斯站在门廊里。起初米莉安觉得他带着一把仿真手枪,但随后她看到了真相:这是一把泰瑟枪[①]。

[①] 泰瑟枪(Taser),最早出现在20世纪初期的科幻小说中,也有人根据其原理称其为"电休克枪"。泰瑟枪没有子弹,它是靠发射带电"飞镖"来制服目标的。枪里面有一个充满氮气的气压弹夹。扣动扳机后,弹夹中的高压氮气迅速释放,将枪膛中的两个电极发射出来,命中目标后,倒钩可以钩住犯罪嫌疑人的衣服,枪膛中的电池则通过绝缘铜线释放出高压,令罪犯浑身肌肉痉挛,缩成一团。

她憎恨那些东西。

"从房间出来。"他说,"慢慢地。"

"好的,好的。我来了,我来了。"

她向前迈近了一步,然后目光飘到了他的肩膀上。

"哦,你在呼唤你的伙伴吗?霍瓦特,需要我帮你吗?"听到此话,西姆斯向身后望去。

这是一个谎言,没有人在那儿。

但这足够了。

米莉安像投掷一把炫酷的战斧一样将手电筒扔了出去——它在空中旋转。"砰"的一声砸在了西姆斯的两眼之间。虽然西姆斯开了枪,但是米莉安已经逃离了那儿。她猛地关上门,将他暂时锁在了通往大厅的红色大门里。

然后,她闩上了走廊的门。但他像苍蝇沾着屎一样穷追不舍。她能感觉到他沉重的脚步在整个宿舍楼里摇晃震颤。她必须逃跑,别无选择,没有时间被关起来,没有时间应对警察或者官僚或者任何其他人。

因为那只知更鸟仍然活着,只要他活着,劳伦·马丁和其他女孩就一定会死。

47 双翼窦窄

这很难不发出声响。

原计划是将这个事情办得悄无声息,工程师,不,军官,我没有闯入一所女子寄宿学校——嘿,这些是手铐吗?

但那个计划却从那个该死的窗户飞了出去。

她绕到角落里,看到一个小桌子上面有一个仿制的中国景泰蓝花瓶——她把整张桌子拉了过来,"当啷"一声。

前方是那个相对着的楼梯间。

她走到门口。推开它,然后飞速穿了过去。

然后——停了下来,躲在向内侧打开的门背后静静等待。

当她听到西姆斯朝这边跟过来的时候,当他的头正要穿过门槛的那一刹那,她猛地将门摔了过去。

门猛击中了他那锃亮光秃的头颅,他的头其实就像一颗台球桌上的主球。这撞击让他一屁股坐到了地上。

然后,她跳着走下台阶,以她最快却又不会扭伤脚踝的速度翻越过了栏杆。

迈出的每一个脚步都让她感到从脚底到腿部的颠簸疼痛。现在她一定能感觉到血液从她脚上的伤口流出，浸湿了双袜。但是现在没有时间思考，没有时间停下脚步。

从三楼到二楼，然后下到一楼——她已经听到了他就在上面，沉重而缓慢的脚步声。扑通，扑通，扑通，扑通，她知道这家伙是永不言弃的。

这个家伙，他全身都充满了红牛和类固醇的能量，更糟的是，他别有用心。西姆斯不会放弃这场追逐，而且她的体力看起来不像和这个家伙旗鼓相当。之前，也许可以，如果他本身就不想要参与这场追逐的话。

但是现在呢，在她的手脚都受了伤的时候？当她的头就像一个过度膨胀的足球，她的大脑如同摇骰子游戏里的骰子一样在她的头颅里荡来荡去的时候？

但逃离这个"地狱"也并非不可能的事情。

她必须得找个地方躲起来。

前方的门上挂着一个牌匾，上面刻着：教室。

她感觉好多了。她把肩膀先挤了过去，迅速溜进了门里，然后到了教室的一侧。黑暗之中，只有红色应急照明灯发出微光。

立刻，她看到了一个熟悉的景象：那个餐厅。

这个餐厅居然在那儿？她不知道这里的布局。那么现在应该藏在哪里比较好呢？

不过，附近……健身房。一间大屋子。很多地方可以躲：看台，白板，巨大的健身球的背后，甚至贝克的办公室。

当她听到西姆斯踢开了门，就在她身后二十英尺的不远处时，她低着头，沿着墙壁（几乎撞到了喷泉）快速前进。

一道手电筒的光束扫过大厅。

健身房门就在前面。手电筒的光束朝她扫了过来。

如果她现在动身的话,还能有一次尝试逃跑的机会。

米莉安脱下了她的鞋子,把它们放在了刚刚待着的地方,然后她赤足狂奔——啪啪啪啪嗷嗷嗷——那道光束追赶着她扫射过来——

她到了健身房的双开门门口。

没有必要彻底打开,只需要打开一条缝,就像之前一样。

溜进去,如影子一般。

当手电筒光束扫过来的那一刹那,她轻轻关上了门。

她祈祷西姆斯没有看到她。

米莉安冲进一片开阔的黑暗之中。红色应急灯再一次照亮了房间,突然她意识到:这个灯应该位于一个出口的上方。

逃离。

她提醒自己一定要去寻找到这所学校建筑师的安息之地,然后在他的坟前放一束鲜花与威士忌,来表示自己对他的感激之情。

米莉安朝出口飞奔过去,但接着她看到了——

在这个健身房的尽头,另一束光,一束白光,勾勒出贝克办公室那半开的门。

哈。

她转身往回走向出口,一个轮廓若隐若现——突然,一双强有力的手抓住了她的两只手腕,并将它们按在一起,她都快要哭出来了,但随后她闻出了是他:肥皂和汗水的简约味道。

贝克·丹尼尔斯。

"米莉安?"他问道。

"贝克。上帝啊,贝克。"

"你在这儿干什么?"

转移话题!声东击西!

"你在这里干什么才是一个更好的问题。现在是凌晨两点左右，兄弟。"

"我练习空手道的招数直到午夜。然后，我一直在赶文书工作。我想我听见有人来到了这里。"

他放开了她的手，他的手找到了她的臀部。她突然感觉到一阵奇异的安全感，她的手摸索到了他那瘦而结实的胸膛。

她受伤的手掌与他的汗水一起变得潮湿。她忽略了刺痛，疼痛淡化。健身房的门在他们身后摇晃着打开。

西姆斯。

该死。

她转身面对西姆斯的那一刹那，他按亮了所有的灯光——明亮辉煌，头顶的绚丽灯光将房间的黑暗撕扯光，剩下米莉安感觉自己如同直视着太阳一样。这让米莉安产生了眩晕和久望太阳而双目失明了的感觉。

这个业余警察像特警一样冲进房间，第二包弹药桶已经重新在泰瑟枪的前端整装待发了。她眼前游过很多黑色斑点。

"退后，丹尼尔斯！"西姆斯呼喊道，面红耳赤，额头上的静脉如同树根一般暴露凸出，"她很危险。她刚刚试图在宿舍里伤害两个女孩。"

贝克举起双手，猛烈地撞了一下米莉安，但接着离开了她。当她开始调整目光的时候，她看见了一丝红色在闪烁，"米莉安，这是真的吗？"

"什么？"她问道。他继续退后，朝西姆斯走去。她恳求他："不！不，我告诉过你——我来这里是为了拯救她们。看在他妈的上天的分儿上，贝克，你不是很了解我，但你知道这个商场警察只是想方设法让我离开这里。上帝啊，拜托。"

西姆斯盯着贝克看了好一会儿，"贝克——你受伤了。"

当最终她把她的视线调整到最佳状态的时候，她看到了。

贝克的白色 T 恤紧绷于他的胸口。那白色 T 恤被红色的东西浸湿，被鲜血浸泡渗透。

她的双手也都红了。她感觉到这并不是他的汗水。他胸口的血液，形成了一个图像——起初，她认为这是她自己的血，然而……

噢，上帝啊。

贝克倒退，站到了西姆斯的身后，然后米莉安开始摇头，伸出手，大声哭喊："西姆斯！上帝啊。离他远点！"

却为时已晚。

贝克放下手腕，露出了一柄刀，一个弹簧刀，她的弹簧刀。他抓住西姆斯的额头，一下将他的脑袋猛拉过来，在这个警卫的喉咙上划出了一道口子。

空气和血液一起汩汩而出，飞溅在体育馆的地板上。

声音回荡。

身体在滴血。

由她的刀所造成的死亡。贝克一定是在刚刚撞她的时候，把刀偷过去的。

但是西姆斯不应该这样死去啊——

他死于心脏病发作，在他的举重床上。十一年以后。

一切都变得颠三倒四。她还能再相信她所看见的吗？

她无法相信她的通灵画面，无法相信她竟然已经锁定了最终凶手。

卡尔·基纳不是唯一的凶手。

"燕子。"她说，声音微小——每一个字听起来都好似一个精致完美的茶杯破裂的声音，每一个字都卡在破碎的那一刹那，"在你的胸膛。"

胸膛上的红色渗透在衣料上形成一个再熟悉不过的图案：剃须刀曲线般的双翼，尖锐齿状的尾巴，昂首向上，仿佛在空中展翅翱翔。血液将燕子的形状越浸越大，越来越宽，滴落流下。

他掀起他的衬衫，得意地笑了。

文身是刚文上的。今夜刚文上的。血珠沿着文身的边缘上升，残留在周围的血液就像从刚开始烧烤的丁字牛排当中被烤出的汁水一样，渗出到盘子之中。

"你这个浑蛋。"她啐了他一口。

"现在，现在。这就不太淑女了。"他朝着她向前迈了一步。刀掉落在仍在抽搐的西姆斯身上，"前面一刀并没有杀死西姆斯。一片混乱。"

"我听说这里有摄像头。"

"谁说它们是开着的？"

又迈近了一步，她退后了一步。

出口。

去出口那儿。

那儿，停车场，有路易斯。这是一个伟大的出口。

他向前迈步。

他们继续这种舞蹈。他们的距离越来越短。十英尺的距离。不会更多，也许更少。

"来吧，米莉安。我们是一丘之貉——如果你不介意这个双关。"

她开始虚张声势，仿佛是鼓足了胸腔里所有的底气，"我不喜欢双关。那是最低级形式的幽默，兄弟。你应该感到羞耻。"

"你总是这么机智。这是你的防御，对吗？你是一个不希望世界知道自己是何等悲哀，多么受伤的小女孩。你的话语，你的态度，全都是一个大的误导。一个魔术师的把戏。"

"你他妈的去死吧。"

"但我们是一样的。我们都为了自己的目的去杀人。"

"我不是一个杀手。"

五英尺。

"卡尔·基纳就不敢苟同。你伤害了他。"

"你和基纳一起合作？你是那个开枪杀死安妮的人吗？"

他只是微笑。

快要到了。

做好准备。

"你有太多不知道的东西了。"他说道。

"可是我也知道一些事情。"她嘴唇颤抖，愤怒咆哮。热泪在眼眶的边缘灼烧，"我知道你喜欢伤害女孩，但那些日子已经过去了。也许我是一个杀手，也许我变成了这样，或者我一直都是这样。基纳已被发现了。你也会被发现的。"

现在，跑。

她转身，跨越了她和门之间的最后几英尺，那也是她与自由之间的距离——

——她砸向门——

它没有打开。

她用双肩推挤那个应急条。

毫无反应。

她惊声尖叫，生拉硬拽，暴怒狂踢。一次又一次地将她的身体撞过去，仍然没有打开。她哽咽着，头靠在了门上——冰冷的金属贴着温暖的皮肤。她听到贝克在她身后喷着舌头。

"我给它上了锁，当然。火灾隐患，我知道。"

她的双手紧握成拳。

她拼尽全力想要用腿蹬离那扇门，就像游泳健将用力蹬腿离开游泳池壁一样。她打算跑到他的办公室里，也许，也许他在那里藏了一把枪，一把他也许某天会用它来把他那怪兽畸形的大脑从他那该死的头颅中射出来的枪——

然而贝克心里打着别的如意算盘。

他快速移,把她转过去,让她的脸贴在墙上。他的两个拳头打在她的肾上,很快她的腿就变得软弱无力。

在她跌倒之前,他抓住了她。

他把他的手臂弯成一个三角形,就像一个"老虎钳"把她的脖子夹在了最低点,然后他开始让她慢慢窒息。

她向后猛击,耙他的脸。挣扎,猛踢。

世界的边缘变成了蓝色,然后变黑。

她试着给路易斯打电话。试图说些什么东西,任何东西。

然而这一切都变成了低声呜咽。

"好好睡一觉吧。"他低声说,吻了她的脸颊,"嘘。"

她照做了。

48 保护者

凌晨 2：30。

路易斯不知所措。

他认为，我可以把他们挤开这条路。撞击他们。对于他的麦克卡车来说这很轻松。它将压碎保险杠，然后把那辆车的后部撞得支离破碎。

然而米莉安在那里，以及那个小女孩——"雷恩"。

二十分钟前，他就坐在停车场里面。他曾想让引擎就这么一直空转着，但最终他还是把它熄了火。只是等着事情去发生，这是多么令人沮丧的事情，担忧犹如一只饥饿的老鼠在啃噬着他。

然后他看见了。

然后，在停车场的另一端，一辆黑色轿车停了过来。由它的外观可以判断出这是一辆奔驰。当然也很不错，S级，全新。

一个男人——很难看清楚是谁，但路易斯看得出来他很年轻，强壮有力，黑色头发与沾上了深色污渍的白色T恤形成鲜明的视觉冲击。

他下了车，抱着劳伦·马丁的方式就与你可能会用来抱着一个水桶或者啤酒桶的方式一样：用两只胳膊紧裹住她身体的中间部分，固定了她的双臂。路易斯不能辨别她是否被堵住了嘴。她的头垂下，她被打晕了。

或者死了。

那个男人把她扔在了奔驰的后面。

然后他回到了车里面。

回来的时候带着一个新的躯体。这一次他把她扛在了肩上，如同一个卷起的地毯。路易斯看到了那漂白的白色和艳粉色的光泽，他清楚地得知了这个男人扛着的是谁。

出去，阻止他，杀了他。

但这一切太慢了，为时已晚，并且他没有任何计划。

如果你要去救她，你必须要先有一个计划。

你失去了你的妻子，不要再失去她。

他们开走了。路易斯紧随其后。

现在他开着车，与那辆前方的黑车保持适当的距离，以便他可以看见前方那刺眼的尾灯，如恶魔的眼睛一般闪烁着红色的邪光。

怎么办呢？

保持冷静，他心想。就这样紧跟其后。

不要跟丢了。

看他们究竟要去哪里。

然后报警。

那辆奔驰穿过了一个十字路口，一个四向停车场被那些错综复杂的树木构架出来。那辆车没有停止。就那样滑行穿了过去。

路易斯也想效仿——

突然整个世界都亮了起来，红色和蓝色。一辆警车从东边加大油门快速驶来，路易斯心想，骑兵来了。然而警车突然停在了十字路口的中间，路易斯不得不重重地踩下了刹车。

卡车的刹车被锁死。车轮打滑。这辆麦克在距离警车只有几英尺的地方才停了下来，搞什么鬼？

一个警察从驾驶员车门那侧下了车。他矮胖敦实，短小粗壮，身材如同一个消防栓。浓密的黑色马蹄胡须勾勒出一个酸楚的怒容。

他拿出了他的枪——看其外观，是一个柯尔特蟒蛇左轮手枪，一个带着通风枪筒与闪亮镀镍抛光的口径为 0.357 英寸（9.0678 毫米）的手枪。

那个警察将武器瞄准风挡玻璃，然后开了枪。

路易斯拼命地倒向右边，当子弹穿过玻璃，出现了一个高尔夫球大小的洞的时候，他迅速潜身蹲在他车前座位的底部。他又听到两声枪响，突然卡车一阵颤抖，然后前倾。

他对着轮胎开了枪。

然后，脚步声来到了卡车的左侧。

路易斯迅速将车熄火，并把钥匙拔了下来。

驾驶员一侧的门弹开，警察朝着驾驶室开了一枪。然而路易斯已经关上了另一侧的门，手脚并用爬出了另一侧，手掌满是碎石磨伤的疼痛感。

他让腿置于身下，准备站起来——

然后又来了一些警察，已经在卡车的前方形成了包围圈。

枪瞄准了路易斯的脑袋。

路易斯举起一只手。另一只手——拿着麦克卡车的钥匙——悬在他身体的另一侧。

"为什么？"他问道，绝望无助，困惑不已。

那个警察似乎考虑了一下，"因为这是我的职责。"

那个警察用他那肥大的大拇指按压了左轮手枪的击锤。

路易斯的拇指有其自己的使命，他按下了钥匙扣上的报警按钮。

卡车如同一棵圣诞树般华灯璀璨。汽车鸣笛，报警器尖叫哀号。

分散注意力。这是米莉安搏斗的技巧。他想，这已足够。枪已举起，开了火——

然而路易斯已经位于警察身下，像一个后卫一样趴在地上匍匐前进，然后将警察猛摔在了地上。

砰。

枪声沿着路易斯头的方向啪啪作响。

但是路易斯已经顾不上这些了。

怒火在他体内充斥膨胀，如同一个大坝破裂。他不知道发生了什么，但他知道这个警察阻挡了他的去路，阻挡他去寻找米莉安。更糟的是，看来这个警察也是这个计划的一部分。他一定是的。这次行刺不可能有别的原因。

路易斯用一只手抓住了警察的一只手腕。

另一只手，握成一个拳头——卡车钥匙从第二个与第三个指关节中伸了出来。

他用力向警察的嘴部一拳挥了过去。

它割伤了警察的下唇——分裂成两半，留下一英寸深的Ｖ形裂口迅速流淌着新鲜的血液。警察捂住嘴，拼命咳嗽。

路易斯从他的手里把枪扳了过来，摇摇晃晃地站到了后面。

警察朝前坐着，用他的袖子按住了被钥匙划开的嘴唇。他抬头看见路易斯拿着枪对准了他的头。

"一个独眼男人瞄准着一把'独眼'枪。"警察说道，用裂口周围的唇部咕哝着，用舌头探索着，然后缩了回去，"你和枪之间，至少你有着一副'好眼睛'。"

"告诉我发生了什么事。"路易斯用大拇指把左轮的击锤又扳了回去。

"你永远不会知道一星半点。"

"我会杀了你。"

"是吗,现在?你看,我不认为你有这本事。我不认为你是这样的人。我知道杀手长什么样。"他露出了一个微笑,在人行道上吐了一口血,"你的小女朋友,她才是一个真正的人物。但你不是,海格力斯。你只是一个优柔寡断的大巨人。瞧瞧你的那点尿性以及那么肤浅的洞察力。"

枪支摇晃。

让他瞧瞧,路易斯心想。

让他瞧瞧你的厉害。

警察冷笑。

路易斯扣动了扳机。

插　曲

杰克叔叔

杰克在他的牙齿之间叼了一根烟，有时他会从嘴唇内侧拿出一点点烟草碎片，然后把它们弹到草丛里。

"来。"他说道，把米莉安的脸颊挤推到枪筒的冷蓝色钢铁上，"向下看着枪。使她的视线与枪筒末尾的一个'小丁丁'对齐——你知道，那个小缺口就在这里，在后面的视野中。闭上你的一只眼睛。来吧，闭上眼睛。"

她照做了——挤压着闭上了一只眼睛，闭得非常紧实，然后用另一只眼睛向下看去。一只知更鸟跳入了视野之中，用它的喙在地上啄着些什么。一只软弱的小蠕虫欢快地上下跳动。

"目标已定。"

"那只鸟？"她说道，"我应该瞄准那只鸟？"

"嗯。现在，你现在要做的事情是这样的，你要深吸一口气，然后呼出来——我在电影里看到的，这是一个狙击手的举动。然后你呼一口气，你的心脏慢慢会平静下来，你感觉很好，然后你不要扣动扳机，我的意思是,你不要用力去扯它,你只是——嗯,你只是温柔地去挤一下它,就像你在试图取悦你的——"

嘣!

那只鸟翻滚跌落到了一旁,四脚朝天。

米莉安惊声尖叫,把枪扔到了草坪上,跳过了那块倾斜着的石头,它正对着那只鸟,马上就要压上去了。

那个小蠕虫躺在附近,仍然活着。那只鸟已经死了,几滴鲜血打湿了草地。

杰克猛烈地吸着烟,她能听到它发出的咝咝声。他拍着她的肩膀,像鬣狗一样哈哈大笑。

"该死的。你瞄准了那只知更鸟的头部。它无法再马上回家去看望它的宝贝们了,对吗?"

米莉安抬起头,脸颊湿润,"宝贝们?"

"当然。该死的,我不知道。"这只知更鸟并非雌性,并且春天哺乳对于知更鸟来说为时过早。但是米莉安知道什么呢?她才十二岁。"我想说的是,这只鸟不会再回巢了。"他将烟蒂弹进了树林,"干得漂亮,杀手。"

"我不是一个杀手!"

"那只死了的鸟并不这么认为哦。"

她站了起来,擦干了眼泪,"不许这么说。"

"你到底怎么了?那可是一个漂亮的射击啊,小姑娘。"

米莉安翘起了她的嘴唇,"我不是一个凶手。而且我不是一个小姑娘。你说的话真难听。"

"好吧。嗯,很好。"他开始步行回岩石那边。

但是她跑到另外一边,捷足先登,再次拿起了步枪。

他大声呼叫:"这就对了!现在让我们更有效率些。让我们射别的东西。那边有他妈一大窝的松鼠,那绝对是的。"

当他在点燃另一根烟的时候,米莉安在口袋里摸索出了一颗子弹。她打开了枪筒,把子弹装了进去,关上了枪筒。

当杰克叔叔抬头的时候,他看到了已经对着他的枪筒。

"说。"她哭着喊道。

"说什么?"

"说我不是一个杀手!"

"把那该死的枪放下,你会把人弄受伤的。"

"说出来!"她撕心裂肺地尖叫道。

然而他一点也不在乎。他向她走去,伸手抓枪。但她后退,然后——

嘣!

杰克突然像一只被蜜蜂蜇了的兔子一样四处乱窜,捂着膝盖,烟从他的嘴里滑落,他失声咆哮。他拿开他的手,膝盖处的牛仔裤已经破了一个小洞,子弹伤口看起来如同一个小小的对钩。

米莉安转身跑进了树林。

杰克在她身后哭喊:"最好不要把这个告诉你妈妈!"

49　一丘之貉

吧嗒，吧嗒，吧嗒。

米莉安挣扎着寻找空气，但是她被淹没在一片阴影之中。

一声雷鸣般的噪声，如同白色的波涛，如同大海冲浪，或是萨斯奎汉纳的泥泞翻滚。

吧嗒，吧嗒，吧嗒。

凌驾于所有这些之上的，是那个噪声。

吧嗒，吧嗒，吧嗒。

一双手在黑暗的水下将她托起。冰冷的水。

她伸手去抓。那个影子有着自己的轮廓。她伸出手指环绕抓住它。她抓到了一根绳子。

它从她手中滑落，再一次，她沉入了水面，再一次，她没入到那个寒冷的深渊。水声模仿着血液在她耳畔流动的声音，当远处一阵敲鼓声传来的时候，一个咬紧牙关急剧呼吸的声音萦绕在耳边。

但是那儿再次伸来一根绳子。她抓住它，用力，用力，直到这一动作变成她大脑中的一个条件反射的习惯时[①]，光电弧切割针将会切断这个条件发射式的突触。

吧嗒，吧嗒，吧嗒。

她的眼睛突然睁开。

上面，一方灰色的光芒。一块方形的水面油膜。

天窗外雷雨交加。

一只乌鸦站在它的中心，玻璃分开了米莉安的世界——一个让她感到奇异温暖、惊奇舒适的世界，与外界的冰雨相隔绝。

那只鸟用鸟喙撞击着天窗玻璃。

吧嗒，吧嗒，吧嗒，吧嗒，吧嗒。

然后，它乘风而去，一阵乱舞的墨色双翼消失在漆黑的狂风暴雨之中。

米莉安坐了起来。她完成这个动作耗费了她全部的精力。疼痛穿过了她的每一块肢体与肌肉，这一切感觉如同一个被拧得太紧的螺栓。她身上所有的螺丝，逐渐剥离。

她没有指望她可以看到什么。

她在一张床上，一张大床。白色的床单，白色的鸭绒被——她知道这是因为鸭绒从被子伸出了一根羽毛出来，刺入了她的掌心。

那只包扎着纱布的手掌心。她把她的双脚从毯子里伸了出来，看到它们，也包扎着纱布。"新鲜"的纱布，不是在医院包扎的。

一个肚子圆滚滚的铁球炉置于角落，门背后火光明亮。

一张漂亮的地毯，深色胡桃木护墙板。所有的一切，线条简洁。一尘不染。唯一一个略显异常的东西是一幅挂在床对面的画。

这是一件乱七八糟的艺术品。

[①] 原文中 "twenty-one-synapse-salute" 的补充说明，突触即神经元之间传递信息的部分，据说形成一个突触需要21天，而同时形成一个突触就代表你养成了一个习惯，所以有诸如21天背单词法等理论方法。

一位老人——赤身裸体。看他的模样，一块大黑布几乎没有盖住他那干瘪似虫的生殖器。他的手中抱着一个尖叫着的婴儿，一个男孩，他咬着孩子的胸脯，他牙齿里叼着一块男孩的肉。

　　"这是原作。"一个女人站在门口。

　　是她。

　　那个护士。不——不仅仅是护士，还是学校的女总管。

　　埃莉诺·考尔德科特。

　　"什么？"米莉安问道，她的舌头比她想象的更加锐利敏捷。然而她是一颗被磨损掉牙釉的牙齿，一根擦伤暴露的神经。一切都疼痛难耐，而且这感觉像是但凡与伤害有关的任何一件事情都莫名其妙地重新回到了原位。

　　"这幅画。这是彼得·保罗·鲁本斯[①]的原作《农神吞噬其子》。我觉得这比戈雅[②]的作品要经典。对我来说，戈雅，是他的衍生物。"

　　"好吧。"米莉安说道，伸出拇指，在她眼睛之间的部位揉搓，"无论是谁画的，它真的很可爱。我说'可爱'的意思是它让我想吐遍这些精美的床单。三百万针[③]的床单。"

　　"我可以把它盖起来。"考尔德科特说道，端过来一个托盘。

　　"不用费事，我只是夸张一下。"突然，一阵熟悉的气味钻进了她的鼻子，激活了米莉安大脑里所有的快乐中枢。熏肉、鸡蛋、咖啡等早餐，"如果这是培根的话，我愿意给你一个大大的拥抱，并且我可以向你保证，我不是那种喜欢拥抱的人。不过，为了培根，我将会焕发出最纯粹的爱的力量场。"

　　那个护士——没有穿着制服，而是一件简单的白衬衫，与一条长及

[①] 彼得·保罗·鲁本斯（Peter Paul Rubens），是佛兰德斯画家，是巴洛克画派早期的代表人物。

[②] 戈雅（Goya），西班牙画家。

[③] 这里的"三百万针"指的是纱织密度。纱织密度（Thread count）：指每平方米英寸中排列的经纱，是选购布料制品的重要参数。

脚踝的黑色半身裙。她把盘子放到了米莉安的面前,"请享用美食吧,布莱克小姐。"

米莉安没有浪费任何时间。她不记得上一次好好吃一顿饭是什么时候了。她把培根扔进了嘴里,咖啡一饮而尽。这是她吃过的最美味的佳肴。她手持刀叉在精细瓷器上刮擦。她大声地咀嚼。发出嗯、啊、噢等享受的声音。

"你饿坏了。"考尔德科特望着她。

"饿死了,饿死了。这几天……过得太不容易了。"她一口吞下炽热滚烫的鸡蛋,滑入喉咙,不在乎它就这样一路下滑是否会烫伤她的气管,"所以呢?你在体育馆的地板上找到了我,然后现在我成了你的病人?是不是所有的患者都会享受到这等皇室般的待遇?"

埃莉诺笑了,"你不是我的病人。"

"好吧,那么我是什么呢?"咖啡,咖啡。迄今为止发生的最美好的事情。她若可以抽一根烟就太好了,然后再灌一点爱尔兰威士忌。这是她判断自己是否已经死了的方式:如果这儿是天堂,那些东西肯定会近在眼前。

"至于你是什么,还有待观察。"考尔德科特说道。声音冷冰冰的,传入米莉安的耳朵里。

"噢,是吗?"

"你今天上午会有一个选择。在这个世界上,我们自己做选择,然后它会落入你手中,成为你的东西。"

"选择。"米莉安在口中反反复复地念着这个词。突然,早餐变得不那么美味了。她差点笑了,而这一笑让她的整个身体都疼痛不已,"女士,我们并不像我们想象的那样可以获得尽可能多的选择。这个世界不允许我们那样。"

"但是它给了你选择的机会。"

"它给了吗?"

"同时它也给了我同样的选择机会。"

就在米莉安正准备问这他妈究竟是什么意思的时候,一个人出现在了门口。

不。

她抓起刀——只是一把黄油刀,但至少是一把刀——从托盘里拿起来,她的背部靠在床头,像一只猫一样发出咝咝的声音。米莉安挥舞着一个银器,挡在面前,如同一个武器。确保他能够看到它。

"如果你靠近我,我就会刺伤你。"

埃莉诺·考尔德科特似乎并不觉得狼狈,"所以,你还记得我的儿子。"

贝克·丹尼尔斯站在门口。干净的衬衫,没有血渍,淡淡的微笑,就像一切正常似的,仿佛他没有把米莉安打得灵魂出窍,在体育馆地板上几乎窒息。仿佛他没有用她的刀杀害一名警卫。

"布莱克小姐。"贝克说道,绅士般地轻轻点了点头。

"你的儿子。"米莉安咬牙切齿地说道。

"你好,妈妈。"贝克说道。

"早上好,贝克特。"埃莉诺转过身去面对着米莉安,"我们的姓氏不同,我们也没有四处宣扬我们的关系。"

"这是一个秘密。"贝克说道,手指按住了上扬的嘴唇。

米莉安感觉自己如同一只困于一角的动物,绝望地想要逃生。贝克站在她与门之间的地方。她又没有办法像蝙蝠侠一样飞上天窗。一个窗口,在她右边的窗户。

这可能是个出路。

那把刀就在她的手里。她把刀从刀背转向刀刃,这样她可以有机会刺死他们,而不仅仅是刺伤。米莉安故意让他们看见她这个动作,她必须让他们看见。

她的手指攥得如此之紧,以至于血液从她的关节渗了出来。

"她是一个战士。"贝克对他的母亲说道。

"她比战士更加厉害。"埃莉诺说道。

米莉安咆哮道:"我还在房间里,我能听到你们说话。"

"你看她握着那把黄油刀的姿势。"贝克说着,向她指去。

埃莉诺点了点头,"而她的目光投向了窗外。"

"替我向你们俩的家人'问好'。你们这群扭曲的变态!"

"米莉安。"埃莉诺说道,"我明白你心烦意乱,每个人都会这样。你已经经历了太多。在你做出任何考虑不周的举动之前,我觉得有必要提一下两件事情:第一,我们掌握着那个女孩,我们掌握着劳伦·马丁。"

米莉安的肠子骤然揪紧。

"我很愿意和你一起讨论这个女孩的命运,但条件是你要耐心地听我把话说完。而这使我想到了第二件事:如果你现在要做出一些极端的事情,你将被剥夺得知事实真相的特权。到底发生了什么呢。到底发生了什么呢。我们也将无法保证劳伦·马丁的安全。此外,你不能参与我的提议。"

"把你的提议贴到你儿子的屁股上吧,最好再加上一记附带着带刺铁丝网的直勾拳。"

"那么你不会坐下来听我讲述这个故事咯?"

米莉安什么也没说。她只是蹲了下来,像一个野孩子一样靠在床头。

埃莉诺微微笑了,"我把你的沉默视为默许。让我给你讲讲我被卡尔·基纳强奸了的事情吧。"

50 埃莉诺的故事

我不是一个好姑娘。

我的父母都出身于豪门。我的母亲在钢铁行业任职,在此之前,是航运行业。我的父亲来自常春藤联盟的大学,他在那里的事业蓬勃发展,学习和教学跨越了很多学科。我希望能有一位让大家都满意的丈夫,并且当时的我出于礼节需要,我得去上一个女子学院——学习如何给一个值得你爱的男人做一个精致优雅、冰雪聪明、得力能干、有教养的好妻子。

然而我却不是一个好姑娘。

是的,我当时是在帆船队、马术队。我表演戏剧,还在合唱团里唱歌。我也会酗酒,吸食大麻。我尝试过LSD[1]和迷幻蘑菇[2],但是我没有过度

---

[1] D-麦角酸二乙胺(Lysergic acid diethylamide),也称为"麦角二乙酰胺",常简称为"LSD",是一种强烈的半人工致幻剂。

[2] 迷幻蘑菇(magic mushrooms)又称为神奇蘑菇,其迷幻成分主要由一种含毒性的菌类植物"毒蝇伞"制成。迷幻蘑菇的茎粗,顶部亦尖长及细小,在一些地方被加工成粉末食用,味苦,让人神经麻痹出现幻觉,因而得名。如果大剂量摄入将会严重危害身体健康。被毒品危害防制条例列为二级毒品。

沉迷于它，我认识那些从贫民区的黑人那里购买海洛因的女孩。

我就是那种被人称之为"放荡的女人"的人。

我令我的父母大失所望。事实上我还挺为此自豪的。我没有兴趣去取悦他们。我的母亲是一个不为人知的酗酒者。我的父亲心若钢铁，冷漠无情。我没有兄弟、没有姐妹，所以他们全部注意力都集中在了我身上，我很高兴去尽我所能地滥用这种"聚光灯"般的特权。

消息传开。与很多像我一样的女孩一样，我经历过很多"事情"。

我有过怀孕恐慌的经历。堕过胎。

有一天晚上，我喝酒喝到意识丧失，几乎要从我的教室的屋顶上掉下来。

另一个晚上，我和两个男孩跑到镇子附近的一所天主教大学里。他们喝醉了。我也烂醉如泥。他们开着一辆樱桃红的别克—里维埃拉。他们走错了路，绕了一圈，然后开车驶下了一个堤坝——一遍一遍又一遍。一个男孩摔裂了他的锁骨，另一个男孩摔断了他的腿。我只有碰伤和划痕，以及一些难看的瘀伤，正好可以展现给我母亲看的瘀伤。

消息传开。

一天晚上，我在彻里吉大楼的地下室里。那是我们的宿舍。我待在其中一个储藏室里，等待一群女孩来和我碰面。嗯，我不太记得她们到底要不要带我去，去尝试某种毒品。我有点女孩子的小肚鸡肠，你看，谁会按我的意愿做事呢。但这些女孩迟到了。不管了，我心里这么想。我可以一个人享受我寂寞的美好时光，喝着瓶子里的黑麦威士忌，抽着烟，只是不会给予世界上其他事物半点关心。

门开了，他站在那里。卡尔·基纳。

他和我差不多大，大概，比我大两岁吧。

他有着深色的瞳孔，就像阴燃煤一样。他身强体壮，结实刚硬，有着一个强有力的下巴与残酷的笑容。

我以前见过他。他是夜晚看守。从海军供应处被暂借过来的。他，我一无所知，好像陷入了一些麻烦——与高级管理人员打斗以及其他轻率之举。他们决定把他借调到大学，每周几晚。这是一个惯例，那个时候——海军军官被大家认为是刚直不阿的正人君子。更重要的是，大家觉得他们对于脆弱、敏感的女孩子们来说是安全的。

我让他出去。我不喜欢他。我不喜欢他看着我的方式。

他说，不。不，他不会。他想喝酒，他说道。他还想要根"长红"烟。

然后我想——好吧，会有什么危害呢？哈哈，而且妈妈应该会气急败坏吧，如果她知道我和一个普通的看门人、海军军官嬉闹？

我们坐下来，在储藏室喝酒，我们背靠着金属架，我们身边的烟雾让我的眼睛感到很不舒服，然后我说："我们现在可以出去透透气，散散步了。"

他却说："不，我想留在这里。和你一起。"

然后，他将他那粗糙的手放在了我的臀部。我扭腰想要摆脱，但储藏室里没有足够大的空间来"盛放"我们两个人——而他刚好在我与门之间。

他又摸了我下。我现在才后悔地明白，是我让他留下来的。

那只手爬到我身上，粗暴地抚摸着，如同一个笨拙的孩子在抚摸一只冷漠的猫。他笑的样子是这样的：低声笑着，好像他在开一个没人可以理解的玩笑。他的手没有在我的胸口萦绕——这让我很吃惊。

相反，它的手跑到我的脖子上，捏紧，但不足以呛死我，却也足以让血液在我的头部汇聚。

我又对他说了一次："不。你够了，是时候停下来了。"

我试图去推他，却被他一把抓住，并把我打了回去。

我开始哭了。不管我迄今为止做了什么，我从来没被人这样欺辱过。之前有男孩对我无礼，但当他们以为我会尖叫或者意识到我并不会像一些愚蠢荒诞的女孩与他们一起"嬉戏"的时候，他们就会跑开。

我再次推开他，然后他的回应是——

好吧。他抓住我的一大把头发，把我的后脑勺砸向那个金属架。一瓶又一瓶的地板清洁剂和棕色的卷纸掉落在了地上。我开始哭了，他一拳打在我的嘴上。

他……把我转了过去。把我的脸按在金属架上。金属架的边缘切进了我的嘴唇，割破了我的脸颊。

卡尔从瓶子里喝了一大口——一次开怀的畅饮，一饮而尽。然后，他从后面打我——在肩胛骨之间的位置——用那个瓶子。

然后，他掀起了我的裙子……

一切结束的速度比我可能意识到的要快很多。在某些方面，它比我想象的要糟糕；在某些方面，却要好一些。会疼，但只有一点点。他很粗暴，但没有粗暴到损伤任何东西的程度。疼痛是在体内。不只是身体上的痛苦，这更缘于当我意识到是我自己的生活态度把我"指引"到了这番际遇的痛苦。意识到我是一个有着良好教养和精美曼妙身材的女孩，而我的选择却将我置于一个储藏室内，与一个大脑袋、呆笨且充满兽性的——一个残忍到会把苍蝇翅膀扯下来的男人共处一室。他动作缓慢，卑鄙低劣，似乎我们彼此相配。

那些本来要与我相见的女孩最后终于来了。

她们发现我独自待在储藏室里，蜷缩在地上，嘴角出血，头部出血，倒在那里一直流血，半裸着身子，深受创伤。

女孩们尽其所能地帮助了我。她们带我去了护士那儿。护士以及副院长都在那儿。没有警察，当然。那个时候，这根本是不妥当的。

我告诉他们关于卡尔的事情，他们将会解雇他，但这并不重要——他那晚之后，再也没有回来上班了。

行政部门联系了我的家人。

我的父亲，当时任教于普林斯顿大学，回到家。

他们替我办理了剩余学期的休学手续。

然后却发现：我怀孕了。

我的父亲，那个我有多恨他，我就有多爱他的男人。他告诉我，考尔德科特家族是不会容忍哪怕只有一丁点有辱家族血统的"丑事"，我们也不会原谅任何一个对我们家庭造成伤害的人。

他说，卡尔·基纳必须承担责任。

我的父亲和我的两个叔叔去找到了卡尔。他们在他离开美国海军供给系统司令部然后前往他新工作的路上等待着他——在钱伯斯堡的另一所学校做门卫看守。他们朝他的头上扔了一个包，然后把他拖进了林肯汽车的后备厢里。他们把他带到了那片领地——这个领地——然后把他打了个半死。然后，他们接着猛揍只剩半条命的他，直到又把他揍个半死。芝诺悖论中提过流血与瘀伤的关系——我记得我的父亲说，如果你把一个人每次都打到半死，你将不会打死他，但这会让他比死更难受。

我不知道他们是如何恳求海军停止寻找他的。钱，我猜是这样。这个事情，以及卡尔造成的那一烂摊子的罪行清单——与其他水手打斗，以及被指控骚扰，都令有关部门头疼不已。我怀疑他们其实很高兴能够摆脱掉他。

我们收养了他。

如同对待一只宠物一样。

一只受伤了的宠物。

他住在温室里，和植物一样。

在我生下我的第一个儿子埃德温前两天的夜晚，我们在那个温室里结婚了。

51 阴郁的碰触

米莉安的拇指沿着黄油刀边缘摸索。它并不尖锐，不过这些淡淡的锯齿可能也会伤人，前提是她有时间来按住他们，然后像对待一块牛排一样来慢慢切割。

不过都一样，她把刀置于她的面前，捻转着它。

她需要他们看到她有一把刀。

雨噼里啪啦地垂落在天窗上。

"多么美丽的一个故事！"米莉安最终说道，"如此感人肺腑。漂亮的反转结局。我给它五颗星，两个大拇指，和一堆左右摇摆地为你点赞的脚趾。我敢肯定，电影版将由桑德拉·布洛克出演，嗯，也许，比利·鲍伯·松顿来主演大坏蛋卡尔·基纳。但现在，我觉得，天哪，这个故事没有这样结束。不可能结束。一个巨大的鸿沟介于'在那个温室里我和那个头脑有问题的强奸犯结了婚'和'他是如何转变为现在这个伪装成可怕怪异的"鸟人"去肆意杀害十八岁女孩的犯罪事实，'之间。"

"是的。"埃莉诺说，她把她的手交织在一起，"故事发生了一个奇怪的转折。对于这一点，我想我们应该出去走走。我敢肯定，你想看到劳伦，确保她的安全。她现在待在温室里，在房子的另一边。"

米莉安的喉咙骤然收紧。

你现在就可以去刺她了。

不，还不行。

"'雷恩'还好吗？她最好是健全的，因为这样有利于我——"

"就像我说的，她很好。如果我们都'合作'得很好的话，她可以继续很好。我可以给你看看。"

"好的。给我看看。"

"首先。"埃莉诺举起了她的手，"刀。"

"妈妈。"贝克走进房间，迅速进入警戒状态。埃莉诺只是温柔地点了点头，他瞬间停下，没有再说什么。

"没有关系，贝克特。米莉安现在明白了，刀是不会对她有什么好处的。这只是作秀而已。"

扯淡。她知道吗？

她不能。

米莉安缓缓地把刀递了过去，刀刃冲着前面，看着贝克注视着她——一只猎鹰站在电线杆顶端看着下方的老鼠穿过马路。她不知道谁是谁，在这里——我们当中谁是猎鹰，谁是老鼠？

她看见埃莉诺笑了起来，一刀刺进她的喉咙应该不会花费太多的时间。但是然后呢？贝克是一个更加棘手的问题。

而且，这给米莉安提供了一个机会。

米莉安没有就那样把刀丢入埃莉诺手中。

她将它缓缓地放在那里。

掌心触及掌心，指尖触碰指尖，皮肤贴着皮肤，然后——

黑暗，极大的黑暗，冰冷的海水，泥沙，淤泥，以及尖叫。万物都如同破碎的玻璃，无线电台搜索不到任何有声音的电台，一片虚空之上的一个难听声音，仿佛沉睡于龙卷风的心脏地带，或是在夜间骤然下降到湍急的河流底部。万物皆空，空即万物，然后——

——米莉安大口喘气，试图呼吸，却无能为力。她的喉咙感觉紧紧闭合；她的肺感到被拉平了；她的眼泪被挤到了眼眶的边缘。

"是的，我是这么认为的。"埃莉诺说道。镇定自若，冰冷平静，仿佛一切尽在掌握之中，"放松，只是时机未到。"

然后，她是对的——所有的事情都需要一个时机。米莉安的肺在膨胀，如同一个对着氧气罐喷嘴的气球一样。一个巨大的起伏喘息——寒冷，明亮，强有力——吸入了她的身体。

"你看到了什么？"埃莉诺问道。她真的对这个感到好奇。她在椅子上向前倾，如同人们在看恐怖电影时做出的举动。

"我看到了……"她想要撒谎。心想，告诉她，她死于你手中，被消防斧斩成两半，扔进了木材削片机。但事实却脱口而出，"我什么也没看见。我听到了声音，可怕的声音。但我绝对没有看见任何东西。"

"这让你心神不宁，对吗？你习惯了去看到别人的死亡画面，而这些事情远远超出了其他人所能理解的范畴。"

"你不了解我。"

"其实我了解你。我也有这个天赋。"

"这不是天赋。"

"噢，其实它是。有时为了修复一些东西，你必须先打破它。力量与智慧是由创伤孕育的，而且——好吧。我自己在前面走。你跟上我和我的儿子。我会告诉你剩下的故事。"

52 "聆听"温室

当他们穿过房子的时候,埃莉诺走到了米莉安的旁边。这个女人有一种雍容华贵,城堡女王的气质——她如同一只漂浮于平静湖面上的优雅天鹅,她的美貌,她的权威,众所周知。米莉安此次回到学校,没有在她身上看到一星半点的护士特征。与她相比米莉安似乎很卑微,如奴仆一般,卑微得就像与周围的一切融为了一体一样。

的确,这是她的地盘。有着她的规则,以及她的家人。

贝克走在后面。米莉安能感觉到他的目光落在她的肩胛骨之上,如同两个燃烧着的烟头般灼热。举手投足之间,都被他尽收眼底。

米莉安没有浪费时间,"你就是一个神经病。"

"是的,和你一样。"

"我才不是。"米莉安仔细搜寻着脑子里的片段,细细咀嚼着它们,"你是怎么知道我有通灵能力的?"

他们站在蜿蜒到大厅的台阶顶部。考尔德科特学校全部都是维多利亚时期的装饰,而这个屋子却恰恰相反,带着浓厚的复古氛围。中世纪现代化特征在此充分展现。

所有的一切都有着简约的线条，圆润的边角。窗户鳞次栉比，灰光透过被雨水弄花了的玻璃窗折射进来。蕨类植物和兰花朴素地排列着——在门厅的侧边栏处，在一对老式的安乐椅旁，在大门口，在角落里。

"卡尔和我在储藏室里发现彼此的那个夜晚，我发现了一件事情。"埃莉诺说道。

发现彼此，米莉安在心中默默重复着。多么造微入妙的一个轻描淡写。

"在那个晚上，我发现，我可以通过触碰别人，然后不仅可以看到他们将会成为怎样的人，而且可以通过表象的因果关系得出一连串的推论——仿佛每个人的生命都是扔进池塘的一个石块。我可以看到它们泛起的涟漪。对于每一次选择，都会出现一个新的波纹，对水形成一次新的干扰。如此令人着迷，也如此吊胆提心。全都发生在同一时间里。"

"但你触碰我，你却什么也没看见。"

"只有无尽的黑暗，喧嚣，以及暗水搅动的声音。"

这听起来是对的。

他们开始走下台阶，贝克落后几步跟在后面。米莉安想要采取行动，但是——不。她需要先去看看"雷恩"。

在台阶底部，迎来一张熟悉的面孔。

埃德温，考尔德科特学校的校长。

现在她突然想到：他让米莉安想起了自己的母亲。矮小、佝偻、沉默寡言。他拿着一杯咖啡，上升的蒸汽如同从黑暗的泥土里爬出的鬼魂。

"啊。"他说道，"那个捣乱者。"

"那么，你也是始作俑者之一咯。"米莉安说道。

"家人同心，其利断金。"

"这会使你成为一个杀手。"

他的眼睛笑眯眯的，而他的嘴巴却始终保持着一条轻蔑的横线，"有时候那些女孩子会说什么来着？同类的人才能互相认知。难道不是这样吗？"

"我希望有人在那杯咖啡里放入了排水沟清洁剂。"

他抿了长长的一口，"乐意效劳。一定要学校处理那堆你留下的烂摊子。顽皮的女孩，杀死了保安。我们发现他死在了体育馆。"突然，他的眼神闪烁，仿佛他隐藏着一些事情，而他很享受每一刻，"不好意思。"

然后他走开了。

伴随着屋外的电闪雷鸣，那个警卫的躯体在米莉安脑海中一闪而过。

埃莉诺把她拉了过来，"不要理他。现在，让我们来谈谈安妮·瓦伦丁。"

米莉安的身体骤然收紧，"那个死去的女孩。"

"是的。"他们走下去，走进大厅，这一定是房子的另一个侧翼。米莉安看见了一个有着古老建筑桌的绘图室，对面是一个两层楼高的图书馆，唯一拿到所有书的方式是那把靠着书架的梯子，一个底部带着轮子的梯子，"你想听听我在五年前遇到安妮·瓦伦丁的时候我所看到的通灵画面吗？"

"说得好像我能阻止你似的。"

埃莉诺停了下来，站在米莉安的面前，"布莱克小姐，你在任何时刻都可以中断这次谈话，只要你愿意。只要你说一句话，我们就可以结束我们的交易，然后我会很不情愿地和你告别。"

"和我告别。一个委婉语。你想像一个该死的基地组织成员一样砍下我的脑袋。我有这个告别的权利吗？"

埃莉诺什么也没说。

贝克紧张起来。

米莉安气得手痒痒,手指握成拳头。

但米莉安只是装作无所谓,"是啊,太好了。请告诉我所有关于那个可怜的死去女孩的事情吧。"

53　如果安妮还活着

十八岁时,安妮·瓦伦丁是一个瘾君子,沉迷于吸食冰毒。在她从考尔德科特毕业的前一年,她的一个男朋友让她迷上了这个玩意儿。

十九岁时,安妮发现自己怀孕了。孩子的父亲可能是那几个男人中的一个。此次怀孕是相当麻烦的,因为安妮没有戒除,甚至是减轻一点她的毒瘾。当宝宝提前十周出生的时候,那个孩子患有胎儿低心脏率,必须住院——但最终,那个被安妮命名为艾丽西亚的孩子,心率得到了稳定,终于可以与她的母亲一起回家了。

二十岁时,安妮决定要找一个男人和她一起生活。她选择了一个大自己十岁的软弱男人,一个急需爱情、为了爱情什么都愿意去做的男人。他自己不嗜冰毒,但他有时却是嗜酒如命。他的名字叫拜伦,并且他相信就像很多不好的恋情一样——他可以修复安妮,他可以把她从她那最坏的恶习中拯救出来。六个月后,拜伦对冰毒上了瘾。

二十一岁时,安妮与拜伦在当地的一个旅馆,寻欢作乐。艾丽西亚,还不满两岁,独自在家。艾丽西亚因为发育较慢,所以还没有学会走路,不过她肯定可以爬行。她爬到了水槽下方的橱柜里，发现了一瓶水管清洁剂。她打开它，喝了下去。然后，她痛苦地死在了厨房的地板上。安妮和拜伦整整一天都没有去找她，因为他们压根儿就忘了回家去看她。

二十二岁时——事实上，那天是她的二十二岁生日——安妮在医院里。拜伦，现在戒掉了冰毒，却嗜酒若渴，对她实施家暴。他打破了她的下巴，打破了她的眼圈的一部分。于是，她离开了他。

二十三岁时，安妮戒了毒，也戒了酒。

二十五岁时，安妮复发了。

二十六岁时，安妮误以为她被她的经销商——一个名为海巴夏的女人——欺骗。因吸毒，安妮的脑部组织不能够再自生那些使人愉快的化学物质，并且所有的感觉都已消失不见了。她以为海巴夏偷了她的钱，并且没有把药给她，但事实是，安妮收到了毒药，并且已经吸完了。而妄想却仍然存在。于是安妮打破了挂在海巴夏沙发上的镜子。她用一块镜子的碎片割破了那个女人的喉咙。安妮经受了很长时间的牢狱之灾。

二十八岁时，安妮用一个午餐托盘打死了另一个犯人。

二十九岁时，安妮迷上了一种入侵美国人生活的新药物——刚开始盛行于监狱里。人称"鳄鱼"，吗啡的衍生物。叫——"鳄鱼"，因为它会损坏吸食者的皮肤，让皮肤呈现出鳞片状的外观。

三十岁时，安妮由于使用"鳄鱼"，患上了坏疽。他们必须把她的左腿膝盖以下都进行截肢。在手术过程中出现了并发症。安妮带着巨大的痛苦死在了监狱，只留下她母亲的朝思暮想。

54 花园里的阿特洛波斯①

现在,他们已经来到了温室,虽然他们还没有进门。

他们由侧门离开了那个房屋,走到了一片网格青翠的紫藤下,秋天的葡萄树已老树枯藤。

在他们离开之前,埃莉诺对贝克点了点头,当他们穿越了十码,即将进入温室大门的时候,贝克从附近的一个站台拉出了一把伞,并把它高高地举在他们头顶之上。

他们停在那里等待埃莉诺结束她的故事。安妮·瓦伦丁,那个吸毒者,坏妈妈,以及死去的女孩的故事。

"你可以看到所有的一切。"米莉安说道,不是提问。她站在那里,坐立不安,"你可以看到她的生活是如何展开的。"

"这是我的天赋。"

"我还以为你看不到她们是怎么死的。"

埃莉诺叹了口气,"不总能看见,不经常。在这种情况下,我是通

---

① 阿特洛波斯(Atropos),希腊神话"命运三女神"之一,负责切断生命之线。

过她的母亲,才得以看到结果的。她一年之后去世,你看。"

"让我猜猜:一个破碎的心脏?"

"其实是一个破碎的肝脏。过量服用药物——立普妥,让她的肝脏和肾脏功能衰竭,就是那样。在安妮·瓦伦丁之后的另一个破碎的洋娃娃和茶杯。这就是我会看到的原因。"

米莉安冷得瑟瑟发抖。在格子花架外面,她除了看到灰蒙蒙的一片之外,其他什么都没看见,没有滂沱的大雨。远处树木的污迹。在她头顶上方,水穿过老葡萄树与棚架的顶部向下倾泻,在她脚下,形成一个个的小水坑。

她并不想再谈论这个了。

"我想见'雷恩'。"

她走向温室。埃莉诺触碰到了她的手臂。

"这是通过她,我才看到你的,米莉安。你是她生活的一部分。你是她的又一块残骸。因为她,你总有一天会失踪。"埃莉诺的声音变得安静,"我们不是如此地不同,你和我。"

贝克靠近了一些。雨水砰砰地打在伞上,发出笨重的声音。

老妇人放在她手臂上的手突然握紧。

"我们是截然不同的。"米莉安说,但她不想去想这些。别太仔细地去思考这个问题。你可能不太喜欢它的答案。

"是吗?命运有它自己的路径。你踏上这段路程。你通过结束生命来改变命运。难道不是吗?这就是我的职责,我们的职责。我们一整个家庭。我们看到那些女孩在风中挣扎——吸毒的女孩、破损的女孩、被毁的女孩、那些她们将来会'亲手'去毁坏别人生命的女孩。"

"把你的手从我身上拿开。我说我想看看'雷恩'。"

然而埃莉诺继续着,眼睛圆睁,洋溢着她那坚定信仰的似火热情,"安妮·瓦伦丁的死亡是一件纯粹的事情。一件好事。好事,真正的好事情，不会没有牺牲。这是一个种植着憎恶的花园：让地面寸草不生，只有贫瘠持续生长。一个死去的孩子，一位死去的母亲。这么多的人。把她从时间线上移除——"埃莉诺用她的两个手指比画出一把剪刀，咔嚓咔嚓咔嚓，"——花园也在生长。"

米莉安试图逃脱她的手掌，而那个老妇人的握力如钳。埃莉诺的呼吸犹如蔷薇果之芬芳。

燃烧的玫瑰和康乃馨，从面罩的鼻孔里飘出烟雾缭缭。

埃莉诺的眼皮扑扇了一下，几乎陷入了因讲述了太多的真相而产生的痛苦之中，"这就像癌症一样，你知道吗？有时候为了挽救生命，你不得不切除病灶，取出一个器官，切断一个肢体。安妮·瓦伦丁，以及其他所有的人——其他所有的人——均为恶性'肿瘤'。都是值得被手术刀切除的肿瘤。"

"或者是斧头。"

听闻这句话，埃莉诺笑了。

然后，她转过身，用一把小小的黄铜钥匙，打开了温室的门。米莉安闻到了从里面飘出来的新翻泥土，还有化肥的温室气息，以及令人兴奋的湿叶子的芬芳。看到了一大片中间点缀着五彩缤纷、明媚耀眼的鲜花的绿色。兰花、香水月季与鹤望兰。

在这个长长的温室中心是一棵树，一棵有着三个分开的锥形树干蜿蜒缠绕交织于一体的榕树。

"雷恩"坐在树的旁边，她的双手被一双锃亮的手铐铐住。另一个铁链把手铐与温室地板上的生锈有眼螺栓连接在了一起。

她的下巴下垂，眼睛无精打采地微微睁开，下唇沾着湿润的口水。

"你迷晕了她。"米莉安说道。

"为了让她安静，"贝克回答道，"她……话有点太多。"

米莉安赶紧跑向"雷恩"，跪在她旁边。女孩的目光想要尽全力地集中在米莉安身上,然而那针刺般大小的瞳孔在她周围的空白地方游移。"雷恩"仿佛看到了不止一个。两个米莉安?三个?无穷无尽的米莉安?

这是最可怕的一个想法。

"嘘。"米莉安说道,把女孩拉近。她不擅长表达感情,但这个女孩需要这些东西。瓢泼大雨捶击着头顶上方的窗户,米莉安继续安抚着女孩,用手画圈般地揉搓着她的后背。她的肩膀被女孩的口水浸湿。

"妈妈。""雷恩"喃喃自语。

米莉安骤然颤抖,仿佛她感觉到她的卵巢突然紧缩,这么多年累积的寒冰被击碎了。这是一种让人生畏的感觉。她用尽全力才能将那痛苦的哭声哽咽下去,倾其所有才能拦截住那即将夺眶而出的泪水。

她让"雷恩"背靠着树,然后站起身来。

"你们想从我这里得到什么?"

埃莉诺缓缓转过身来,面对她。她脸上慈祥的笑容给她一个令人毛骨悚然的、祖母般的光芒。她周围满眼尽是青翠的植物——这些生命蔓延出了土罐与盒子,来到了桌子的边缘——令人不禁想起了伊甸园。在那个地方,一个女人做了一个选择,而这个选择是基于一个谎言。

"我希望你能加入我们的大家庭。"埃莉诺说。

"你们是不是该吃药了,你们这一群怪物。"

"我们是治疗者。我们积极地去切除,去'放疗'或者'化疗'一个又一个'毒瘤'。如同水蛭帮你放血一般。但是治疗者都是一样的。"

"这就是你想要说的吗,不是吗?整个……仪式。中世纪医生的装束,神话的背景,那个桌子。事实上你是一名护士。你沉迷于这个想法已久。你像所有老神谕一样疯狂地吹嘘着自己。除非你已经在那个玄妙的东西之上又进了一步。你的手已经变得肮脏。你把你想象的一切都变成了实际。"

"那么你在做什么呢,布莱克小姐?一命换一命。我们俩一同踏进河流，让我们的身体来改变水的方向——我们重新为命运定向。通过结束一些人的生命，我们可以拯救这么多的人。"

米莉安感觉那两个 X 在她的手心发痒。她需要做一些事情，马上。但不是现在。

"你们可以直接杀了她们。那些坏女孩。但是，噢，你们所做的一切就像是一出出戏剧一样。你们并没有直接一颗子弹射到她们的头上。你们做了一个……演出。一场给那些鬼扯的神灵和根本不存在的女神观看的仪式。"

"仪式是很有必要的。"贝克说道。

埃莉诺说："我的天赋是神灵赐予我的。我们必须在各个方面都表示庆贺。我很惊讶，你居然没有相同的感受，难道你不相信有比自己更伟大的事物吗？"

"我不相信唱着怪异的民歌戴着扯淡的医用面罩的家伙。"

"这首歌是我们的祷告。这是一首老歌，卡尔的母亲曾唱给他听。"埃莉诺露出一个勉强的笑容，"面具既是象征也是功能。鸟喙医生的面具是鸟的脸——瘟疫影响人们，你看，而不是鸟本身。然后，在鸟喙中药草的作用下医生被保护起来，远离瘟疫。瘟疫不仅仅是当时的病情。它被认为是罪恶的标志，一个上帝施予的惩罚。"

"一派胡言。这一切都是谁教你的？"

"我的父亲是一个学者。我能说什么？他绚丽的想象力是一种传染病。"

"这些女孩。为什么不去……帮助她们，为她们提供一个机会呢？你说你拥有动摇命运的力量——那么为什么不向她们展示如何能够成为更好的人呢？而不是折磨她们。杀死她们。"

"这就是我们的职责。"埃莉诺说，好像米莉安应该已经弄清楚了这个事情，"这就是我们这些学校存在的原因。"

哦，上帝。"这些学校。复数？"

"我们在三个郡有四所学校。考尔德科特，伍德瓦恩，贝尔·阿土恩，和布雷克沃斯。三个虚拟的公司，但我供职于各个学校的董事会，我的儿子埃德温也是如此。"

米莉安一点也不想去问，一点也不想知道。她的胃部已经感到一阵恶心。但那种想要知道，想要窥探的冲动，却存在着。与她想要与人肢体触碰然后她可以看到一个人一生中最私密的和最令人不安的时刻的冲动一模一样。

于是她问道："有多少个？多少……个女孩子？有多少个受害者？"

埃莉诺对贝克说道："让她瞧瞧。"

贝克对她挥了挥手，让她过去。

他带领她走过了榕树，走过了一排白色的兰花，花朵如同一只又一只的白蜘蛛。

在这排花的末端，有一个金属橱柜。铰链和边缘都生了锈。

贝克把他的手放在米莉安后面的中间（不是臀部中间，感谢所有神灵），他的触碰让她感到恶心与不安，仿佛她要被调到一些肉麻的频率。

他掏出一把小钥匙。解开了挂锁。打开了橱柜。

里面？

罐子。

橱柜里满是瓶瓶罐罐。

五个架子。每个货架上动辄十几个罐子。

每个罐子里都装着浑浊的液体。浑浊，如同略含盐分的池塘水。

在每一个罐子里，有一个看起来像鼻涕虫或海参的东西。一端很瘦小，另一端呈纤维状，如同一棵顽固坚韧的杂草根。

舌头。

每个罐子里，都盛放着一个女孩的舌头。

她绞拧着她的手，呻吟，恸哭。

在她死之前"咬"断了她的舌头。

米莉安并不想这样做，但她却这样做了。

她从架子顶端取下一个罐子。没有标注这是属于谁的，没有胶带，没有名字，没有日期。罐子在她手里摇晃。长时间附着在嘴里的这块肉周围的气泡漂浮到了瓶口。

"你们把身体弄哪儿去了？"她问道，虽然她不确定她究竟想不想知道。

贝克把手伸入一个盛有如同火焰般盛开的凤梨花的花盆中。他掏出一大把泥土，放在她的面前。

湿润的泥土，如烟草一样丰盈，却点缀着白色的——像细小破碎的陶器碎片——掉落到地上。

不，不，不，不。

"我们用来堆肥。"他说道。

黑色的尘土，骨骼碎片，无头尸体为丰茂的植物做肥料。

"这么多死去的女孩。"泪水悄悄顺着她的脸颊落下。

"她们需要去死。你会意识到这一点的。"

"我不像你。"

"我的父亲证明事实并非如此。你是一个杀手，米莉安。"

抓住他们，杀手。你有工作要做。

以眼还眼，以牙还牙。

以命偿命。

你就是你。

"就这样吧。"她鞠了一个躬。

然后，她举起了舌头罐子，对准贝克·丹尼尔斯的头猛摔过去。甲醛的臭味迅速弥漫，他跌跌撞撞到了旁边。玻璃碎片沾在他的太阳穴、脸颊，与那巨大的下巴上。碎片组成的群岛环绕在他的眼圈周围。

快跑！

她猛推了他一把——

但他抬起膝盖用指甲紧紧抓住了她，猛的一下正中她的肾脏。她向前倒下，头部磕在了一张桌子的边缘。一个盆子从桌子一侧落下。尘土——坟墓尘土，死去的女孩的尘土——撒到了她的身上。

她试图站起来，但他抓住了她，将她拽了下来。

将她固定。

把她翻转过来。

他的手锁住了她的脖子。

血液涌上她的脸颊、嘴唇和眼睛。

他把她的头摔在混凝土上。一次、两次。她感觉自己眼冒金星，就像看到猎枪射击的时候迸发出来的火花一样。

她的手掌拍击着地面。当他用拇指用力按压她气管的时候，她滑出一只手放在身下。

她感觉到了她牛仔裤的腰身部分，手指盲目地沿着她的腰骶部摸索。

在哪里，在哪里，在哪里。

贝克斜睨望上来，玻璃在他的脸上闪闪发光，血液从每个碎片的边缘渗透出来，滴落在她的脸上——吧嗒吧嗒吧嗒。

黑暗撕裂了光明。

她的手，仍在寻找。

然后——

她找到了。

那个叉子。

她在早餐的那把黄油刀上费了很大的工夫，这样那样地挥舞着它。贝克之前的话音在她脑海里回荡。

"你的话语，你的态度，都是一个极大的误导。一个魔术师的把戏。"

误导，确实如此。

他们看到了那把刀，但他们没有看到她把那把叉子放入了她的裤子。

她的双手包裹着这把刀。

她把叉子用力高举——

然后深深插入他腋下的最软的肉里。

释放。当他松开双手的那一刻，光明推开了黑暗。米莉安把她的膝盖对着他的腹部，伸展双腿，把他从她身上踹了下去，他愤怒号叫，像一头熊一样按住那把叉子。

米莉安发现了在她身下的双脚。

仍然虚弱无力。

刚刚因头部受创而产生的"星星点点"仍在她的眼前舞动。她的内心有一小股骄傲在膨胀：第二个狗娘养的被我用一把叉子就解决了。

她站了起来。她知道，持续与贝克搏斗将会是一场败仗。一个破碎的罐子和一把插入腋下的叉子将使他减缓速度，但他仍然是一个优越的战士。然后她向埃莉诺走去——她是一个老太婆，并且米莉安肯定，如果不出什么意外的话，搞定她肯定是妥妥的，但为了避免意外，她还是选择直接走人。

这意味着她要从窗户逃出去。

米莉安赢得了一个良好的开端。

踩到一个桌子上——

将自己从有机玻璃上"发射"了出去。

她的肩膀撞了上去。那个窗口向内弯曲，米莉安与窗户的框架一起"弹出"。骤然之间，只剩下风雨与那美妙的户外。

米莉安逃跑了。

55 黑色奔驰中的恶魔

路易斯在雨中瑟瑟发抖，警察的枪被他塞在了腰带里。

这个学校里张灯结彩，如同一个狂欢节一般。红色和蓝色的灯光频频闪烁，扰乱了早晨苍白的光线。他躲在壁龛角落，向外窥视，不知所措，何去何从。仿佛他的脑袋里有十几只猫朝着一百个方向狂奔。他不知道如何找到米莉安，也不想跟警察说话，因为如果其中一个警察是这些谋杀案的参与者之一，那么很多也许都是，不喜欢与一整个停车场的警察待在一起，还在裤兜里私藏着一把从警察那儿偷来的左轮枪。他瘫软无力，但他得到了一些保护装置。

水从学校排水沟流下，覆盖了整个水渠系统。街道两边都是潮湿的，很快这些深水坑就会相聚。离这些水全部汇聚成洪流倾泻而出并不会太久。雨无止境，毫无怜悯。飓风埃斯梅拉达就在这儿——它露出了它的牙齿。

现在，一些警车正在离开。不久，他们将全部消失。

一个身影在他身旁被绊了一下，他头的上方，随着"噗"的一声一把雨伞撑了开来，是凯蒂。

"路易斯，我很抱歉。"她一直在哭，"我丢下她一个人，然后……接下来我知道的事情就是，地狱之门被打开了。都是我的错。"

"你的错。"他几乎要笑出声来，"凯蒂，我告诉她我会保护她。我的工作就是陪着她，但看起来却并非那样。"

他从警卫大门那里呼叫凯蒂——荷马让他使用岗亭的有线座机。路易斯的手机仍然在卡车后面。也许，现在已经丢了。

"他们说……"凯蒂的声音拖得很长。

"什么？"

"他们说她伤害了那儿的一名警卫。他的伤势很严重。她从左至右地切开了他的喉咙。"

路易斯感觉一阵眩晕，仿佛他的重心是在湍流上漂浮的一叶轻舟。

"她把他杀了？"

凯蒂摇摇头。"他没死。还没。病情危急，但不知为何，他还活着。我猜如果你的喉咙被切得不是太深的话，你还是可以存活下来的。如果没有伤及动脉。"她吸了吸鼻子，"但他们说他就快撑不住了。"

"米莉安没有这样做。或者，就算她做了，她也有充分的理由。"

起风了，刺骨冰凉的雨水吹进了雨伞，路易斯甚至都没有注意到这些。

"他们带走了她，凯蒂，带走了她和另外一个女孩。"

"我们需要告诉警察。很快，他们就会去看录像带。然后就会想要找我谈谈。还不如先发制人。"她拍了拍自己的胸口。

"不。他们中或多或少的一些人都与此事有点道不明的关系，不要告诉他们任何事情。"

她拉开他，"你现在听起来有点偏执。"

"其中一个警察来到了我的面前。我当时正在追赶那辆黑色奔驰，一个警察猛冲过来,来到十字路口,阻止了我。接下来我知道的事情是,他开始对我开枪。"

而现在我已经拿到了他的枪。

它的旋转弹膛里面只剩下三颗子弹了。

"黑色奔驰。"她说道,眨着眼睛,若有所思,"好吧——不。不,不可能是这样的。"

"什么?到底是什么?"

"这看起来似乎并不重要,但是——那个校长,埃德温·凯迪克,他开的是一辆黑色奔驰。"

"他在这儿吗?"

"没有,他今天一上午都未曾出现过——"

随后路易斯听到轮胎滑过深水坑,水花飞溅的声音。

凯蒂说:"说恶魔,魔鬼到。"

路易斯转过身去。

果然,黑色奔驰,正朝着他们驶来。很快,它就会直接在他们的面前经过。

这就是那辆车。

他十分肯定。他从未如此肯定过。他感觉那个确定性如同饥饿的管道蠕虫一样在他的骨骼里爬行。

"凯蒂,我一会儿再和你说。"

她说了些什么作为回应,但已被风暴吞噬。

路易斯掏出了枪,走到了奔驰的前面。

是时候去寻找米莉安了。

56 捉迷藏

她不知道她出来已经多久了。

她不知道去向何方。

唯一她所知道的只有这雨,闪电,以及雷声。还有那时间的流逝。可能已经过去了几分钟。也可能是几小时。

考尔德科特家族的地产广阔。这所房子,背后的温室。一片大池塘,一块"陆地"位于池塘中央,在它之上还有一座白色凉亭。网球场、游泳池、谷仓、四车车库、另一个小谷仓。一个小棚屋,可能还有一个更小的屋子。

她想跑去一个地方——那个车道,那个大概会将她带到路上去的车道——就在这个房子的前面。她试图跑向那个方向,却听到了声音。她向另一个方向跑去。

你需要回去。

找到路易斯。

找到"雷恩"。

然后杀死那些畜生。

现在，她位于那片土地的后面。她发现了一个由摇摇欲坠的木头和歪歪扭扭的石头铸造的小小冷藏室，"凌驾"于一条已经干涸的泉水之上。

她等在这儿，与地窖蜘蛛和蜈蚣共处一室。位于一扇一旦有风来袭便会吱吱嘎嘎、砰砰啪啪的扭曲的木门之后。

这片土地周围是大片的森林。她可以就那样在雨水和泥泞之中疯狂地穿越那片树林。但是，它将带领她去向何方？她甚至都不知道她是否能够跑那么远，那么快。

而她想要做的最后一件事就是在一个泥泞的洞里打断埃莉诺那该死的脚踝。在考尔德科特的庄园里，把她的脸淹没在五十码的水坑之下。

那就必须离开这条道路。

那儿也许会有一扇门。

以及一个摄像头。

现在是时候，去找寻一样武器了。

她身边所有的只是一圈围绕着一个干涸泉源（现在只是一个潮湿地，布满污泥的褶皱就像是一个癌变的屁眼一样）的平扁石头。她试图拾起一个，但它们黏合在了一起。那个小棚屋，她想到。小棚屋里应该有些什么东西。一个铲子、耙子、绿篱机、撒油器池、马蜂喷雾。

她正要打开门，然后望进去——

但随之而来的，是一个声音。

起初，她以为只是雨声。房间里开着的风扇，或者长时间聆听一场大雨，你就会听到一些东西：低声私语，脚步声，以及呼唤你名字的声音。

接着，它又来了。

"米莉安！"

有人在叫她的名字。

不过——

这不是别人的声音。

是路易斯。

不可能，完全不可能。

然而声音再次响起，"米莉安，米莉安，你在哪儿？"

声音越来越近。不是大喊，也不是大叫。

我的保护者，她心里这样想着。她拨弄着门上的铁门闩，一个温暖的、陌生的舒适浪潮扑面而来。尽管她又跨入了冰雨之中，但她仍然温暖舒适。因为路易斯在她的身边，她知道她被守候着，被保护着，远离了邪恶。

她踏上了松动的石头地砖，攀爬到了一个小小的与冷藏室接壤的长满杂草的崖径之上。她在那片湿漉漉的草地和油腻腻的泥土上很难找到一个下脚之处。

米莉安低声呼唤着他的名字："路易斯！路易斯，在这里。"

她用她的双手和膝盖把自己撑到了那个崖径之上。

他站在那里。

不是路易斯。

是那个警察。

那个来自基纳垃圾场的警察，蓄着八字胡，短小矮胖——不像一个小茶壶，而是像一个肩膀宽厚的比特犬。

他面前的米莉安双手和膝盖着地。你又上当啦。那个知更鸟。

警察戴着黑手套的手里拿着一把枪。一把小手枪——也许是一个口径为 0.380 英寸（9.652 毫米）的手枪。瓦尔特警用手枪，油腻的金属上滴着水滴。

"拜托。"她说道。但她已经知道他是她的敌人，并非朋友。

他哈哈大笑，咳嗽着。雨从他警帽的帽檐倾泻而下。

然后他说："米莉安，米莉安，是我，是我。"

他用路易斯的声音说着。

当然。

"你是那只知更鸟。"她说道。当风夹杂着针雨刺在她面庞上的时候,所有的精力与希望都幻灭崩溃,草从她的指缝之间滑走了。

"我们都是那只知更鸟,全家人都是它们。"他笑着说,"你的男人应该抓住那个机会杀了我。"

他猛地把枪顶到她的头边,那个被疼痛和由于脑震荡而产生的眩晕折磨的脑袋。

米莉安转了一个身。她蜷缩了起来,所有一切都疼痛难耐。

他肥胖的小手抓住了她的一缕头发,用力抓住。他翻转了他的手腕,让她头发绕在他的手上,裹住了他的手指。

他开始拖着她经过那个冷藏室,如同一个穴居人一般,走过了雨水与泥泞。不是朝着那个房子的方向。

而是向着那个池塘。

57 鲜血与羽毛

这个池塘没有边缘,只有一圈灰色的黏质淤泥。那个警察把她的胳膊拧到身后,米莉安的膝盖深陷入泥,她把她的两只胳膊扭转得太紧,太紧了。她的下巴垂到了她的胸前,难以抬起。

池塘里的水"震颤发抖",布满雨点,如此滂沱,如此瓢泼,如同一堆鹅卵石落入水中。她抬起头——头晕目眩,视力模糊,不知道她那可怜的被摧毁的南瓜脑袋还可以承受住多少惩罚——而且很难看见中心的凉亭。

在她身后,那个警察在检查他的弹药夹,然后推上了弹夹,紧接着开了枪。

她的双耳被枪声震得嗡嗡耳鸣。

她心想,我已经死了,他杀了我。砰砰。

耗尽的火药臭味爬进了她的鼻子。

他没有开枪射她,只是发射到空中。

一个信号。

"他们来了。"他说。

米莉安勉强地把头转了过去,她看到两个人影从房子那边朝着池塘走来。贝克为他的母亲撑着伞。

他的衬衫的一面已被鲜血浸透。

埃莉诺走到了米莉安身旁。她的步伐轻如鸿毛。她甚至似乎并未陷入泥淖。舌头发出啧啧的声音,这个老妇人弯曲了膝盖,在米莉安身边蹲了下来。

米莉安发现雨水不再把她的头发"敲打"进她的头皮。贝克在她另一边蹲下,将伞举过她的头顶。啊。

"你看起来很失望的样子。"埃莉诺说道。

"对不起,妈妈。"米莉安声音沙哑地说道。

一个声音在她的耳边低声说着,是贝克的声音:"请你放尊重点,布莱克小姐。"

"去你妈的。"米莉安咬牙切齿地说。然后她开始大笑,笑得很厉害,以至于不停咳嗽,差点要前倾掉入池塘。这本身就是个很好的笑话。

"你今天会死在这里。"埃莉诺说道。

"我还以为你想要我加入你的小家庭呢。"

"看起来我们已经翻篇了。"

"是啊,我是一个单独的行动者。我也不是一个心理变态得像你一样面目全非,精神错乱的怪物。"她又开始干咳。吐,噗。她的唾液里带着血迹,"所以,就这样吧。"

老妇人叹了一口气,望向她的儿子,"那么,她不可能成为你的新娘了,贝克特。我知道你有怦然心动的感觉。对不起。"

"噢,那种感觉已经支离破碎了。"他说。

"新娘?你真的以为——?上帝啊,你们这群浑蛋。你们的计划是什么?"米莉安问道,"你们要在这里把我做了吗?那些华丽的装扮和炫目的布置呢？那个医生的桌子，那个消防斧，还有你唱的那个该死的令人毛骨悚然的歌曲呢？我也算是一个被处死的坏女孩吗？"

埃莉诺笑了，抚摸着她的头发，"是的，亲爱的。但我们没有时间那样做了。你死的过程应该会很迅速，很平静安宁。这是赏赐给你的仁慈，其他女孩子没有，也不会有的，我很遗憾这么说。"

一小柱火焰，一阵苦涩，与一腔暴怒，在米莉安内心熊熊燃烧，她舔了舔她的嘴唇，说："你的丈夫？卡尔？那个该死的异种，他死的时候血流汩汩声如此之大。你应该去看看他的喉咙，埃莉诺。当我把他了结的时候，他看起来如同一只因车祸死亡的负鼠，就像一只在高速公路上的动物，一次又一次地被撞，轮胎碾轧着皮毛、血液和骨头，直到最后只剩下一堆红色恶心的狗屎。"

"你想让我惊慌失控吗？没用的。"埃莉诺说道，"我恨我的丈夫。他给我们立下了一个目标，一个我的儿子们现在将要继承的目标。"

"噢，但你爱你的儿子们。"

"当然，全心全意。"

好吧。她不喜欢那个故事吗？要不要再来一个，臭老娘们？

"我看到你的儿子贝克特快要死了。"米莉安说道，咧着嘴笑着，几乎快咧到耳朵根了，"他开枪自杀了，埃莉诺。大脑从后脑勺喷出来，他办公室的墙上涂满了他的脑浆沙拉。嘣。"

"这是一个谎言。"贝克有点激动，"我绝对不会——"

"嘘。"埃莉诺发出嘘声，一句刺耳的就像带有锯齿边一样的话语从她嘴里说出，"我不想再听到关于这事的任何一切了。贝克特，我们走——"

"是因为愧疚！"米莉安的大叫声盖过了大雨的喧嚣，"他没本事，无法成为你要的样子。"

从她的身后飘来了埃莉诺冰冷的宣告："我们现在要进去。我不想因为这个继续待在这里了。我们走了之后,杀了她。在她的身上加点重物。再把她扔进池塘。"然后她对贝克说道,"厄尔会处理好这个事情的。对吧,亲爱的厄尔?"

那个警察说道:"我会的,母亲。"

"连一点恐怖场面都不敢看吧?"埃莉诺渐行渐远,米莉安对着她的背影尖声嚷嚷,"你真懦弱,埃莉诺!贝克特就是遗传了你!你这个该死的巫婆!"

一个重物抵住了她的头颅底部:那把枪。

那个警察——厄尔——用一只膝盖抵住她①,但保持枪瞄准着她的头部,"你给我闭上你那臭婊子嘴。你再说一件关于我妈妈的事情,我不会给你一个痛快。我会把你的臭脚打断。我会射中你的膝盖,你的双手,射中肘部。从侧面射去一颗子弹,把你的下巴削下来。但你仍不会死。血流不止,惊声尖叫。但还活着。"

米莉安低声说道:"妈妈的乖宝宝。但我猜她对你不会是相同的感受吧,哈?你就是一个跟在屁股后面收拾烂摊子的小男孩,对吧?妈妈最不喜欢的一个小蠢蛋。"

厄尔愤怒地咆哮,再一次猛击了她脑袋的一侧。这一次,她没有下沉。她的膝盖已经深陷入泥。

想想看如何解决现在的状况。这个想法在她那眩晕的脑袋里畅游。

那个警察站起身来,来到了她的身后。开始哼哼那首歌,《邪恶的波利》。

米莉安回头看过去。

她看到一个深黑色雨伞下面有两个人的轮廓。

他们在那个房子那儿。

---

① "用一只膝盖抵住她"(Take a knee),这里作者一语双关,用厄尔"take a knee"的动作暗示着这一切即将结束,米莉安即将被处死。"Take a Knee"一词是美式橄榄球术语,当四分卫接到争抢来的球后如果立刻一只膝盖跪地,那么比赛就自动结束了。

在侧门那儿。

正准备进去。

就是这样,她心中想道。

是这个道理。领她走到这条路上的是一次枪击,然而现在也会通过这种方式来结束。如此可爱的首尾呼应,就像一对恐怖的书立。

她突然听到一阵翅膀扑扇的声音。

真的翅膀吗?还是一种幻象?她看到了,或者她认为自己看到了,一只大腹便便的乌鸦在雨中穿梭,飞过了池塘,落在凉亭的顶端。米莉安很难看清那只鸟——仅仅只能看到一个黑点,X光下的一个阴影。

但是当雨停的时候,变化发生了。

雨没有停下,而是停在了半空中。如灰线一般的斜线。暂停,在时空中冻结。

一场梦境,一个幻觉,一个不可能的现实。

现在她看得清楚一些了,黑色的眼睛,如纽扣一般晶莹闪亮。

鸟说话了。它当然会说话。

"在凯撒大帝去世之前,"乌鸦说道,声音响彻云霄,这声音就像来复枪发出的一声轰鸣一样,在水面与陆地之中荡起了层层涟漪,"他做了一个梦,一个关于飞翔的梦。在梦里,他是一只在罗马那七座白色山峰的空中引吭高歌的鸟。他的占卜者,泰特斯·韦斯特修斯·苏伯林纳,警告他说他的死期即将来临,并说它的预兆是一只国王鸟飞入权力大厅,嘴里衔着一顶桂冠,但那只鸟会被一群乌鸦追逐,那群乌鸦会攻击那只较小的国王鸟,把它四分五裂——然后事情就是按照那个占卜者说的那样应验的。"

"我已经厌倦了那些该死的鸟故事了。"米莉安说道,"说真的。你那个诡计锦囊里没有任何其他符号了吗?"

那只鸟的喙碰在一起。咔嗒,咔嗒,咔嗒,"可怜的米莉安。抱怨着那些她明白却不愿承认的道理，像恺撒大帝一样。即使在那些症状和征兆应验之后，老朱利叶斯还去对占卜师说她的话是谎言，他不会死，噢，不，不是他。"

"我很累了，并且非常疼痛。离开吧。"

"你今天会死去。此时此地。"鸟调整了一下它的双翼，"这是命运为你标记的死亡时刻。这将会失败，你不觉得吗？那些女孩，不只是'雷恩'，或者塔维纳，而是这么多的人。考尔德科特将会继续。他们家族里的每个人都将会有自己的孩子。蛇吞噬着自己的尾巴。一次痛苦的无止境的游行，痛苦不堪的轮回。"

"别人将不得不介入进来。我的使命已经结束了。"

"如果不是你，那是谁？"

"滚开，走开。"

"你说我是一个象征。"那只鸟说道，"谁说我是一个象征？我和你一样是真真切切存在的，像那把对准你脑袋的枪一样真实。在这里，看看。"

感觉如同米莉安的意识从她身体里被拖拽了出去，穿过一片荆棘之路——

突然，她看到了自己，跪在池塘的边缘。矮小敦实的警察在她身后，枪抵着她。

米莉安想要移动。她听到沙沙振翅声。

她的翅膀。

她脱离了她的身体，进入了乌鸦的躯壳。

然后——

嗖嗖。

她回来了，盯着凉亭和它上面的黑色乌鸦。

"只要你告诉我该怎么做，"乌鸦说，"你的意愿就会被完成，可怜的米莉安。"

　　一切又回归现实。

　　雨滴再一次垂落在池塘里。

　　雷声隆隆。

　　那个警察清了清嗓子。

　　她感觉到抵着她脑门的枪被施以了更多的压力。

　　米莉安望向凉亭顶端的乌鸦,悄声说:"拜托。"

　　感觉到自己身体的一部分溜走了。

　　那只鸟乘风而去。

　　"现在恶魔将要把你带走了。"厄尔咆哮道。

　　一个黑影快速移动,一阵乱舞与翅膀扑扇。

　　枪管的压力消失了。厄尔痛苦地尖叫着。米莉安抬起脖子,听到枪声在她耳边响起——又一次轰鸣,这一次如此响亮,淹没了雨水的声音。

　　在厄尔脸上,米莉安只能看见那只鸟——黑色油亮的双翼扑腾着。他号啕大哭,拿着枪在与鸟进行着一场激烈的搏斗。

　　鸟喙不停地啄着,刺入。在他尖叫的时候一次又一次地进入他的嘴里。

　　鸟绝尘而去,只在厄尔的下颌上留下了爪痕。

　　他的嘴如同一个红色的火山口,一个血液四溢的地鼠空穴——

　　那只鸟的嘴里叼着他舌头的碎片,就像牛肉条一般。一只春天的知更鸟嘴里衔着一条蠕动的毛毛虫。

　　乌鸦展翅飞走了。

　　米莉安抓住了她的机会,她笨拙地将前脚掌埋入了泥土之中,然后像游泳般向前推进,撞到厄尔的膝盖上。他跌倒,翻了过去,落入池塘,溅起一阵水花。

　　而她,试图缓慢地走上河岸,但草都沾满了泥巴,她无力挣扎。

一只手抓住了她的脚踝。

厄尔浮出了水面。

开始拖着她，把她拽向池塘。

她狂踢她的腿。他把她翻过来，让她面对着他。

他板着脸，他的牙齿上沾着肮脏的血黑色的血块。他扯住了她的衬衫，把枪对准了她的脸。她心想，为什么？你这个愚蠢的鸟，你做的一切到头来对我到底有什么帮助？他没有了舌头，但他仍然有枪，我无论如何终将死去。

在她心里，她听到了一个答案。因为它给你带来了足够的时间。

但是这些足够的时间是用来做什么的呢？

一声枪响。

厄尔的头部猛然抽搐，倒向右侧。

他跌倒在她的腿上。沉重的重量，扎入水中。

"我不明白。"她对着天空说道，雨水遮住了她的视野，填满了她的嘴。

一双大手找到了她，把她拖到了河岸上。

一个独眼卡车司机低头看着她。

"路易斯。"她说道。

"我告诉过你，我会保护你的。"

"下一次拜托早一点出现。耍大牌迟到是那些鸟的特权。"然而随后他又走开了。把警察的尸体从水里拖了上来。她看到了死去的厄尔脸上的黑洞，看到路易斯手中有一把枪——事实上是一个炫毙了的手炮。当路易斯回来找她的时候，他的大手拿着手铐的钥匙。

路易斯低头凝视着尸体，"我早就应该趁机打死他的。我当时抓住了他，米莉安。让他躺在那儿，但是我临阵脱逃了。我朝他脑袋旁边的空地开了一枪……然后，然后，然后我就跑了。"

"没关系的。"她说道。雨继续下着,他们沉默了一会儿,"路易斯,我想我可以通过心灵感应去指挥一只鸟来帮我做事。"

"噢。"他解开手铐,释放了她的双手,血液重新涌回到她的四肢。

"那个警察,他不是唯一的一个。"她气喘吁吁地说。

"我知道。"

"他们已经掌控了那个女孩,'雷恩'。"

"我知道。"

"你会帮助我去拯救她吗?"

"我会的。"

"那么快把那个浑蛋的枪给我,我们需要用到它。"

58 屠戮之眼

"我很高兴你能在这里。"当他们悄悄回屋的时候,她对他说道。他们从一个侧门悄悄溜了进去:洗衣房。满架子的毛巾和前揭式洗衣机安静地放置在那里。

整个房屋一片寂静。

"嘘。"他说道。

他们回到了大厅里,经过了一面古老的镀金镜子。米莉安看到了自己的脸。她看起来像已经被高温微波炉烤死了一样。瘀伤,结痂,肿胀得突起。先是来自她与基纳的相遇,然后来自考尔德科特兄弟:贝克特和厄尔。她甚至可以看到那个枪手的子弹在她头皮上挖出的硬皮沟壑疤痕——然而这个伤口远不及其他的伤疤。

"你是怎么来到这儿的?"他们小心翼翼地向门厅走去,她低声细语地问道。

"我看到那个校长的车把你带到这儿来了,所以我用枪抵住他的脑袋,让他开车送我过来。然后,我把他一屁股踢进了行李箱。"

"埃德温在这里?"

路易斯点了点头,手中握着一把柯尔特蟒蛇左轮手枪。

"把他带进来。"她说道。

"我不想离开你。"

"我会好起来的。"

"等着我。"他说道,她点了点头表示回应。

这是一个谎言。她没有等他。这取决于她,而不是他。

路易斯踌躇了一会儿,但他终于点了头,答应了她的要求。他们抵达了大厅,他从前门暂时离开了这里。

留下米莉安独自一人待在房子里。

与一对怪物独守空房。

"厄尔死了!"她大声叫喊着,声音在空旷的大厅里回荡,"但我想你应该知道。这就是你隐藏起来的原因。"

仍然静默一片。

她觉得她听到了楼上的什么东西,地板的吱吱作响。

贝克非常危险,他就像一条盘绕的毒蛇,难以察觉,攻击迅猛。

"你不会相信的,埃莉诺。"米莉安嚷嚷着,"我在他死之前,砍下了他的舌头。"这不是一个谎言。不完全是,"他得到应得的报应。他一直是那个替你收拾所有肮脏交易的人,对吧?埃德温帮助你把女孩围困住。卡尔负责杀戮。厄尔来确保女孩们只是失踪,不是被谋杀的受害者。而贝克……他是你的乖宝宝。但他的爸爸死了,只能是他来拿起斧头。他来唱那首知更鸟之歌。"

埃莉诺出现了。

这位老妇人出现在楼上,沿着阳台的边缘行走,一只手沿着栏杆移动。米莉安用手枪跟踪瞄准着她。

"他们都是很好的男孩。"埃莉诺说着,慌乱不安,颤抖不已。

"你到底为什么会讨厌女孩?"米莉安问道,"你并不会去找男孩的麻烦。你不会屠杀任何一个长着阴茎的家伙。只是年轻女孩,坏女孩。"

"因为女孩是毒药。如果你放纵她们,她们就会成为婊子。"

"像你一样?像小艾莉·考尔德科特一样的老巫婆和臭婊子?"

"如果非要让我告诉你的话,那么,好吧,我被叫作'艾拉'①。"

"让贝克特出来。"米莉安说道。

埃莉诺展露了一个笑容。

米莉安这才意识到自己被玩弄于埃莉诺的股掌之中了,被她那该死的游戏玩弄:埃莉诺一直在分散她的注意力。

米莉安左侧突然有动静——

贝克。

她以臀部为支点,转身,举起了那把"0.380"——

但她的速度太慢,而他有一根壁炉拨火棍。

那个铁棒"嘣"的一声击中了手枪,并把手枪从她的手中敲落了下来,只留下她的掌心与手指震动发麻,手枪旋转着滑过地面,落到了一个园艺艺术装饰的边栏之下。

贝克开始左右晃动——这让米莉安很难找到一个出拳打他的准星。然而他却发动了一记侧冲拳,结结实实地打在了她的心口。风从她的肺部呼呼而出。他抓住她的头,猛然摔向他的膝盖——

米莉安没有让他得逞。她让她的拳风汇聚成一点,然后高举起来,刺向他的腋窝,就是她把叉子插进去的那个部位。

他发出一声哼哼,却不为所动。

见鬼。

---

① 艾拉(Ella),一位非常美丽、善良、富有同情心的女士。她被很多人深爱着,却也因自己的美貌被许多人嫉妒且憎恨着。需要说明的是,她从来不说谎。

另外两拳打向她的侧面。他重重地踩在她的脚上,把她抛到地上。她的肩膀撞击到地板上,发出骨裂的声音。

在双手与双膝的帮助下,她冲向了侧边栏——枪就在那底下,仍然带着雨水的潮湿。

然而贝克却有其他的想法。他抓起她裤子的腰带,当他把她拉过来的时候,他用他那宽厚的手肘猛击她的肾脏。一遍又一遍。他比她强,在各个方面。

她必死无疑。

除非——

哦,对了,差点忘了,他是干什么的?他不就是贝克老师,贝克先生,忍者武士贝克。

他教女生如何反击。

教她们用些小阴招。

跟着我重复:眼睛,鼻子,喉咙,腹股沟,膝盖和脚——

米莉安翻了个身,用她的靴子一脚稳稳地踢中了他的膝盖。他脸上表现出明显的疼痛——眼睛圆睁,宽大的下巴僵直收缩。

他咆哮着,拽起她的脚,并把它往米莉安的背后压去。

"眼睛。"她念念有词,然后朝着他的眼睛啐了一口。

"鼻子。"她猛地将她的头撞向他的鼻子,她觉得她把它撞塌了。他抓住她的下巴,但因她被雨水打湿了脸,所以下巴轻而易举地就从他的手中滑了出来。

"喉咙。"她又将力气汇聚到手中的一个尖锐点上,用力戳向他的喉咙。他的呼吸变成了一阵恸哭哮鸣。

"我最喜欢的地方。"她说道,"腹股沟。"

一膝盖顶向他的生殖器,一次欢乐愉悦的攻击。

他喘着气,她把他抛到了后面。

他摇摇晃晃，试图找一个支撑点。他用屁股撞了下墙壁，然后借助反弹冲向米莉安——

——时间坍塌成断断续续的时刻，一阵凌乱的鼓声——

——门开了，路易斯拖着埃德温进来了——

——她抵达了侧边栏，发现了那个战利品——

——路易斯叫道："米莉安！"——

——她手中的枪虽小，却很沉重——

砰——

——一朵红玫瑰绽放在贝克的胸膛——

——埃德温为他的弟弟惊声尖叫——

——贝克胸口的燕子开始渗出鲜血，子弹正好穿过燕子的眼睛——

——他倒下，脸部朝前，倒在了前厅的地板上。

浓烟缓缓地从枪筒飘出——

埃德温爬到他弟弟的身边，抚摸着这个男人的头发哀恸抽泣，拥抱着他，环绕着他。米莉安镇定了下来。

她拿起手枪对准埃德温，"把你的手给我。"

"去死吧，可怜虫。"校长喘着气说道。

她用枪敲打了他的头顶。"老实点。"她嘟哝着说道，用手抓住了他的脸——

她看见了。

看见了在她眼前上演的他死亡的画面。

这狗娘养的。

"我看到了。"她说道。

"别管他。"路易斯说，"我们打电话给警察。"

"警察？"她笑着说道，但这却是一个悲情酸涩的笑容，"你知道他是怎么死的吗？他死在一个该死的滑雪小屋。我不知道在哪里。科罗拉多、瑞士阿尔卑斯山。不重要。他白发苍苍,死在一个噼啪作响的火堆旁边,脚下坐着他的两个正在玩耍的孙子。这个邪恶的浑蛋,他帮助他的怪兽母亲和恶魔父亲猎杀、折磨年轻的姑娘,却逃之夭夭。继续杀戮,这就是我所知道的。"

路易斯缓缓靠近,他举起他那巨大的手做出一个和平冷静的姿态,但这没有起到任何作用。

"米莉安,他手无寸铁。"

"去告诉那些死去的女孩。你没有看到她们的舌头,一个又一个装在罐子里的舌头。五十多个死去的女孩。"

埃德温咽下一口唾液,喉结滚动,双手拧绞在一起,"我会改邪归正的,我真的会改邪归正的。你的朋友是对的。让我活下去,拜托了——"他的嘴唇上挂着一串湿润的唾液。他流着鼻涕,他的眼睛透射出憧憬哀求的光芒。

她晃了晃手中的枪。

路易斯说:"这不是伸张正义。这是报复,这是谋杀。"

"就……是这样。"

"米莉安,这不是你——"

"你根本不知道我是谁。"

她扣动了扳机,射中了埃德温的心脏,就像他的弟弟一样。他倒在了贝克身上。在他们的躯体之下形成了一个血泊。

路易斯没有说什么——但却发出了一个可怕的声音,一个巨大的起伏喘气的声音,他不敢相信眼前发生的一切。

米莉安感觉血液如鼓点般激烈地涌上了她的脖子。

"我会去找到'雷恩',然后我会杀了埃莉诺·考尔德科特。"

她没有等他。她没有停下来安慰他,没有时间。

米莉安朝着那个房子前进,蜿蜒回到那个温室,这里的雨仍然击打着有机玻璃，装着舌头的橱柜和那些被死去的女孩"养活"的植物在那儿静静地等候着。

"雷恩"已经消失了。

59 深　渊

外面，米莉安站在车道上。

当那辆黑色奔驰沿着车道快速向前门行驶过来的时候，米莉安注视着它的尾灯。

米莉安通过后风挡玻璃看到了一道白头发闪过。埃莉诺在驾驶着它。

没有"雷恩"的迹象，但理智告诉她那个女孩在那个老妇人手中。

"她把她带走了。"当路易斯大步冲入雨中时，米莉安对他说道，"她还掌控着'雷恩'。"

"还没有结束吗？"他问。他希望听到肯定的答案。她能从他的声音里听出来。

事情发生了变化。

现在没有时间去担心这些。

"不！"她说，"没有。我还是要去了结这一切。"

"还有什么可做的？只要停止。深呼吸，停下来。让别人来处理这个部分。"他对她恳求道，就像他试图说服她离开窗台，远离那个危险边缘,"我们甚至不知道她们要去哪里。"

"不,我知道她们要去哪里。"

她的确知道。

埃莉诺将要带"雷恩"回到她开始的地方来结束她的生命。

河水正在涨潮,米莉安。

她们将回到学校。

60 河之边缘

考尔德科特一家的车库里还有别的车辆。起初,她找不到钥匙,任何钥匙,整个房子都在那儿——一个巨大的庄园,理论上来说钥匙可能放在任何地方,每一分钟的时间流逝对于"雷恩"来说就是增加了她的死亡概率,一成,甚至好几成。但随后路易斯叫唤道,他发现了一套钥匙——厨房的、杂物抽屉的,其他所有地方的,他妈的有钱人——他们用找到的钥匙发动了一辆银色宝马轿车。

车道冗长,反正给人的感觉如此。雨重重地撞击着风挡玻璃。路易斯在驾驶,米莉安甚至都没有驾驶执照。他加大油门,双手在颤抖,但脚步稳定。

他们到了学校。荷马是个聪明人,他没有问任何问题。到现在为止,他并不想知道更多的消息,所以他只是让门大开着。

当他们向前行驶的时候,米莉安看到了埃莉诺·考尔德科特。

她坐在河边,"雷恩"依然躺在她的身旁。萨斯奎汉纳是一个满载浑水的翻滚通道,已经蔓延至另一边的河岸之上。这条河的水位几乎已经涨到了最高点。不会太久了。雨水无情,束手无策。

米莉安让路易斯留在车内。

这次他没有争辩。

她穿过草地,脚下的泥土被脚掌压扁,枪在手中,万不得已的时候,就拿它对准埃莉诺。

"雷恩"一动不动。

噢,上帝啊。

"埃莉诺。"米莉安大声叫喊着她的名字,声音盖过了急流翻滚的河水。

那个女人看起来一点也不像那个高贵优雅的自己。她现在是一个腐朽的老妇人,苍苍银发耷拉在嶙峋的头颅之上。那个曾经可以将优雅的衣裳服帖地穿在她那纤细的身躯以及颀长的骨骼上的贵妇人已然与世长辞了。

"布莱克小姐。"埃莉诺回答道,看都没有去看一眼。

"'雷恩'。"米莉安大叫一声,"'雷恩'。是我,我是米莉安。"

但女孩现在只是蜷成一团,躺在她的身旁。

"你以为你和我们不同。"埃莉诺说道,她的声音安静得几乎听不见,"你以为你是不一样的,因为你站在正义的一边。但是有一天他们会来找你,米莉安·布莱克,然后你会看到。你就会发现你那坚定不移的信念——你在这件事中所扮演的角色,所做的事情都会被你重新审识,甚至让你饱受困扰与折磨,因为你错了,大错特错。然后你才会真真正正地明白这件事情的真谛。"

埃莉诺耸耸肩。

"她没有死,她被下了药。"

米莉安的目光投向了学校。她看到还有最后一辆警车停在停车场——车灯熄灭,没有发现其他人。

"你在这里杀死了'雷恩',也许还有塔维纳·怀特。"

"你知道塔维纳。"

"我看到了。是的。"

"我没有去找她。那些女孩被锁在了宿舍里。恐怕她的行动会毒害世界。你知道有天她做了什么吗?她偷了一个传教士的东西,他捉住了她,她就杀死了他,用一把开信刀。她捅了他三十刀。一个社区的领导者,就这样死在了她的手中。"

"那么劳伦·马丁做了什么?"

埃莉诺转过来面对着米莉安。

她的脸上写满了满足和平静。

她微微一笑,"她什么都没有做,因为她就要死了。"

就要死了?她现在还没死?

"等等!"米莉安哭号着大叫出来。然而为时已晚——

那个女人抓住"雷恩",与她一起翻滚到了涨潮的河水之中。

61 涨　潮

水一片漆黑，寒冷刺骨，当米莉安跃进它们那冰川般的怀抱时，它们用那令人惧怕的双手抓住了她，拽她前进，拉她下沉。

她什么也看不见，听不见。毫无知觉。

血色泥泞，瘀青色的水。

她突然意识到她犯了一个多么可怕的错误。水流迅速。她想要游泳，却发现这如同落入了太空——无法前行，找到"雷恩"与埃莉诺是一个不可能完成的任务。

这是你身亡之处，她心里这样想着。就在这儿。你的最终目的地。

这是你应得的。不是吗？

你与埃莉诺·考尔德科特没有什么区别。她是正确的。

你杀死了她的儿子。

在最寒冷的血泊之中。他坐在那里，伏在他弟弟的身体之上哀恸哭泣——拜你所赐的死亡——你向他开了枪。没有正当程序，没有陪审团。只有你和你的枪，你内心的愤怒告诉你，这样的怪物不应该被允许存活下去。

这就是现在的你吗?

那只战场乌鸦?能够决定别人生死的人?

你哪里有任何不同?

回答这个问题,你可能会继续存活下去。

一个回声,一个扭曲的声音。

一个婴儿的啼哭。

然后一个身体漂游到了她的旁边。一具尸体,那死亡的脸颊被河水泡肿。一个女人,黏腻的海藻般的头发在她身后飘动。路易斯的妻子。在她的怀里,抱着一个死婴,一个臃肿的被洪水哽咽窒息的小天使。

我的孩子,米莉安心想。

她的子宫一阵刺痛,像一个老妇人用如同镊子般的手指夹捏着她的卵巢,一直捏一直捏。突然一个扭力,它们便永远地关上了。你的孩子没了,布莱克小姐。

一种强烈的欲望在不断地诱惑着她——张开你的嘴。吸气,吸一大口气。然后"开怀畅饮"那泥浆喷涌的萨斯奎汉纳之水,直到它堵塞了你的喉咙和肺部,然后你就可以休息了。没有必要回答这些棘手的问题。

路易斯的亡妻消失了。

那个婴儿也一起消失了。她那没有名字的宝宝。

另一张脸浮现。

埃莉诺·考尔德科特的脸,眼睛圆睁,嘴巴张开。

她是真实存在的吗?

真还是假,她肯定死了。

米莉安向她伸去一只手,感受到了那潮湿冰冷的肉体。当河水承载着她俩的时候,她把自己拉向了"尸体"的旁边。突然,她发现埃莉诺那骨瘦如柴的手腕的尽头处延伸出一只老朽的"手爪"牢牢地抓着另外一只骨瘦嶙峋的手腕。

有那么一刻，河水清澈，米莉安可以看到"雷恩"——仍然身陷于埃莉诺那不朽的握力之中。

米莉安试图把那些僵硬的手指从女孩的手腕上撬开，但她根本无法抓住。然后一根不知道从哪儿冒出来的树枝将她们分开，尸体被拉走了。米莉安向着远处那个苍白的形状游回去，竭力触及，竭力触及，不再确信她是否可以保持呼吸，肺部拉紧灼烧，她的整个胸部、喉咙和脸庞都着了火。

不过，这并不重要。她只需要再推进一点点。只是为了让"雷恩"浮出水面。

如果不出意外，米莉安想拯救女孩，然后牺牲自己。

在这种令人窒息的痛苦之中，那个问题的答案果敢而迅猛地在她的脑海里绽放。这就是她需要的全部，这就是她与考尔德科特家族不同的地方。

她猛踢着腿，扑腾着双臂，向前游去，再一次将自己与老妇人的尸体固定在了一起。她抓住了下面的"雷恩"，然后，抓住那个女孩的全部躯体，她努力扳着"雷恩"的身体，并不停地蹬着埃莉诺的尸体，终于她们分开了。

她得到了"雷恩"。

但是接下来怎么办呢？

如何逃脱这条河流的"怀抱"呢？

答案是：一个鲨鱼形状的家伙从下面游了上来，携带着肮脏污秽，油腻恶心的泡沫。

米莉安感觉到一双手臂围在她身边。世界颠倒，河水奔涌而来。进入她的鼻子，她的眼睛。刺痛，大口吞咽。

然后突然一阵大浪朝前扑去——

米莉安又一次看到了埃莉诺·考尔德科特的尸体。

但是这一次，尸体仿佛凝视着她，并且微微一笑。

那个尸体举起一根瘦骨嶙峋的手指放在嘴唇之上，仿佛在说：嘘。

尸体消失不见了。

她们浮出了水面。

米莉安爬到了河岸上，也把"雷恩"拉了上来。当米莉安把女孩翻滚着推上岸的时候，她自己一直咳嗽，呛了太多水。她用两根手指轻搭在她的脖子上——脉象很微弱。微弱得就好像眼球在眼皮底下打转的感觉，虽然你不一定能察觉到它，但它确实就在那儿。

然后，米莉安环顾四周。

"路易斯在哪儿？"她问道，然而女孩却毫无知觉。

一个鲨鱼形状的东西。

一双手臂环绕过来。

噢，不。

噢，所有的神灵与命运，不，不是这样。

考尔德科特的声音回荡——带着水声，遥不可及，仿佛来自一个很深的地方。你只是她的另一块残骸。因为她，你总有一天会失踪。

路易斯。

然后——顺流而下——飞溅。

一个轮廓，透过雨望过去，是灰色的。米莉安紧张地抓了把泥土与杂草。是他，是路易斯。她向他狂奔过去，拉他起来，扑到他身上，攀附着他，仿佛像她还在河里，需要他把她从溺水之中拯救出来。

第五部分 前方的路

"先知!"我说,"不管是先知是魔鬼,是鸟是魔,
凭着我们都崇拜的上帝——凭着我们头顶的苍天,
请告诉这充满悲伤的灵魂。它能否在遥远的仙境
拥抱一位被天使叫作丽诺尔的少女,她纤尘不染,
拥抱一位被天使叫作丽诺尔的少女,她美丽娇艳。"
乌鸦说"永不复焉"。

"让这话做我们的告别辞,鸟或魔!"我起身吼道,
"回你的暴风雨中去吧,回你黑沉沉的夜之彼岸!
别留下你黑色的羽毛作为你灵魂撒过谎的象征!
留给我完整的孤独!快从我门上的雕像上滚蛋!
让你的嘴离开我的心;让你的身子离开我房间!"
乌鸦答曰"永不复焉"。

那只乌鸦并没飞走,它仍然栖息,仍然栖息,
栖息在房门上方苍白的帕拉斯半身雕像上面;
它的眼光与正在做梦的魔鬼的眼光一模一样,
照在它身上的灯光把它的阴影投射在地板上;
而我的灵魂,会摆脱那团在地板上飘浮的阴影,
那些谎言飘浮在地板上,会被举起——永不复焉。
——《乌鸦》,埃德加·艾伦·坡

62 正能量的小"雷恩"

用不属于她自己的钱,米莉安买了一部一次性手机——刚从沃尔玛通过预付费的方式购买——并用它拨打了医院的号码。

他们把她连线到了"雷恩"的房间。

"嘿,神经病。""雷恩"说道。她听起来相当不错。

"仍然魅力不减啊。"米莉安回答。

"对不起。"她听起来诚心诚意。

"不,没关系。我喜欢你那个样子,你让我想起了我自己。"

停顿了一下。只是因为"雷恩"不平稳的呼吸。最后,她说:"他们说我是个坏女孩。这就是他们要杀死我的原因。"

"是的。他们以为你要长成一个真正的'坏苹果',所以他们盘算着要在树结果实之前就将其砍掉。唉,隐喻,你知道吗?就是这该死的隐喻。他们觉得有一天你将要长大,变成一个坏蛋,会伤及他人。"

"这是真的吗?"

我不知道,米莉安心想。

但是她却不是那样回答的。

"如果你不想变成那样,你就不会变成那样。命运没有被写好。"她这样回答道。这不是一个谎言,不完全是。"生活给选择留了余地,除非真的是你自暴自弃,要么你完全可以掌控命运。"

"我想做个好姑娘。"

"那就做个好姑娘。"

"你会帮助我吗?"

米莉安叹了口气,吸了口烟,吐出些许烟圈,"几年之内,我会回来的,来看看你这个小机灵鬼,确保你没有变成一个十足的'坏鸟'。"

"谢谢。"她诚心诚意地说道。米莉安并不习惯这么直接的诚意,"谢谢你帮助我,也谢谢你救了我的命。"

"没啥大不了的。"

"我房间外面有一群警察。"

"我知道。这就是我打电话给你,而不是上门拜访的原因。"

"我告诉他们,你是一个好人。"

"不是一个坏女孩?"

"不是一个坏女孩。"

她又吸了一口烟,"谢谢你,'雷恩'。我有一天会赶上你的,保持你的纯真心态。"

"再见,米莉安。"

咔嗒。

63 葬花

那些鲜花——用偷来的钱所支付的。中午左右送到了凯蒂的家门口。玫瑰和康乃馨包装在一个银色包装纸里。在她去取这些花的几分钟之前,她照着浴室的镜子,发现自己的眼睛和脸颊都微微泛黄——黄疸,看起来是这样。她觉得,这应该是胰腺癌的早期征兆吧。

鲜花上有一张字条:

亲爱的维兹小姐:

我不会再见到你了。我必须得在这些警察找到我之前拍屁股走人。我听说那个警卫活了下来——谁会想到一个喉咙被割破了的人还能继续活着?只是同样,事情有一点复杂,我不想继续杵在这儿,再卷入这一切了。

我不知道还能跟谁去说这个——我知道,我知道,可以和路易斯说,但这完全是另一码事了——所以我跟你说这些。

埃莉诺·考尔德科特说我和她是一样的人。

如果我说我当时没有相信这个想法,我就是他妈的一个大骗子。但随后,在河流的黑暗之中,我有了一个——嗯,就是酗酒者自称他们清晰的那个时刻。埃莉诺·考尔德科特愿意以死来确保"雷恩"死亡。

我愿意以我的死来确保"雷恩"存活下来。

也许,这如同一枚硬币的不同两面,却又殊途同归。或者,也许我只是在愚弄自己。也许我没有什么不同。

但是我想要认为我是不一样的。

这就意味着我有工作要做。

也许我们终有一天会再见。在这里,或是在天堂。

祝你死得幸福,凯蒂·维兹纽……该死的你的姓氏到底是怎么拼的。希望你可以很快遇见史蒂夫。

愿一切安好。

米莉安·布莱克

"大多数人只是写一张小卡片。"那个快递员说道。

凯蒂抬起眼睛,擦拭掉她眼睛上的泪水。

他是一个高大魁梧的家伙,圆滚滚的,如同一个玩具熊,有点像那种枪花吉他手,但穿着快递员服装的他显得非常可爱。干净,利落。

他的纽扣衬衫胸前的名牌上写着:史蒂夫。

"史蒂夫。"凯蒂念了出来,笑了起来。那个笑刚开始时很小,但很快就陷入了一个彻底疯狂不和谐的大笑之中——让她哭笑不得,不是由于死亡,而是因为这疯狂的一切。

"你没事吧?"他问道,递给她一块老式的佩斯利手帕。

笑声逐渐平静下来,"史蒂夫。我需要你进来,并和我一起享用一杯茶。可以吗?"

史蒂夫微微一笑,"我很乐意。"

"还是说你要前往加勒比?"

"我乐意先享用一杯茶。"

"那么,我们就先喝茶。"

插 曲

拖车公园

米莉安和路易斯并肩躺在一起。

"你的眼睛怎么样了?"她问道。

"你指的是那只已经不复存在的眼睛吗?"他说道,"它很痒。"

"我猜也是。"

"你的……"

"胸?乳头?乳房?你的意思是问那个笨蛋刺伤了我的什么地方?"她咬着她的大拇指指甲,忽然希望她能在这里抽根烟,"它很痒。"

他们哈哈大笑。

"我想我们只是两个很痒的人。"路易斯说道。

米莉安心想,但我的痒你又无法帮我挠。

不过,她没有说出口。

她说:"如果你帮我挠痒痒,我也会帮你挠。"

"你确定你真的想要吗?"

她的手滑下来放在他的牛仔裤上，缓缓滑过那条腰带，如同从紧闭的大门之下滑过的一条蛇，然后她把下巴放在他的肩上。"现在的问题是，亲爱的先生——你想要吗？"

64 放手，无奈的抛弃之举

她在汽车旅馆的停车场找到了他。一层低雾紧贴在地面之上，天空中是一抹吞噬了太阳的白色朦胧。路易斯跪在卡车的被划伤的前轮胎那儿，头靠着轮辋，揉着太阳穴。

那天在考尔德科特庄园发生了争执以后，他让人送来了两个新的卡车轮胎，并在他撇下卡车的那个十字路口已成功安装。在警察前来嗅探之前，他与米莉安就已行驶离开。他们大约花了一个半小时，抵达了南梅卡尼克斯堡。

"该死。我刚把它们修好。"他说道。他用力地咬着他的指关节，留下了一圈泛白的牙印。

"有人划伤了你的轮胎。"她说。

"是的。"

"是我干的。"

他转过身来，"哈哈，米莉安。现在可不是开玩笑的时候啊。"

"我还从那个手套箱里偷了一堆钱。几百。大约是你那里面的一半吧。我知道，我知道。这是个浑蛋行径。"

他垂头丧气地站起来，"等等。你不是在开玩笑。"

"没有。"

突然他瞬间明白了。

"你也要把我丢下了。"

她犹犹豫豫，但是最终开口说："是啊，是的，我知道。对不起。"

"我是你的保护者啊。"

"并且你那个工作完成得真的很不错。瞧，看到了吗？还活着呢。"她拍了拍胸脯，仿佛在确认她不是一个鬼魂，"但是，我开枪打死那个校长的时候，我看到了你脸上的表情。这不是一件小事，亲爱的先生。"

"我可以忘掉这些。我也杀了一个人。"

"我知道。而且还搞砸了。这不是你的本来面貌，但我却本性如此。我曾经以为我是一个好女孩，后来却发现我其实是一个坏女孩。然后我想，也许这就是命运吧，但是马上我意识到有一个方法可以改变命运。我以为我自己是一个小偷。但事实证明……我是一个杀手。"她抬头望着天空，看见头顶大雁南飞，"我没有权力也要把你变成和我一样的人。"

"不需要那样的。"他说道。

"噢，但就是这样。就像大力水手说的那样，我'奏'是我。"

"那关轮胎什么事？"

"因为我知道你会跟着我。"

他耸耸肩，"就算如此，我还是会跟着你。"

"不要这样。"

"你就是你，我就是我。"

"你找不到我的。这是我们一起走过的路的尽头。"

她走过去，站在他面前，显得十分微小。

"我可以抓住你。"他说道，"我可以……蹲下来，拥抱你。一辈子。

你永远都是我的。"

"我喜欢这样。我喜欢。但你要做好和一个脾气火暴的女孩共度一生的准备。不如，我们这样吧。"她踮起脚，亲吻他。悠长，缓慢，而深沉。这是那种当嘴唇微张，呼吸交织，你们的灵魂碎片在互相进入彼此的那种深情的亲吻。

他牵着她的手，她却逃离避开。

"再见，路易斯。"

"我会找到你的。"

"不，你不会的。"

然而她也不是那么确定。

65 再次上路

"就停在这儿。"她对司机说道。他是一个脾气古怪的老蠢货,是一个说话招人厌烦的、戴着假牙,满眼褶皱的浑蛋。他的名字叫艾伯特。他的妻子在一年半以前去世了,现在他周游全国,做着他妻子生前曾与他开玩笑说过要去做,却从未去做的事情——去寻找所有的疯狂的路边景观,比如世界上最大的纱线球,每个东西都处于奇怪角度的房子,闹鬼的酒店,古怪的山丘,以及所有愚蠢的事物。

他载着她在"路边美国展览"外一路寻找,这是一幢 8000 平方英尺的大楼,描绘了一幅美国的缩影。指示牌标明,他们拥有 10000 多棵小树,18000 个灯泡和 22000 英尺电线。

这也可能是宾夕法尼亚州沙茨伯里的唯一景观了,米莉安发现这个镇的名字十分好笑,嗯,几乎每次她听到"沙茨"[①]这个词的时候都会想笑。

艾伯特正从那个史诗缩影展中走出来,看到米莉安正在拦便车。他

[①] 沙茨(shart),一词表示人在放屁的时候不小心带出的一点点排泄物。

就问她要去哪儿,她告诉了他。

他是一个好人,像一只松鼠一样健谈。这对她来说很好。她也喜欢聊天,不过现在她觉得自己应该保持安静。

艾伯特很快就要死了。十三个月以后的某一天。

它发生在一个晚上,他站在一个巨大的树桩前——红杉或红木——已被雕刻成一个大胡子男人的样子,让人联想起一个真实的保罗·班扬的脸。它旁边的一个指示牌上写着这是约翰·缪尔的脸,管他是谁呢。随着太阳下山,艾伯特拿出他妻子的一张老照片,因为他想要这样做,他将照片贴到那个大树桩的顶上(这样她就可以看见了),然后,他捂住了自己的胸口,死去。

在倒地之前他就已经离开了人世。

那张照片随风飘走了。

不过,现在的他非常有活力。

"你还好吧,可爱的女士?"他问道。这是他称呼她的方式。可爱的女士。

她对他眨了眨眼,然后竖起了大拇指。

"继续对我冷若冰霜!"他朝她大声嚷嚷,"当你走了之后我要抽一根你的烟!你必须支付搭车费用!"

她很庆幸他仅仅指的是一根烟。当她向那个房子走去的时候,他咯咯地笑着。

她走过之处被踩踏成一片狼藉。

花盆还是破裂不堪,台阶亦是如此。她头顶上方有一只乌鸦栖息在水沟边上,拖着步子走来走去。她想要以她的方式进入乌鸦的头脑,试图让鸟做一些事情,任何事情——举起一只翅膀,哑巴一下鸟喙,拉坨屎屎——但那只鸟只是乘风而去,消失在树林之中。

管他呢,愚蠢的鸟。

她敲了敲门。

终于，杰克叔叔开了门。

"你。"他说道，一脸疑惑。

"我想要我妈妈的电话号码，还有她的地址。在佛罗里达的地址。"

"我很惊讶。"

"我也是。快给我，好吗？"

他进了屋一趟，然后回来，把一张纸放在了她的手中。劳德代尔堡。很好，非常好。她的心跳开始怦怦加速。

"谢谢你，杰克。下次再见。"再见，也许再也见不到。

"再见，杀手。"

她转身面对着他。她希望他能够微笑地看着她。也许拿着一只死去的知更鸟和一个装着子弹的步枪。不过，他已经走了，回到屋子里。

米莉安跳回了艾伯特的车上。

"我们现在去哪儿？"他问道。

"向南开。"她回答。

于是他一路向南驶去。

致　谢

听起来如此柔弱，如此无力，如此消极——"我要感谢你"是我们可以给予别人的最渺若尘埃、最微不足道的一个事物了，不是吗？它不仅仅是点一点头，耸一耸肩，或是一个焦躁不安的指示手势。因此，假设这些都不是致谢，那么，与卓尔不群者那完美定格住的击掌，以及用熏肉、威士忌和独角兽作为奖励的梦想，这些应该算得上是致谢了吧。

那么我该与哪些卓尔不群者击掌握手以表诚挚的感谢呢，他们来了：帮助我加足马力完成此书的史蒂芬·布莱克摩尔与斯达卡·德克尔。

赐予《沉默之歌》飞翔之翼的来自"神秘星系"的一群善良的长着羽毛的家伙。

帮助我把米莉安·布莱克带到你们手中的属于"愤怒的机器人"出版社的那些会发出叮当响声的卓越印刷机。

支持我，没有把这个不穿裤子的疯子作者踢出家门的吾妻与吾儿。

以及所有阅读《沉默之歌》并写下读后感描述自己是多么沉迷于其中的读者。